人民共和國文化與文學叢書

四編　中國人民大學特輯

程光煒　李怡　主編

第 8 冊

混血的生長——
二十世紀八十年代（1976～1985）對西方現代派文學的接受

王德領 著

花木蘭文化出版社

國家圖書館出版品預行編目資料

混血的生長——二十世紀八十年代（1976～1985）對西方現代
派文學的接受／王德領 著 — 初版 — 新北市：花木蘭文化出
版社，2016〔民 105〕
序 2+ 目 2+172 面；19×26 公分
（人民共和國文化與文學叢書 四編；第 8 冊）
ISBN 978-986-404-643-0（精裝）
1. 中國文學 2. 西洋文學 3. 現代文學 4. 文學評論
820.8   105012593

特邀編委（以姓氏筆畫為序）：

吳義勤　孟繁華　張　檸
張志忠　張清華　陳思和
陳曉明　程光煒　劉福春
（臺灣）宋如珊
（日本）岩佐昌暲
（新西蘭）王一燕
（澳大利亞）鄭　怡

ISBN-978-986-404-643-0

9 789864 046430

人民共和國文化與文學叢書
四 編 第 八 冊　　　　　　　ISBN：978-986-404-643-0

混血的生長——
二十世紀八十年代（1976～1985）對西方現代派文學的接受

作　　者　王德領
主　　編　程光煒　李怡
企　　劃　北京師範大學民國歷史文化與文學研究中心
　　　　　四川大學現代中國文化與文學研究中心
總 編 輯　杜潔祥
副總編輯　楊嘉樂
編　　輯　許郁翎、王筑　美術編輯　陳逸婷
印　　刷　普羅文化出版廣告事業
出　　版　花木蘭文化出版社
社　　長　高小娟
聯絡地址　235 新北市中和區中安街七二號十三樓
　　　　　電話：02-2923-1455／傳眞：02-2923-1452
網　　址　http://www.huamulan.tw 信箱 hml810518@gmail.com
初　　版　2016 年 9 月
全書字數　168071 字
定　　價　四編 11 冊（精裝）台幣 20,000 元

混血的生長——
二十世紀八十年代（1976～1985）對西方現代派文學的接受

王德領　著

作者簡介

王德領，1970 年 10 月生於山東嘉祥。在中國人民大學先後獲得文學碩士、文學博士學位，北京師範大學博士後，曾任北京十月文藝出版社編輯部主任、編審，現爲北京聯合大學師範學院教授。中國作家協會會員，北京作協簽約作家，中國當代文學研究會理事。主要從事中國現當代文學的研究與創作。發表論文 50 餘篇，多篇被人大複印資料轉載。已出版專著《重讀八十年代——兼及新世紀文學》、《混血的生長：20 世紀 80 年代對西方現代派文學的接受（1976 ～ 1985）》、《存在與言說——中國當代小說散論》等。專著和論文曾獲第十三屆北京市哲學社會科學優秀成果獎、北京市文聯第六屆文藝評論獎一等獎等省部級獎勵。

提　　要

　　本書主要從宏觀的文學思潮史角度，將西方現代派文學的接受放在西學東漸的背景上，在 80 年代思想文化場域中，從對構成西方現代派哲學基礎的非理性主義哲學在 80 年代的譯介和接受入手，圍繞著中國文學爲什麼接受西方現代派和怎樣接受西方現代派這個核心問題而展開，以系統翔實的資料，詳細梳理西方現代派在「文革」後至 80 年代的譯介情況，通過分析對現代派的接受中所凸現的中國思想文化語境，以及有關西方現代派文學的論爭、中國文學在接受西方現代派過程中出現的重要現象，從思潮的角度而不是拘泥於文本比較，分析西方現代派文學是怎樣參與了 80 年代中國文學的變革進程，是如何對社會主義現實主義進行解構，使中國文學的創作局面出現了多元化，重繪了中國文學的地形圖的。

　　本書注重對 80 年代文學場域的還原，提出了富有啓發意義的文學史問題。經過細緻的分析，綿密的資料考證，我們可以清晰地看到：西方現代派如何重構了 80 年代中國文學，80 年代中國文學又是如何在西方現代派文學的影響下走向多元化的。這是一次混血的生長。如果說五四時期中國新文學的誕生是混血的，20 世紀 80 年代的這一次混血的生長，則使中國文學擺脫了「文革」文學的夢魘，使中國文學出現了繁榮局面。

人民共和國文化與文學叢書
中國人民大學特輯　總序

程光煒　李怡

　　2005 年，中國人民大學文學院的中國當代文學史專業方面，將重點轉向了以「重返八十年代」為主題的當代文學史研究，這當然是中國大陸視野裏的「當代文學」。博士生課程採用課堂討論的方式，事先定下九個討論題目，分配給大家，然後老師和學生到圖書館查資料，自己設計問題，寫成文章後，分別在課堂多媒體上發表，接著大家討論。所謂討論，主要是找寫文章人的毛病，包括他撰寫文章的論文結構、分析框架、問題、材料運用，自然，他們最為關心的是，這篇論文究竟對當前的當代文學史研究有無新的發現和推動，至少有無提出有價值的質疑意見。因此，每學期總共十八週授課時間，安排一次課堂發表文章，另一次是課堂討論，這樣交錯有序進行。竟未想到，這種開放式的博士生研究課堂，到今年已進行了十一年，湧現了一批有價值有亮點的博士論文，湧現了若干個被大陸當代文學史研究界矚目的青年學者。據稱是大陸中國現當代文學研究界，為獎勵 45 歲以下青年學者而設置的具有很高學術聲譽的「唐弢青年文學獎」，最近連續三年，都有這個課堂上走出去的青年學者獲得。僅此就可以知道，雖然中間的過程困難重重，也有很多不必要的重複和彎路，仍然可以證明，通過課堂討論、大家集中研究中國當代文學史這種方式，事實上有一定的效果。

　　其實，在 2005 年以前，我們這個學術團隊中已有博士生在做《紅岩》、《白毛女》的研究，取得引人注意的成果。而以「重返八十年代」為主題的當代文學史研究，目的是以中國現代文學史自五四之後，八十年代這個又一個「黃

金年代」爲文學高地，在這個歷史制高點上，縱觀 60 年的中國當代文學史，並以這個制高點，把這 60 年文學拎起來，做一個較爲總體的評價和分析，建立這個歷史時段的整體性。今天看來，這個目的初步達到了。這套學術叢書，關涉到中國當代文學史的諸多領域，例如文學思想、思潮、流派、現象、紛爭、雜誌、社團等等，雖不能說每個題目都深耕細作，但確實有一些深入，某些方面，還有較深入的開掘，這是被學術同行所認可的。例如，《紅岩》研究、《白毛女》研究、「重寫文學史思潮」研究、「李澤厚與八十年代文學」研究、「現代派文學」研究等。另外賈平凹小說、路遙與柳青傳統、七十年代小說的整理、上海與新潮小說的興起、八十年代文學史撰寫中的意識形態調整、十七年文學等等，也都在這套叢書中有所反映。

　　毫無疑問，中國大陸的中國當代文學史研究，離不開「當代史」這個潛在的認識性裝置。一定程度上，文學史與當代史的表面和諧關係，實際也暗藏著某種緊張狀態。作爲歷史研究者，每個人都離不開、跳不出自己生長的歷史環境。但是，所有有識的歷史研究者都意識到，所謂學術研究即包含著對自身歷史狀態的超越。他們所關心和研究的問題，事實上是以他自己的問題爲起點的；也就是說，他們研究的學術問題，實際上就是他們自己所困惑的歷史問題。我們想這種現象，又不僅僅是我們的。借這套叢書在臺灣出版的機會，我們想表達的是：學術著作的出版，是一次展示自己學術見解，並與廣大學界同行進行交流切磋的極好機會。因此，十分期望能得到讀者懇切的批評和意見。

2016.2.22 於北京

序

程光煒

　　得知王德領的博士論文即將出版，我與作者一樣感到高興。德領是我到中國人民大學中文系任教後帶的第二屆碩士研究生。第一屆碩士生是韓國學生梁元喆。德領同屆的師姐是汪海詠。碩士畢業後，德領進入久負盛名的北京十月文藝出版社工作，從普通編輯做到一個部門負責人，已有十年多。在此期間，他一邊工作，一邊重新回校攻讀博士學位。一方面要承擔繁重的編輯工作，同時還要辛苦讀書，撰寫博士論文，其中的艱難，唯有當事人自己最為清楚。不過，我也分享了他寫作準備和思考的一部分過程。德領在研讀大量材料和構思的期間，有幾次搭乘我的車，每次都有一個多小時。我開車回原來居住的北京西三旗附近的住宅，他則在西三旗橋下下車，再轉車回回龍觀的家。一路上，我們多次討論論文的有關問題，從選題到篩選材料，從論文框架到具體章節的取捨，都在談話中有所涉及。我們的討論，是在德領自己的初步思路上展開的，有些問題他在寫作中有所吸收，有些則做了較大的調整和充實。

　　我們知道，作為新時期文學之開端的「1980年代文學」，它的生成來自各種因素，各種力量的糾結，但其中，外國文學的翻譯也是一個重要部分。過去，人們的研究對此問題雖然已略有涉及，但作為一篇完整的博士論文予以揭示和深入討論的，恐怕還是王德領的這部個人著作。然而，揭開這一歷史路徑，重新討論1980年代先鋒文學之興起的複雜原因，需要研究者花費巨大精力去搜求材料，並對這些材料進行分類研究，在進一步篩選、利用和整理的過程中，對問題進行一步步地推理。與此同時，「作家創作」與「翻譯」的關係，是論文寫作的重中之重，也需要作者選取幾位重要作家，根據不同問

題來設定章節，然後分別論述。然而，由於作家個人背景、文學修養和寫作風格的差異，他們對翻譯文學的接受、消化和再創新，以及取得的效果往往是不同的。因此，就要細心地作出不同判斷，通過比較性研究的方式，來達到撰寫論文的目標。另外，還須瞭解，拉美魔幻現實主義文學中的「神話模式」、「家族模式」，與五四以來中國文學相類似的文學現象，例如巴金《家》裏的文學書寫，它們之間有無承傳關係，是在什麼意義上承傳和變異的，在具體作家創作過程中大概也有不同表現。諸如此類的問題，我想都在德領對論文的準備、構思和寫作過程中耗費了他大量的精力。而且在我看來，由於博士論文的篇幅所限，如果試圖窮盡這些問題，一一都找到滿意的處理方式，顯然是不現實的。這篇博士論文所花費的巨大精力，它對一些重要學術問題的探討，我想讀者當能在其中找到例證，無須我這裏多說。

德領寫碩士論文時，他文字的乾淨、平實，敘述問題的清晰自然，都給我留下很深的印象。這種文字風格和思考問題的方式，也一一貫穿在博士論文的寫作之中。鑒於他在北京十月文藝出版社的工作，主要是與從事長篇小說創作的作家打交道，對當代文學有獨到的觀察，對作家創作本身，也有許多切身體會。在我看來，從事人文學科研究的博士論文，需要長時間的生活經驗、社會閱歷和文字準備，所以德領把自己的本職工作與博士論文寫作融為一體。這對保證他論文的順利完成，並取得良好的學術效果，顯然是事半功倍的。對德領博士論文，我還有許多感受試圖抒發，不過，作為他的導師，我意識到也應該有一點點自知自明，在介紹這篇博士論文的特色之外，應持一種更為客觀中性的立場。因為讀者自會明辨。

程光煒
2010 年歲末於澳門大學

目次

序　程光煒

導　論 ……………………………………………………… 1

　一、論題的由來以及研究的意義 ……………… 1

　二、對幾個概念的限定 ……………………………… 7

第一章　80年代接受西方現代派文學的非理性
　　　　主義哲學背景 …………………………………… 11

　第一節　作為西方現代派文學思想根源的非理性
　　　　　主義思潮的界定 ……………………………… 11

　第二節　非理性主義思潮的譯介與接受 ………… 14

　　一、五十至七十年代非理性主義思潮的譯介
　　　　與接受 …………………………………………… 14

　　二、80年代非理性主義哲學的譯介與接受
　　　　熱潮 ……………………………………………… 19

　第三節　非理性主義哲學熱與80年代思想場域 …… 26

第二章　中國文學語境與西方現代派文學的譯介 …… 33

　第一節　五十至七十年代對西方現代派文學的
　　　　　譯介 …………………………………………… 33

　　一、文學新秩序中西方現代派的位置 ………… 33

　　二、反面教材：十七年期間對西方現代派的
　　　　翻譯和評論 …………………………………… 40

　　三、「文革」期間對現代派的激烈排斥 ……… 43

第二節　1976～1989 對西方現代派文學的譯介 …… 48

　一、1976～1978 對禁區艱難的突破 ………… 48

　二、1979～1989 對西方現代派的譯介 ……… 55

　三、80 年代西方現代派譯介的特徵 ………… 59

第三節　80 年代中國思想文化語境與現代派文學
　　　　的接受 ……………………………………… 63

第三章　西方現代派文學接受中的論爭 ………… 71

第一節　從論爭文章統計看論爭呈現的幾個特點 … 72

第二節　如何看待這個「陌生而混亂的世界」：
　　　　論爭歷程的簡要回顧 ………………………… 83

第三節　現代主義還是現實主義：中國文學發展
　　　　道路的論爭 ………………………………… 87

第四節　論爭背後的意識形態因素 ……………… 100

第四章　1976～1985 中國文學對西方現代派文學
　　　　的接受 …………………………………… 107

第一節　現代派接受中的技術主義傾向 ………… 107

　一、「當前創作的焦點是形式問題」………… 107

　二、對現代派文學形式的「剝離」………… 112

　三、對社會主義現實主義創作方法的偏離與
　　　小說文體熱 ………………………………… 118

第二節　對荒誕存在的反諷式表達 ……………… 124

　一、存在主義覓蹤 ………………………… 125

　二、「虛無連著虛無」抑或「本體的荒誕」‥ 136

　三、影響的焦慮：互文性寫作中的文化身份
　　　的確認 ……………………………………… 141

第三節　命名的困惑：80 年代文學中的現代主義 146

餘　論 …………………………………………… 155

參考文獻 ………………………………………… 163

後　記 …………………………………………… 171

導　論

　　當代文學中的外國文學，一直是一個重要的話題。20 世紀 50 年代以來，與其它文學創作方法相比，社會主義現實主義更迫切地感受到「身份」的焦慮，一直在尋求外國文學資源來建構自身。從蘇聯文學、第三世界文學到 80 年代的西方現代派文學，都曾經作爲可資借鑒的「遺產」，對它起過重要的塑造作用。而在 80 年代，西方現代派文學則對它成功地進行了解構，使之趨於瓦解，因此，西方現代派文學對中國文學的「重塑」作用，其意義不亞於一場文學革命。在這種解構的背後，其實是思想知識類型已經發生了變化的結果。本書試圖從文學思潮史的角度，將西方現代派文學的接受放在西學東漸的背景上，在 80 年代思想文化場域中，結合中國文學語境，分析這種變化的依據與內在的邏輯運作過程。

一、論題的由來以及研究的意義

　　把外國文學的接受作爲研究對象是一個比較棘手的問題。因爲這種研究不僅存在著語言隔膜，而且還帶有冒險性質。一個顯而易見的事實是，在中國文學的語境裏，我們所面對的外國文學，實際上是翻譯文學，而非外國文學原作。而漢語和其它文字，尤其是字母文字，有著天壤之別，從某種程度上說，巴別塔是難以逾越的。但是，漫長的世界文化交流史早已證明，翻譯是在異質文化中爲保存原文而採取的一種必須的手段，「在某種程度上，一切偉大的文本都包括字裏行間的潛在譯文」〔註 1〕，兩種不同的語言，是可以相

〔註 1〕　〔德〕瓦爾特・本雅明：《譯者的任務》，載陳永國主編《翻譯與後現代性》，中國人民大學出版社 2005 年 9 月版，第 12 頁。

互轉換的。正如本雅明所說，「可譯性是某些作品的一個本質特徵」，「因爲各種語言絕不是相互陌生的，而是先驗地、除了所有歷史關係之外而在它們所表達的東西上相互關聯的」，這些異質的語言間存在著「內在的親緣性」和「特殊的趨同性」。〔註2〕在《聖經》中，人類誕生後，「天下人的口音都是一樣的」，人們要修建一座凝聚普天下民眾的城和通天的塔，這引起了上帝耶和華的恐慌，「如今既做起這事來，以後他們所要做的事就沒有不成就的了」。於是耶和華來到了人間，「變亂（confused）他們的口音，使他們的言語彼此不通」〔註3〕，天下人彼此言語不通，通天塔自然造不成了，上帝以種類繁多的語言取代了「元語言」，起到了「分散」天下人的凝聚力的目的，樹立了自己的威權。但是，上帝的目的並沒有完全得逞，正是由於各種語言之間的這種可譯性，借助於翻譯，「通天塔」始終在修建，雖然也許永遠不會完成，但是始終在修建之中。

　　雖然存在著可譯性，譯文與原作顯然還是存在著較大差異的，「翻譯中個別詞語的『信』幾乎永遠不能完全再生產原詞的意思」；「內容和語言在原文中構成了一種統一性，如同一個水果與其外皮，而譯文的語言則像寬鬆的皇袍圍包著內容。因爲它指代一種比自身語言更尊貴的語言，因而不適合內容，給人一種壓抑和陌生的感覺。這種斷裂阻止了翻譯，同時使其流於膚淺」。〔註4〕並且，「本質的果核在翻譯中是不可譯的，它不是內容，而是內容與語言之間、果實與果皮之間的緊密依附。」〔註5〕內容與語言的關係是天然的，譯文的語言與內容的關係則是「像寬鬆的皇袍圍包著內容」。儘管譯文不可能完全再現原文，但是譯文的作用是無可替代的，「在譯文中，原作的生命獲得了最新的、繼續更新的和最完整的展開。」〔註6〕「翻譯的確是原文成長過程中的一個時刻，原文在擴大自身的過程中完成自身。」〔註7〕「當譯作和原文碎片

〔註2〕　〔德〕瓦爾特・本雅明：《譯者的任務》，載陳永國主編《翻譯與後現代性》，中國人民大學出版社2005年9月版，第5頁。

〔註3〕　《聖經 舊約・創世紀》，第14頁。

〔註4〕　〔德〕瓦爾特・本雅明：《譯者的任務》，載陳永國主編《翻譯與後現代性》，中國人民大學出版社2005年9月版，第9頁。

〔註5〕　〔法〕雅克・德里達：《巴別塔》，載陳永國主編《翻譯與後現代性》，中國人民大學出版社2005年9月版，第33頁。

〔註6〕　〔德〕瓦爾特・本雅明：《譯者的任務》，載陳永國主編《翻譯與後現代性》，中國人民大學出版社2005年9月版，第5頁。

〔註7〕　〔法〕雅克・德里達：《巴別塔》，載陳永國主編《翻譯與後現代性》，中國人民大學出版社2005年9月版，第29頁。

狀結合時，二者不管多麼不同，也相互結合，相互補充，從而在生存過程中構成了一種更大的語言，也改變了他們自身。正如我們已經看到，譯者的母語也改變了。」〔註8〕

　　一個確定無疑的事實是，由於翻譯的介入，發生變化的何止是民族語言，還有作為語言藝術的文學。由於異域的文學大量湧入，作家通過對譯介過來的外國文學的模仿、吸收、創造性轉化，使民族文學得到極大的發展。「民族文學的發展需要相互關聯，需要相互作用和相互學習。軟弱靜止的民族文學可以從生機勃勃的民族文學那裡獲得一劑能量而煥發青春。翻譯為創造強大的民族語言和文學作出了貢獻，這一思想在19世紀和20世紀已經流傳廣遠，成為許多翻譯實踐的隱含理由。」〔註9〕早在19世紀初，熱爾曼娜·德·斯塔爾就大力鼓吹通過翻譯來改造民族文學：「『人所能為文學作出的最大貢獻就是把人類精神的傑作從一種語言傳到另一種語言』」；「與其它生命形式一樣，文學也必須經常通過對峙、對話和交流來更新自身。德·斯塔爾嚴厲地批判了法語的文化優越感。他想通過引入像德國文化等外來文化的最明顯的因素來打破他們的自足性。浪漫主義，尤其是北部的感傷作品，英國和德國的浪漫派，將是更新南部即法國和意大利古典文學的力量源泉。而更新的手段就是翻譯……翻譯是文學和政治變革的動力，她認為意大利人應該把翻譯作為更新其已經硬化的古典傳統的手段。」〔註10〕民族文學對異域文學的接受，一直是世界文化交流史中的一個重要內容。

　　毋庸置疑的是，翻譯對中國文學的塑造作用更為巨大。從歐洲中心論的觀點來看，晚清文學的確是屬於「軟弱靜止的民族文學」。五四時期的文學革命，無論是對舊文學的指責，還是對新文學的設計，背後大都有一個潛在的標準，即西洋文學的標準。以五四文學革命的健將胡適為例，他的《文學改良芻議》一文，雖然談的是中國文學的改革，「今日而言文學改良，須從八事入手」，下斷語的依據卻是西洋文學標準：「吾惟願今之文學家作費舒特

〔註8〕　〔法〕雅克·德里達：《巴別塔》，載陳永國主編《翻譯與後現代性》，中國人民大學出版社2005年9月版，第31頁。

〔註9〕　雪莉·西蒙：《熱爾曼娜·德·斯塔爾和加亞特里·斯皮瓦克：文化掮客》，載陳永國主編《翻譯與後現代性》，中國人民大學出版社2005年9月版，第273頁。

〔註10〕雪莉·西蒙：《熱爾曼娜·德·斯塔爾和加亞特里·斯皮瓦克：文化掮客》，載陳永國主編《翻譯與後現代性》，中國人民大學出版社2005年9月版，第276頁。

（Fichte），作瑪志尼（Mazzini），而不願其爲賈生，王粲，屈原，謝翱也。」
胡適在該文中盛讚「但丁、路得之偉業」，因爲他們擯棄了陳陳相因的正統文
字，用一種當時被稱爲俚語的文字進行創作，「故今日歐洲諸國之文學。在當
日皆爲俚語。迨諸文豪興，始以『活文學』代拉丁之死文學。」他在《建設
的文學革命論》一文中，認爲創造新文學「只有一條法子，就是趕緊多多的
翻譯西洋的文學名著做我們的模範」。這是因爲，他斷定「中國的文學實在不
夠給我們作模範」，而「西洋的文學方法，比我們的文學，實在完備得多，高
明得多，不可不取例。即以散文而論，我們的古文家至多比得上英國的倍根
（Bacon）和法國的孟太恩（Montaigne），至於像柏拉圖（Plato）的「主客體」，
赫胥黎（Huxley）等的科學文字，包士威爾（Boswell）和莫烈（Morley）等
的長篇傳記，彌兒（Mill）弗林克令（Franklin）吉朋（Gibbon）等的「自傳」，
太恩（Taine）和白克兒（Buckle）等的史論；……都是中國從不曾夢見過的
體裁……更以戲劇而論，2500 年前的希臘戲曲，一切結構的工夫，描寫的工
夫，高出元曲何止十倍。更以（西洋）小說而論，那材料之精確，體裁之完
備，命意之高超，描寫之工切，心理解剖之細密，社會問題討論之透徹……
眞是美不勝收。」〔註 11〕胡適的這個對中國文學與西洋文學的判斷，一抑一
揚，傾向何其鮮明。現在看來，胡適從「歐洲中心主義」出發，對中國文學
的判斷很難說得上是客觀公允，但是他對於翻譯西洋名著的呼吁，借助於翻
譯從而催生中國新文學的誕生的設想，可以說代表了當時知識界最強烈的呼
聲。

　　在 20 世紀的中國出現了兩次翻譯高潮，〔註 12〕一次是在五四時期，外國
文學的「介入」，直接催生了中國新文學。五四時期，圍繞著「科學」與「民
主」，啓蒙與救亡，歐美的批判現實主義文學成爲譯介的重點，文學成爲思想
解放、探討社會問題、謀求民族強大的利器，現實主義、爲人生的文學，成
爲中國文學的主潮。無論是新文學的體裁劃分，諸如自由體詩歌、小說、散
文、話劇，還是新文學對「人的文學」、「平民文學」的強調，乃至貫穿現代
文學三十年的許多文學潮流，如「象徵詩派」、「新潮小說」、「普羅文學」、「新

〔註11〕1918 年 4 月 15 日《新青年》第 4 卷第 4 號。
〔註12〕有學者認爲，五四以來，外國文學的譯介的高潮出現了三次，一次是五四時
　　　　期，一次是三四十年代，再一次是 80 年代。筆者認爲，就外國文學對中國民
　　　　族文學重新塑造的深度、廣度、乃至對中國文學所產生的範式影響而論，五
　　　　四時期與 80 年代是兩個最爲重要的時期。

感覺派」、戴望舒爲代表的「現代詩派」、「九葉詩派」等等，莫不與外國文學有著千絲萬縷的聯繫。外國文學如同一隻看不見的手，操縱著中國誕生不久的新文學，使中國文學告別了漫長的封閉、自足狀態，向著「世界文學」的面貌靠攏，加入了「世界文學」一體化的進程。

另一次譯介高潮發生在「文革」後至 80 年代。這個時期，除了重印、新譯古典文學名著之外，還重點翻譯了西方 20 世紀現當代文學作品，其中主要是西方現代派文學。由於現代派文學被排斥了將近 30 年，國內文學界視這些作品簡直是天外來客，稱之爲「新、奇、怪」，不啻引發了一場文學地震，引起了激烈論爭。論爭由外國文學界迅速擴展到創作界。中國作家從形式入手，對西方現代派文學進行了模仿、改寫、創造性轉化，使中國文學擺脫了「文革」文學的「高大全」敘述模式，打破了定爲一尊的社會主義現實主義的創作模式，使中國文學的創作格局出現了多樣化，體現了與世界文學尤其是歐美文學的聯繫，變得「世界性」了。外國文學的譯介，尤其是對其中的現代派文學的接受，是推動中國文學發生巨變的強大動力。五四時期胡適所謂的外國文學的翻譯對中國文學的建設所起的「模範」作用，在 80 年代又一次得到了確證。

斯蒂芬‧格林布拉特曾經說過：「文學史始終是文學的可能性的歷史。」〔註13〕面對 80 年代中國文學繼五四之後的又一次復興，對其提供發生學的解釋是很有必要的。新時期文學的發生，存在著可供解釋的多重可能性。以往的研究，大多從思想解放的角度，從政治與文學的關係入手，從社會環境、文學政策的逐步開放、以及作家創作觀念的變化來解釋文學的這種變化，外國文學的影響，沒有得到足夠的重視。而當代文學中的外國文學，一直是一個重要的話題。50～70 年代，社會主義現實主義一直存在著身份的「焦慮」，迫不及待地在外國文學中尋求可以利用的資源來建構自己，文學越是政治化，這種建構意識越是強烈，由此引發數次對外國文學經典的重新評價，以辨別哪些資源可以進入被借鑒之列。西方現代派文學，由於和社會主義現實主義在文學觀念、創作方法、思想基礎、政治意圖等方面成爲對立的兩極，因而一直受到激烈排斥。80 年代翻譯政治化、文學政治化被盡力弱化之後，被遮蔽的西方現代派文學得到彰顯，並對社會主義現實主義文學產生了很大

〔註13〕〔美〕斯蒂芬‧格林布拉特：《什麼是文學史？》，載郭宏安等編《國際理論空間》（第一輯），清華大學出版社 2003 年，第 160 頁。

的影響。當然，這種彰顯和影響在中國語境裏呈現出十分複雜的圖景。因爲任何一種文學思潮進入中國，都有其特定的歷史機緣和現實緣由，在它的背後，往往是一種知識類型發生了位移，由此改寫了原有的知識譜系，何況西方現代派這樣一種隸屬於非理性主義範疇的文學思潮，在社會主義的國家主流意識形態話語看來，本身帶有很強的資產階級意識形態特徵，現代派以及所依據的非理性主義哲學，在進入 80 年代中國思想場域時，不可避免地與國內的思想話語產生摩擦和交鋒，在思想領域與人性、人道主義、異化的論爭，在文學領域和社會主義現實主義的探討相互糾纏在一起，其間的複雜情形，恐怕不是一般的平行研究或者影響研究所能概括的。

對於 80 年代對西方現代派文學的「接受」研究，影響研究和平行研究已經取得了不少成果，目前多見微觀研究的文章，從文學史的角度來研究 80 年代中國文學對現代派文學的接受的文章尚不多見。近年流行的是對中國與外國作家作品間對應式的平行研究，如《殘雪與卡夫卡小說比較研究》（羅璠著）；或者是某一現代主義思潮對中國當代文學的影響研究，論文方面，如，《魔幻現實主義與「尋根」小說》（陳黎明）、《拉丁美洲文學翻譯與中國當代文學》（滕威）等，專著方面，如《「垮掉的一代」與中國當代文學》（張國慶著）、《薩特與中國──新時期文學中「人」的存在探詢》（吳格非著）、《上帝是誰──辛格創作及其對中國文壇的影響》（傅曉微著）、《魔幻現實主義在中國的影響與接受》（曾利君著）、《魔幻現實主義與新時期中國小說》（陳黎明著）等。從思潮史進行宏觀的研究的論文有一些，如《七十年外來思潮影響通論》（陳思和）、《1978～1982：西方現代主義在中國的引進》（陳思和）、《二十世紀八十年代的「現代派文學」》（程光煒）等，公開出版的專著則寥寥無幾，比較有分量的主要有趙稀方的《翻譯與新時期話語實踐》一書。《翻譯與新時期話語實踐》主要從思潮史的角度，考察西方文藝理論的翻譯對新時期文學和理論話語的形成所起的形塑作用。作者借鑒賽義德的「理論旅行」的概念，將翻譯的變異問題與地域空間的遷移聯繫起來，分別考察了人道主義、現代主義、存在主義、形式主義、精神分析學、女性主義、新歷史主義、後殖民主義等西方理論在中國的「旅行」，分析了它們在新時期話語實踐的變異情況，以及對新時期文學和理論話語產生的影響。但是，該書只是從理論的角度概括性論及了現代派文學，並非是一部詳細論述現代主義和中國文學的著作。

在方法論上，本論著力圖避免將中外作家與作品進行簡單比附的研究方式，而是著重對「影響」背後的知識現象進行研究。本論著試圖從宏觀的文學思潮史的角度，從對構成西方現代派文學哲學基礎的非理性主義哲學在 80 年代的譯介和接受入手，圍繞著中國文學為什麼接受西方現代派和怎樣接受西方現代派這個核心問題而展開，以系統翔實的資料，詳細梳理西方現代派在建國後、70 年代末至 80 年代的譯介情況，通過分析對西方現代派的接受中所凸現的中國思想文化語境，以及有關西方現代派文學的論爭、中國文學在接受西方現代派過程中出現的重要的文學現象，分析西方現代派文學是怎樣參與了 80 年代中國文化思想史的進程，並使 80 年代中國文學的面貌與五六十年代文學相比有了巨大的差異的。

二、對幾個概念的限定

本論著中，「80 年代」是一個相對寬泛的時間概念，時間的上限是「文革」結束，下限是 1989 年。這一時間長度帶有濃厚的政治意識形態特質，文學作為社會主義社會的一種特殊的意識形態，是不能脫離這個時代的。儘管文學有其自身的運動規律，但是政治與文學在 80 年代，還是比較緊密地聯繫在一起，鬆動是有限的。

關於「現代派」的內涵如何界定，一直難有確切的定論，「因為它極其複雜豐富，斷然拒絕進入定義的牢籠」。〔註 14〕Modernism 在漢語中可譯作「先鋒派」、「現代派」、「現代主義」，這個詞語是對 19 世紀末至 20 世紀上半葉具有試驗和創新特色的文學藝術派別的統稱，不僅包括文學，還包括繪畫、音樂、電影、建築等許多領域。建國後最早對「現代派」的範圍進行界定的，是茅盾。他在《夜讀偶記》中，把象徵主義、印象主義、未來主義、表現主義、達達主義、超現實主義等半打多的「主義」統稱為「現代派」〔註 15〕。這種對現代派較為寬泛的界定，是自十七年文學直至 80 年代有關現代派的權威論述，袁可嘉、陳焜等人有關現代派的研究和闡釋，就是在這個基點上進行的。

關於現代派文學起止時間的界定，上限有多種說法，愛德蒙‧威爾遜在《阿克瑟爾的城堡》中，將 1870 年劃定為現代主義的開端。而 M.H.艾布拉姆

〔註 14〕袁可嘉：《西方現代派文學的邊界線》，《讀書》1984 年第 10 期。
〔註 15〕參見茅盾：《夜讀偶記》，百花文藝出版社 1958 年 8 月版。

斯認為，現代派文學的開端在 1914 年。有的學者主張將 1857 年波德萊爾的
《惡之花》的出現，作為現代主義出現的標誌。下限也存在著爭議。對現代
派素有研究的袁可嘉先生對現代派的「邊界」的猶疑態度，很能說明這種變
化。在 1980 年出版的由袁可嘉等人選編的《外國現代派作品選》（第一卷）
中，現代派文學的遠祖是美國的愛倫・坡和法國的波德萊爾，經過前期象徵
主義的發展，後期象徵主義在一戰和十月革命後得到極大發展，各種現代主
義流派出現在歐美，主要包括以下流派：後期象徵主義、表現主義、未來主
義、意識流、超現實主義、存在主義〔註16〕、荒誕文學、新小說、垮掉一代、
黑色幽默以及廣義的現代派。這個選本實際上把前期象徵主義也包括進去
了，它劃定的時間邊界是 1890～1970 年。而在 1983 年的一篇文章中，袁可
嘉認為 1950 年為現代派文學的下限，把 50 年代以後的新流派稱為與現代派
既有聯繫又有區別的「後現代派」。〔註17〕而在 1984 年的一篇文章中，袁可
嘉對這個看法進行了修正，認為「現代派文學是 1890～1970 年間西方資本主
義國家間流行的一個國際文學思潮」，「既然荒誕戲劇、新小說和黑色幽默小
說在思想傾向和藝術手法上都接近現代派，把它們排除在外，顯然是講不通
的。經過比較，我認為把現代派文學的下限定在 1970 年，即荒誕劇、新小說
和黑色幽默小說開始衰退的年份是言之成理的」。〔註18〕在 1993 年出版的《歐
美現代派文學概論》中，袁可嘉則將現代派文學定義為：「現代主義文學是 1890
～1950 年間西方主要資本主義國家間流行的一個國際文學思潮，它是一個包
括象徵主義、未來主義、意象主義、表現主義、意識流和超現實主義文學六
個流派的總稱。」而在 80 年代初被劃入現代派的存在主義、荒誕文學、新小
說、垮掉一代、黑色幽默，則被劃入「後現代主義」：「後現代主義文學則是
1950～1980 年間在英美法三國興起的存在主義、荒誕戲劇、新小說、黑色幽
默、後現代詩五個流派的統稱。」〔註19〕以上袁可嘉先生對現代派分期的劃
分的變化，大體代表了不同時期國內學界對現代派的基本看法。目前被大多

〔註16〕 存在主義作為一個哲學派別，究其淵源，可以追溯到丹麥的克爾凱郭爾，主
要代表人物有德國的雅斯貝爾斯、海德格爾，法國的薩特、加繆。薩特與加
繆既是哲學家，又是文學家，兩人都獲得過諾貝爾文學獎金，他們身兼兩職，
以帶有存在主義哲理的文學作品開創了一個文學派別。本文中的存在主義，
側重於文學意義，主要是指法國薩特、加繆的存在主義。

〔註17〕 袁可嘉：《西方現代派文學三題》，《文藝報》1983 年第 1 期。

〔註18〕 袁可嘉：《西方現代派文學的邊界線》，《讀書》1984 年第 10 期。

〔註19〕 袁可嘉：《歐美現代派文學概論》，上海文藝出版社 1993 年版，第 5 頁。

數學者認可的是，現代主義文學除了袁可嘉先生概括的六個流派外，還應包括拉美的魔幻現實主義。1950 年之後，後現代主義文學興起了，存在主義、荒誕文學、新小說、垮掉一代、黑色幽默等屬於後現代主義。

　　而本論著中的「西方現代派」是一個較為寬泛、混雜的概念，在 70 年代末 80 年代初的語境裏，「西方現代派」這個術語是對歐美資產階級國家眾多具有現代主義特色的作品的統稱，此外還包括拉丁美洲和東方的現代派作品。當時看來，現當代資產階級文學幾乎是現代派的代名詞〔註 20〕，只要在表現手法、表現主題上不同於社會主義現實主義的作品，都可以劃入現代派的範圍，這是一種「無邊的現代主義」，可見當時中國學界對於現代派文學的認識還比較粗略。在 1983 年出版的一本研究現代派的書中，把現代派的範圍擴大到十七個，除了袁可嘉在《外國現代派作品選》中所劃分的十個流派之外，又增加了「現代主義、印象主義、意象主義、達達主義、憤怒的青年、第二浪潮、魔幻現實主義」〔註 21〕。而「憤怒的青年」是產生於英國五十年代的一個文學流派，以反傳統、批判社會著稱，熱衷於塑造「反英雄」，在創作方法上大體上是現實主義的。「第二浪潮」是繼「憤怒的青年」之後興起於英國的戲劇運動，強調「文學介入」，主張抨擊現實。嚴格說來，「憤怒的青年」、「第二浪潮」不屬於典型的現代派文學。有一篇文章中稱，現代派戲劇除了荒誕喜劇以外，還包括「殘忍戲劇、恐慌戲劇、貧窮戲劇、近似戲劇等等」〔註 22〕，有的學者傾向於把美國的「南方文學」、「迷惘的一代」歸入現代派小說〔註 23〕。

　　本論著中所探討的 80 年代語境中的西方現代派文學並不等同於這種廣義的現代派。我認為，需要對「現代派」這個概念的範圍加以必要的限定。若作品沒有鮮明的現代主義特色，就不屬於這個文藝思潮。現在看來，80 年代初袁可嘉的劃分還是相對嚴格的，但是他說的廣義的現代派也存在著將現代派過於泛化之嫌，比如《外國現代派作品選》第四卷選了 32 位作家的作品，

〔註 20〕柳鳴九：《現當代資產階級文學評價的幾個問題》，《外國文學研究》1979 年第
　　　　1 期。
〔註 21〕黑龍江省社會科學院文學研究所《西方現代派文學參考資料》（內部發行），
　　　　1983 年版。
〔註 22〕馮建民：《試論現代派的藝術特徵》，《文藝研究》1982 年第 3 期。
〔註 23〕陳焄宇　何永康編：《外國現代派小說概觀》（內部發行），江蘇人民出版社 1985
　　　　年 3 月版，第 4 頁。

這些作家基本上是屬於現實主義的，只是他們局部運用了現代派的一些手法，如意識流等，他們和傳統的現實主義只是稍有區別而已〔註 24〕。因此，本論著中對西方現代派所包含的流派的界定，包括以下諸流派：象徵主義、表現主義、意象主義、未來主義、意識流、超現實主義文學、魔幻現實主義，以及被現在廣泛認為屬於後現代主義的存在主義、荒誕文學、新小說、垮掉一代、黑色幽默，一共十二個流派。另外，考慮到 80 年代的具體語境，還應包括具有現代主義傾向的海明威、紀德、索爾‧貝婁、川端康成等，這些作家的作品中譯本在 80 年代被廣為傳誦，對中國作家的創作產生了較大的影響。

　　本論著的側重點是對 1976～1985 這 10 年間對西方現代派文學的「接受」問題進行研究。我認為，80 年代對西方現代派文學的「接受」，包含著以下三個層面的內容：第一，80 年代接受西方現代派文學的思想文化背景；第二，西方現代派文學的譯介、論爭與中國文學語境；第三，西方現代派文學對中國文學的影響。本論著就是在以上基點上展開論述的。

〔註 24〕這個時期對現代派的態度，比較典型地反映了國內社會主義現實主義創作的「危機」。當時存在著兩個評價標準，一個是社會主義現實主義，另一個是 19世紀現實主義，以這兩個當時人們熟悉的標準來衡量現代派，會將一些運用了現代主義的局部表現手法的現實主義作品歸入現代派的範圍。當時這種評價的「偏差」，不僅體現在對待外國文學上，也體現在對中國文學現狀的判斷上，將一些運用了現代主義手法的現實主義作品也算作是現代派作品。

第一章 80年代接受西方現代派文學的非理性主義哲學背景

第一節 作爲西方現代派文學思想根源的非理性主義思潮的界定

非理性主義（irrationalism）這個概念本身是「含混合泛化」的〔註1〕。美國學者加德納（P・Gariner）認爲，「與目前哲學中使用的其它語詞諸如『歷史主義』和『主觀主義』一樣，『非理性主義』也是一個極不精確的術語，人們在各種各樣的意義和內涵上使用它。因此，任何想要在明確而嚴謹的表述範圍內闡釋它的意義的嘗試，都立刻碰到重重困難。」他認爲，非理性主義者並非是籠統地因爲他否定理性、思想無邏輯或混亂，「只有在他主張某種特定的學說，涉及像理性的地位和作用或哲理性標準在各種經驗或研究領域內的適當性這些問題時，才可稱他爲非理性主義者。換言之，關鍵不在於無意不遵循公認正確的規範，而在於根據某些考慮或聯繫某些情景而明確拒斥或懷疑這些規範。」〔註2〕在該文中，作者從不同的角度，辨析了西方啓蒙運動的非理性主義、19世紀的非理性主義、本體論上的非理性主義、認識論上的非理性主義、倫理學上的非理性主義，心理學和社會學意義上的非理性主義，

〔註1〕 夏軍：《非理性世界》，上海三聯書店，1993年12月版，第2頁。
〔註2〕 〔美〕加德納（P・Gariner）《非理性主義》，陸曉禾譯，李國海校，該文摘自《美國哲學百科全書》，詳見《國外社會科學文摘》（Digest of Foreign Social Sciences），1991年第7期。

從西方歷史文化的深處，盡可能地對非理性主義作了多方面的闡釋。國內有的學者認爲，非理性主義是指「人類普遍的一種思維方式與哲學態度，並非專指某些特定哲學流派，其直接反對的是認識論上的理性主義和經驗主義，與懷疑論、不可知論、虛無主義、神秘信仰主義以及人生觀上的享樂主義、禁欲主義與悲觀厭世主義等有著密切的關係與聯繫。它誇大人的本能、直覺、意志的力量，認爲它們在人的本性中是起決定作用的……它可以表現於經濟、政治、宗教、倫理、美學與文學藝術等一切方面。」〔註3〕這樣界定非理性主義，其範圍是很寬泛的。

而本文所說的非理性主義，主要限定在西方哲學範疇，特指與西方現代派文學緊密相關的非理性主義思潮，主要包括叔本華、尼采爲代表的意志主義、以柏格森爲代表的直覺主義、以弗洛伊德爲代表的精神分析理論，以及以薩特、加繆爲代表的存在主義，這些，構成了西方現代派文學發生和發展的哲學基礎。

理性主義（Rationalism）曾經是西方啓蒙運動時期和 19 世紀最爲流行的思潮。處於上升時期的資產階級及其思想家們極力宣揚理性的力量，反對中世紀的蒙昧，藉以對民眾進行啓蒙，在他們那裡，理性可謂是反封建的利器，成爲開啓民智的法寶、衡量一切的準繩。到了黑格爾那裡，理性的地位達到了頂峰。理性主義不僅是一種世界觀，更是一種人生哲學和人生理想，「從理性主義的發展來看，理性已經不單純被當作人的認識中的一個階段或思維的一個方面，而是被當作知識的基礎，道德的基礎，人的一切權利的基礎，是評判一切事物的尺度，因而是價值的基礎，最後是宇宙的靈魂。」〔註4〕而非理性主義在康德那裡已經初露端倪。康德發現了理性的限度，在自己營建的哲學體系中沒有將理性貫徹到底，認爲理性永遠不會解決靈魂、道德、信仰等問題，從而給知識和信仰留下了各自的地盤，爲將來的非理性主義埋下了伏筆。

非理性主義哲學並不等同於非理性，並不是說徹底排斥理性，理性與非理性之間並非存在著一個不可逾越的鴻溝。非理性主義哲學是對將理性絕對化的傳統思潮的反動，是對理性的重新審視和糾正。在一定意義上說，它是

〔註 3〕 《後現代主義辭典》，王治河主編，中央編譯出版社 2004 年 1 月版，第 119 ～120 頁。

〔註 4〕 李步樓：《理性主義和非理性主義》，《江漢論壇》1995 年第 6 期。

在根據時代的需要來努力尋求理性，尋求對存在、社會、人生等諸問題的重新闡釋。海德格爾，這位存在主義哲學的主要代表人物之一，在一次演講中曾經激情滿懷地追問道：「什麼是理性？理性是什麼，在何處、通過誰來決定？理性本身已經成了哲學之王了嗎？如果說『是』，那麼是憑何種權力？如果說『不是』，那麼理性又是從何處獲得其使命和角色的呢？……一旦我們對那種把哲學的特徵刻畫爲理性行爲的做法產生懷疑時，也就同樣可以懷疑哲學是否屬於非理性的領域。因爲不論誰想把哲學規定爲非理性的，他都是把理性當作劃界的尺度，而且，他又把理性假定爲不言自明的東西了。」〔註5〕由此可見，雖然理性與非理性是一個「對子」，但要涇渭分明地將它們劃界，其實是很難的。有的調和論者，傾向於把理性與非理性結合在一起。非理性主義反對的是理性「主義」，反對的是把理性絕對化、神聖化、本體化，理性絕對化本身已經遮蔽了原先啓蒙思想家宣揚的理性主義所閃射的人性的光輝，理性神聖化遮蔽了對人本身的關注。在人類遭受了世界大戰、經受了科學技術進步所帶來的深刻異化的 20 世紀初期，一度被遮蔽、忽視的人的存在本身受到了空前的關注，解開理性強加於人身上的重重束縛，重新認識人本身，彰顯人的直覺、權力意志、潛意識、自由選擇、生存的荒謬感等，爲人本身的生存和發展提供哲學動力，成爲思想文化界必須面對的新的課題。可以說，非理性主義是在理性主義內部產生的，可謂是理性主義的一大進步：「辨認出非理性正是理性的一個勝利。但在另一個意義上，它卻強化了那股反理性的潛流，當這股潛流上升到表面時，我把它稱作『後現代主義』。」〔註6〕

　　非理性主義不像理性主義那樣注重邏輯推演，注重分析和論證，注重包羅萬象的龐大體系的建構，許多非理性主義哲學家的論著大量採用了文學性的敘述語言，是一種「詩化哲學」。比如尼采的《查拉圖斯特拉如是說》，用優美的具有詩性的格言體寫就，堪稱哲理散文詩，本身是詩性的，尼采的哲學著作像一團舞蹈的火焰，攪動著你的熱血沸騰不已。尼采向世人證明，哲學不僅可以訴諸理智，而且更可以訴諸情感。後世的一些非理性主義哲學家，如薩特、加繆、弗洛伊德等，很難說沒有受到尼采這種以燃燒的藝術激情來寫作哲學文章的影響。我在讀《西西弗的神話》時，就讀出了尼采的聲音與

〔註5〕〔德〕海德格爾：《什麼是哲學》，孫周興譯，載孫周興選編《海德格爾選集》（上），上海三聯書店 1996 年 12 月版，第 589～590 頁。

〔註6〕Ihab hassan., *The Postmodern Turn: Essays in Postmodern Theory and Culture.* Ohio State University Press, 1987, p.34.

口吻：加繆在此作開篇就寫道：「眞正嚴肅的哲學問題只有一個在；自殺。判斷生活是否値得經歷，這本身就是在回答哲學的基本問題。」〔註7〕《西西弗的神話》行文的語氣和包含的哲理性很近似於尼采。只是尼采的聲音裏有上帝的激情，加繆的聲音裏更多的是人間的冷峻。薩特和加繆兩人將哲學與文學很好地結合在一起，二人都創作了宣揚自己學說的文學作品，如薩特的《噁心》、《死無葬身之地》，加繆的《局外人》、《鼠疫》等。

　　哲學和文學之間無疑存在著緊密的聯繫，在某種程度上說，文學可謂是哲學的回聲，是哲學理念的具體化。文學思潮和哲學思潮往往是一體的。譬如，馬克思主義與普羅文學、與社會主義現實主義，存在主義與存在主義文學等。非理性主義和西方現代派文學的關係十分緊密，叔本華的唯意志哲學、尼采的權力意志哲學、柏格森的生命哲學、弗洛伊德的精神分析理論、薩特與加繆的存在哲學，這些非理性主義思潮，爲西方現代派文學提供了哲學基礎，提供了世界觀和方法論。西方現代派文學與這些非理性主義思潮的關係，有的是直接的對應關係，如與柏格森的生命哲學與意識流小說，存在主義與存在主義文學、荒誕派戲劇，有的是產生了全局性的泛化影響，如弗洛伊德的精神分析理論對許多現代派文學表現人物內心世界、表現潛意識和性意識的影響。有關西方現代派文學與這些非理性主義思潮的關係，以及西方現代派文學整體的思想內涵、藝術特徵，有關象徵主義、意象派詩歌、未來主義文學、超現實主義文學、表現主義文學、意識流小說、存在主義文學等現代主義諸流派的內涵和特徵，許多研究者已經進行了較爲詳細的論述，這裡就不再贅述。

第二節　非理性主義思潮的譯介與接受

一、五十至七十年代非理性主義思潮的譯介與接受

　　非理性主義思潮其實早在晚清時期即已來到中國。最早被引入的是尼采。1902 年，梁啓超就在《新民叢報》上的一篇文章中提到過尼采，稱尼采哲學爲「尼志埃之個人主義」。魯迅的前期思想中，明顯帶有尼采的影子。魯迅稱讚尼采爲「斯個人主義之至雄傑者矣」，他在 1918 年譯過《察拉圖斯忒拉的序言》第一節至第三節，周作人說：「豫才於拉丁民族的藝術興會，德國

〔註7〕　〔法〕加繆：《西西弗的神話》，杜小眞譯，天津人民出版社 2007 年 6 月版，第 1 頁。

只取尼采一人,《札拉圖如是說》常在案頭。」〔註8〕五四時期將尼采哲學誤讀爲「個性主義」,是與那個時代所推崇的個性解放、反傳統密切相關的。叔本華的唯意志哲學稍晚於尼采也被介紹到中國來。1913年,柏格森的直覺主義與生命哲學通過錢智修開始介紹到中國〔註9〕。此時的柏格森學說正在歐洲流行,中國思想界已經把握住西方最新的思想潮流。

最早介紹弗洛伊德學說的,可能是王國維。早在1907年,他翻譯了丹麥惠佛丁的《心理學概念》,其中提到了「無意識」的概念。1914年,《東方雜誌》上的《夢之研究》一文提到:「夢的問題,其首先研究者,爲福留特博士,Dr. Sigmunt Freud」,該文只是對釋夢的簡單介紹。此後,1916年12月,《東方雜誌》一篇譯文《晰夢篇》,比較細緻地介紹了弗洛伊德的釋夢學說〔註10〕。五四之後,對弗洛伊德的譯介蔚爲風氣,中國的心理學、哲學、文學、歷史學、醫學等人文社會科學,都受到了精神分析理論的影響。弗洛伊德的《精神分析引論新編》面世的時間是1933年,而1935年就出了中文版,可見當時學界對弗洛伊德的重視程度。

薩特的存在主義的引進始於40年代,最早的譯介是1943年11月的《明日文藝》第2期,刊有若安‧保羅‧薩爾脫的短篇小說《房間》的譯文。錢鍾書、戴望舒、徐仲年、吳達元、陳石湘、盛澄華和羅大岡等人都翻譯或介紹過薩特,《明日文藝》、《時與潮文藝》、《文藝復興》、《文學雜誌》、《益事報》和《大公報》等報刊,都介紹過薩特的生平、思想或作品。薩特的思想和作品在西方是熱點,在中國也受到了重視,東西方基本上是取同一步調的。〔註11〕可見,當時國內對於非理性主義思潮,還是相當開放的。

自五四以來,非理性主義思潮在中國都有了譯介,成爲中國眾多哲學思

〔註8〕　《魯迅年譜》上冊,鮑昌、邱文治編,天津人民出版社1979年6月版,第133頁。

〔註9〕　最早將柏格森介紹到國內的是錢智修,錢智修在法國聽過柏格森講課,他在1913年《東方雜誌》第10卷第1號、第4號上,分別發表了《現今兩大哲學家概略》、《布格遜哲學之批評》,重點介紹了柏格森哲學中的「直觀」、「時空觀」。1918年,劉叔雅在《新青年》4卷2號上撰文《柏格森之哲學》,介紹柏格森的學說。五四前後的中國哲學界,對歐洲哲學現狀並不隔膜,譯介是及時的,1927年,柏格森獲得了諾貝爾獎,在國內也有及時介紹。

〔註10〕　參見林基成:《弗洛伊德學說在中國的傳播:1914～1925》,《21世紀》1991年第4期。

〔註11〕　參見解志熙:《生的執著——存在主義與中國現代文學》,人民文學出版社1999年版。

潮的一部分。有的思潮，如尼采的權力意志、叔本華的唯意志哲學由於和當時的反傳統、反封建語境相契合，迎合了高揚個性主義、人道主義的時代需求，影響深遠。

建國後至「文革」結束近 30 年間，在意識形態領域馬克思主義取得了領導地位，非理性主義被看作是西方資產階級的哲學流派而被排斥、批判。在此期間，哲學政治化傾向十分明顯。由於新中國「一邊倒」的外交策略，蘇聯成為中國的樣板。在斯大林執政時期，主管黨的意識形態的日丹諾夫在蘇聯思想界和哲學界長期推行「左」的政治和思想路線，開啓了按照政治原則進行學術批判的先河。這種學術批判模式影響深遠，在蘇聯直到 50 年代後期，在中國直到「文革」結束之後很長一段時期才逐步得以消除。1947 年，日丹諾夫在批判亞歷山大洛夫《西歐哲學史》大會上的講話，是這種「左」傾政策的集中體現。在這個講話中，日丹諾夫認為，一部「科學的哲學史，是科學的唯物主義世界觀及其規律的胚胎發生與發展的歷史，唯物主義既然是從與唯心主義派別鬥爭中產生和發展起來的，那麼，哲學史也就是唯物主義與唯心主義鬥爭的歷史。」〔註 12〕他號召對於以西方哲學為核心的西方意識形態進行猛烈的批判和鬥爭：「對於那些為馬克思主義敵人所利用而風行一時的，哪怕是顯然反動的哲學體系和哲學思想，都應該特別尖銳地加以批評。」〔註 13〕日丹諾夫的這個講話譯介到國內後，被國內哲學界奉為經典，努力加以貫徹，其作用幾乎相當於毛澤東《在延安文藝座談會上的講話》在文藝界的影響力。其後，哲學界對實用主義等一系列資產階級哲學的批判，乃至於中國哲學、自然科學的研究，都和政治聯繫起來，甚至國內的政治鬥爭，都要貫徹一種鬥爭哲學。與對待哲學的態度相比，日丹諾夫在文學藝術上的簡單粗暴有過之而無不及，《日丹諾夫論文學與藝術》在建國後也被奉為經典論述。由此，在意識形態領域，形成了一種極「左」的文化模式。對這種文化模式的引進，可以說是新中國在意識形態領域向蘇聯學習的一項重大成果。

在冷戰期間，西方非理性主義被作為資產階級陣營的核心意識形態，對它進行批判和清算，以維護馬克思主義的純潔，是國際上社會主義陣營的共同任務。匈牙利著名理論家盧卡奇對待非理性主義的態度非常具有代表性。

〔註 12〕 日丹諾夫：《在關於亞歷山大洛夫〈西歐哲學史〉一書討論會上的發言》，人民出版社 1957 年版，第 3～4 頁。

〔註 13〕 日丹諾夫：《在關於亞歷山大洛夫〈西歐哲學史〉一書討論會上的發言》，人民出版社 1957 年版，第 14 頁。

他在 50 年代初出版的《理性的毀滅：非理性主義的道路──從謝林到希特勒》一書中，系統地論述了非理性主義的危害，在盧卡奇看來，非理性主義背叛了德國古典哲學的理性傳統，「是十九和二十世紀反動哲學的決定性的主流」〔註14〕，「理性和非理性的對立，歸根結底，是無產階級和資產階級的對立的反映，是唯物主義和唯心主義，辯證法和形而上學對立的一種表現形式」。〔註15〕而這種對待非理性主義的態度，將階級鬥爭貫徹到哲學研究領域，把哲學研究政治化、庸俗化了。盧卡奇認為尼采「在內容和方法論上，他都是從美國到沙俄的非理性主義哲學反動派的典範，甚至沒有一個反動思想家曾經能夠或者現在能夠和他大致地較量一下影響。」〔註16〕「希特勒作為非理性主義的實際上的實現者，是尼采和在尼采之後，從尼采中產生的哲學發展的遺囑執行人。」〔註17〕「非理性主義者叔本華成了革命后德國和俾斯麥建立帝國的準備時期的哲學領袖。」〔註18〕「柏格森的直覺，對外而言，是一種要摧毀自然科學知識的客觀性和真理性的傾向，對內而言，是帝國主義時期與社會生活隔絕的寄生的孤獨個人的內省」；「墨索里尼能夠從柏格森的哲學中，不加捏造，就發展出一套法西斯主義的思想，柏格森對這一事實要在人類面前負責。」〔註19〕在系統地論述了非理性主義各個流派的唯心主義和客觀上為法西斯張目後，盧卡奇下斷語說：「在非理性主義的每一哲學活動中，實際上都含有法西斯主義的、進攻的反動思想的可能性。」〔註20〕在盧卡奇這裡，非理性主義可謂「十惡不赦」，不僅是唯心主義的，而且成為了法西斯主義的幫兇。這種將學術研究政治化的做法，簡單粗暴得令人瞠目結舌。

〔註14〕　〔匈〕盧卡奇：《理性的毀滅：非理性主義的道路──從謝林到希特勒》，王玖興等譯，山東人民出版社 1988 年 4 月版，第 8 頁。

〔註15〕　〔匈〕盧卡奇：《理性的毀滅：非理性主義的道路──從謝林到希特勒》，《譯者引言》，王玖興等譯，山東人民出版社 1988 年 4 月版，第 14 頁。

〔註16〕　〔匈〕盧卡奇：《理性的毀滅：非理性主義的道路──從謝林到希特勒》，王玖興等譯，山東人民出版社 1988 年 4 月版，第 13 頁。

〔註17〕　〔匈〕盧卡奇：《理性的毀滅：非理性主義的道路──從謝林到希特勒》，王玖興等譯，山東人民出版社 1988 年 4 月版，第 686 頁。

〔註18〕　〔匈〕盧卡奇：《理性的毀滅：非理性主義的道路──從謝林到希特勒》，王玖興等譯，山東人民出版社 1988 年 4 月版，第 15 頁。

〔註19〕　〔匈〕盧卡奇：《理性的毀滅：非理性主義的道路──從謝林到希特勒》，王玖興等譯，山東人民出版社 1988 年 4 月版，第 20～27 頁。

〔註20〕　〔匈〕盧卡奇：《理性的毀滅：非理性主義的道路──從謝林到希特勒》，王玖興等譯，山東人民出版社 1988 年 4 月版，第 27 頁。

　　作爲西方資產階級哲學的非理性主義思潮，在中國自然也成爲了批鬥的對象。1949～1976 年，國內對非理性主義思潮的譯介非常少，在連工人做工要講辯證法、改良土壤也要講矛盾論的時代，作爲國內哲學研究的重要陣地《哲學研究》，自 1955 年創刊至 1964 年停刊，期間忙著批胡適、批杜威的實用主義、批胡風、批《紅樓夢》研究中的唯心主義，火藥味十足，竟沒有一篇專門探討非理性主義哲學的論文。偶有零星的譯介，主要見於《現代外國資產階級哲學研究資料》叢刊〔註 21〕，以及六十年代初爲了批判修正主義而譯介的一些西方資產階級的哲學文章，這些譯介，是作爲批判的靶子使用的。《現代外國資產階級哲學研究資料》叢刊在 1961 年和 1962 年，對存在主義的譯介是重點，一共出過三次存在主義的專輯。《哲學譯叢》期刊除了譯介蘇聯以及東歐社會主義國家對馬列主義的探討文章之外，另一個重要的任務，是譯介當代西方資產階級哲學，以供國內研究和批判之用。在譯介的非理性主義哲學中，主要是譯介了各國「左」傾的學者對存在主義的批駁，如，日本森宏一的《存在主義怎樣同馬克思列寧主義對抗？》（王敦旭摘譯，1963 年第 4 期）、日本榊利夫的《存在主義哲學的畸形和原型——薩特爾批判》（1964 年第 11 期）等，存在主義之中，重點進行了對薩特的存在主義哲學的批判。60 年代出於批判修正主義的需要，以內部發行的形式譯介出版了如《存在主義還是馬克思主義》（盧卡奇著，韓潤棠譯，1962）、《存在主義簡史》（讓·華爾著，馬清槐譯，1962）、《存在主義哲學》（中國科學院哲學研究所西方哲學史組編，1963）、《辯證理性批判》（第一分冊，薩特著，1963）、《存在與虛無》節譯（薩特著，1965），以及薩特的中短篇小說集《厭惡及其它》（鄭永慧譯，1965）、《人的哲學——馬克思主義與存在主義》（沙夫著，1963）、《現代西方資產階級哲學的基本特點》（奧依則爾曼著，1962）等有關非理性主義的哲學著作，這些書的前言部分，往往是一篇火藥味很濃的討伐文章。

　　在譯介過來的這些文章和論著中，有關薩特的存在主義可以說是數量最多的。之所以如此，不僅是因爲薩特的存在主義在西方資產階級世界影響巨大，還與薩特和社會主義的複雜糾葛密切相關。薩特不僅是一個傑出

〔註 21〕　《現代外國資產階級哲學研究資料》叢刊是由中國科學院哲學研究所編輯，
　　　　　封面上赫然印著「內部資料，注意保存」字樣，可見它主要是供研究人員作
　　　　　爲參考用的。該刊物 1961 年創刊，1962 年停刊，1963 年改名爲《哲學譯叢》，
　　　　　仍採用內部發行的形式，繼續出刊。

的哲學家、文學家，還是一個重要的社會活動家，他是第三世界弱小國家的忠實支持者，曾與共產黨合作，同情並支持社會主義事業，和西蒙·德·波伏娃於 1955 年 9 月至 11 月訪問過中國，足跡到達北京、瀋陽、鞍山等地，此後分別在《人民日報》、《法國觀察家》上撰文，稱讚中國。薩特對於中國共產黨和人民的態度可以用「友善」兩個字來概括。雖然存在主義被稱爲資產階級的腐朽哲學，但是由於薩特的特殊性，國內還是對他網開一面，在一定範圍內從馬克思主義的角度允許探討他的哲學（當然在不同時期不同對待，「文革」期間，薩特就受到了無情的批判），至於其它存在主義代表人物，如雅斯貝爾斯、海德格爾，則很少觸及，即使偶有介紹，也帶有濃厚的批判色彩。

二、80 年代非理性主義哲學的譯介與接受熱潮

　　「文革」結束以後，隨著改革開放政策的實施，自五四以後又一個西學東漸的高潮來臨了。商務印書館、三聯書店成爲譯介西方哲學的重鎮。其中，譯文出版社的《20 世紀西方哲學譯叢》、三聯書店的《現代西方學術文庫》、上海三聯書店的《20 世紀人類思想家文庫》等三套叢書，陣容龐大，基本上將 20 世紀西方主要哲學流派的代表著作譯介了過來。在這個大背景下，對非理性主義思潮的譯介和研究空前活躍起來，存在主義、精神分析學等成爲國內思想界介紹、爭論和研究的熱點。特別是薩特、加繆的存在主義，深刻地影響了經歷了「文革」的中國人尤其是青年人的思想。雖然說，當時將西方非理性主義思潮定位爲資產階級危機時代的哲學，更多地是從馬克思主義的立場對它們進行批判性的評價〔註22〕，甚至到了 80 年代中期，「比較流行的看法」，仍然認爲，「非理性主義是『資本主義危機時代的危機哲學』，『是現在資產階級社會內部的深刻危機的思想表現』，是資本主義社會的『悲涼輓歌』。」〔註23〕其實，對待非理性主義可謂是外冷內熱，與學術思想界對非理性主義思潮的評價上的「清醒」相比，青年讀者對於非理性主義哲學趨之若

〔註22〕尤其是在 1983 反對精神污染、1987 年反對資產階級自由化期間，往往把非理性主義思潮作爲西方和平演變的「替罪羊」，作爲反馬克思主義思潮、鼓吹自由化的有害思想之源，在這樣的政治敏感時期，對非理性主義的指責與批判，火力之猛頗近似於十七年期間。

〔註23〕王治河：《非理性主義沉思》，《蘇州大學學報》（哲學社會科學版）1987 年第 1 期。

驚，在譯介和接受上，掀起了一個高潮，相繼出現了「薩特熱」、「弗洛伊德熱」、「尼采熱」。

1978 年《外國文藝》的創刊號上，發表了薩特的劇本《骯髒的手》，這是「文革」後最早被譯介過來的薩特的作品。此後，薩特的劇本、小說、文論被大量譯介過來，儘管薩特只是存在主義的代表人物之一，而在 80 年代被譯介到國內的存在主義，主要是薩特的存在主義。1980 年 4 月 15 日薩特去世，給國內學術界提供了一個大力介紹薩特的最佳時機。柳鳴九先生的《給薩特以歷史地位》〔註 24〕，是一篇重新評價薩特在中國的地位的重要文章。柳鳴九說：「薩特的逝世，給一個社會主義大國的理論界提出了一個艱巨的研究課題。」他滿懷激情地為薩特辯護，呼籲國內學界要善待薩特，「指出薩特哲學思想中可取的部分和合理的內核。這樣做肯定要比把薩特批得體無完膚費力且不討好，但卻甚為值得」；「這樣一個精神上叛逆了資產階級因而被資產階級視為異己者的哲人，能在什麼地方找到自己的支撐點？薩特應該得到現代無產階級的接待，我們不能拒絕薩特所留下來的這份精神遺產，這一份遺產應該為無產階級所繼承，也只能由無產階級來繼承。」柳鳴九的這篇文章堪稱「預言」，因為此後，對薩特的精神遺產的繼承成為 80 年代一個頗為熱烈的話題，對薩特哲學、文學作品的譯介、研究與接受，成為國內讀書界的一大熱點。1980 年《外國文藝》第 5 期選譯了薩特後期的重要文章《論存在主義是一種人道主義》，關有「薩特去世後西方的評論」專欄。1981 年出版的《薩特研究》，較為全面地介紹了薩特的文學作品、哲學思想，還提供了有關薩特的生平等背景資料，可以說是有關薩特哲學、文學的普及讀本，該書於 1987年實現了重印，可以說明當時人們對薩特的喜愛程度。薩特重要的著作，大都在 80 年代翻譯成了中文，如《存在主義是一種人道主義》、《詞語》、《影像論》等，有的還成為了暢銷書，如非常晦澀難懂的《存在與虛無》在 1987 年初版時就印了 37000 冊。國內對薩特哲學的研究性論文及其著作，一時也出現了不少，如《薩特及其存在主義》、《薩特倫理思想研究》、《薩特其人及其「人學」》等等。與薩特相比，國內在 80 年代對於其它存在主義哲學家的譯介比較稀少，散見於《哲學譯叢》、《國內哲學動態》、《哲學動態》等刊物，以及國內編著的介紹存在主義哲學的著作中，如《存在主義述評》（王克千、

〔註 24〕《讀書》1980 年第 7 期。

樊莘森著，1981）、《存在主義哲學》（徐崇溫主編，1986）、《存在主義美學與現代派藝術》（毛崇傑著，1988）等。

　　80 年代薩特的存在主義在青年中尤其受到追捧，據一份調查顯示，在校大學生中，80％的學生知道薩特，20％的「讀過這些文學作品，又接觸過理論」，8％的「有比較系統的探索研究」。〔註 25〕據一篇文章說：「近幾年滾滾湧來的現代西方哲學思潮中，存在主義哲學尤為引人矚目，其影響之廣，一時幾乎到了人必稱薩特的程度。」〔註 26〕80 年代對薩特的接受，之所以出現井噴現象，原因是很複雜的。薩特是中國接受西方資產階級哲學的一個突破口，除了上面提到的原因外，主要是和「文革」有關。「文革」在貌似理性的口號下進行的非理性的癲狂，對人們思想的影響是巨大的。「文革」結束以後，噩夢醒來，原來所信誓旦旦地熱烈擁護甚至不惜用生命去捍衛的一切，被證明是一場鬧劇，甚至是一場慘劇，荒誕而又荒唐，史無前例，比如，上山下鄉運動，數百萬知識青年曾經狂熱地將青春無私奉獻的運動，到頭來只是一場虛無。在狂熱的理想被無情的現實粉碎之後，巨大的心理反差就產生了，生存的荒誕感、價值的虛無感，成為接受存在主義等非理性主義思潮的深層動因。當時的一位學者認為，「在今天的中國，由於十年浩劫，封建主義和「左」的思想對人的個體感性存在的壓制、凌辱，留下了巨大慘痛的精神創傷，在一部分人中引起了對人生的虛無感。因此，近幾年來出現了一種非理性主義傾向，尼采、弗洛伊德、海德格爾、薩特等人的非理性主義思想，在一部分人中引起了相當強烈的共鳴，好像

〔註 25〕《文藝情況》，1982 年 10 月。

〔註 26〕《書林》，1990 年 1 月。不過，也有資料顯示，所謂存在主義在 80 年代初期的大規模流行，僅僅限於京津滬這些文化發達地區的青年人中間，限於特定的人群。在其他大城市，情況卻並非如此。據 1983 年發表的一篇調查報告顯示，瀋陽市理工科學生「85％從未聽到過『薩特』或『存在主義』的名詞，只有 15％的同學最近才在報刊上零散地看到有關批判薩特存在主義的文章。」而在針對文科學生最感興趣的西方現代哲學流派調查中，結果是實用主義占 29.1％，存在主義占 20.7％，弗洛伊德學說占 11.3％。調查的結論是，「在今天的大學生中，直接接觸西方現代哲學思想的人並不多，大部分同學對薩特的存在主義並不很瞭解……那些認為『存在主義在大學校園風行一時，流傳甚廣』、『對當代大學生發生了重大影響』的『第二次衝擊波』等看法是不符合實際的。」因此，存在主義「起不到衝擊學習馬克思主義的作用」。詳見趙子祥　武斌：《大學生對存在主義的看法——對三百名大學生的調查》，《學習與探索》1983 年第 2 期。

發現了新大陸一樣地感到新鮮（其實在西方已不新鮮）。」〔註27〕另外，一個重要的因素也不可忽視，那就是「文革」之後青年人的人生觀急需重建的大背景〔註28〕。雖然改革開放爲國家前途描繪了一個光明的前景，但是，如何實現由政治的人向現代化的人的轉變，如何恢復被踐踏、蹂躪的人的尊嚴，這裡面有許多空白點需要填充。「文革」是一次大浩劫，「文革」後在價值觀、人生觀等方面出現的「人」精神層面的巨大危機，與二戰後的西方存在的危機，有類似的地方。有人認爲，薩特熱「是現代中國青年，尤其是青年知識分子關注和反思人生價值問題的又一次重大反響。」〔註29〕在思想解放潮流的推動下，意識形態領域發生了劇烈變化，思想領域的地震撼動著每一個人，由極「左」政治構築的價值觀遭到批判和否定，而新的價值觀尙未建立起來，懷疑的思潮在青年當中彌漫，當時的一首詩歌《我不相信》，就鮮明地傳達出這種社會情緒。青年如何面對多變的世界，如何確定自己的位置？如何確立自己的人生觀和價值觀？存在主義哲學的興起本來就是基於處在世界大戰中的歐洲面臨的信仰危機，是給飽受戰爭侵害、心靈破碎、前景迷惘的一代人指出生存的勇氣和出路的，是指導作爲個體的人在一個「失去了光明」（加繆語）、充滿荒誕的世界上面對人生諸問題應該如何行動，薩特所使用的自由、選擇、責任等字眼，帶有人本主義哲學很強的介入特徵。從某種意義上說，薩特的哲學是一種人生哲學，80年代初對於薩特的接受，也基本上是基於人生哲學這一角度的。「薩特對人的存在的『心理學描述』，似乎印證了當時許多中國青年對人生的體驗。

〔註27〕劉綱紀：《感性、理性與非理性》，《江漢論壇》1987年7期。

〔註28〕對人生觀的討論和關注，是80年代一個最爲範圍廣泛的熱點問題。人生觀討論始於1980年5月發表在《中國青年》雜誌上的一封署名「潘曉」的讀者來信《人生的路呵，怎麼越走越窄》，這封信引發了全國範圍的對人生問題的大討論，寫回信的人竟然高達6萬人。可見，對人生問題的苦悶和疑惑是一個時代性的問題。「如果說1978年關於眞理標準的大討論標誌著中國政治思想的重大轉變，那麼1980年這場討論則標誌著中國人人生態度的轉折。」（見《我們的時代──現實中國從哪裏來，往哪裏去？》，黃平 姚洋 韓毓海著，中央編譯出版社2006年9月版）在劇烈變動的時代，青年人對人生問題產生了苦悶與疑惑，就不難理解爲什麼將薩特、尼采定位爲「人生哲學」來接受了。在一定意義上說，尼采、薩特等現代西方哲學家扮演了後「文革」時代的青年「精神導師」的角色。

〔註29〕萬俊人：《試析現代西方倫理思想對我國青年道德觀念的衝擊》，《中國社會科學》1989年第2期。

還有薩特的絕對自由的價值觀，似乎滿足了部分青年要求重新尋找自我、實現自我的精神渴望。這樣，薩特的『自我設計』和『自由選擇』學說，便被一部分人狂熱地接受過來。」〔註30〕「自我設計」、「自由選擇」在一定程度上說是80年代初期中國青年對薩特的誤讀，而這種誤讀又包含著必然性，蘊含著當時青年人對自己掌握自己的人生的極大期許和渴望。極「左」政治束縛、摧殘了一代人的青春，一代人最缺乏的恰恰是「自我設計」和「自由選擇」，在「螺絲釘」、「鋪路石」的要求下，個人面臨的只能是無條件服從的命運。在這樣的情形下，又何談「自我設計」、「自由選擇」？而新的一代人。

　　70年代末80年代初，出現了「弗洛伊德熱」。作爲心理學大師，弗洛伊德的作品大量引入中國，掀起了弗洛伊德譯介到國內的第二次高潮。特別是80年代中期，一時出版弗洛伊德的作品成爲時髦，在數量上遠遠超過了建國前譯介到國內來的總和，不僅將建國前弗洛伊德著作的譯本加以重印，還出版了新譯的本子，弗洛伊德本人主要的著作大都有了新譯本，如《精神分析引論》、《精神分析引論新編》、《夢的解析》、《弗洛伊德後期著作選》、《弗洛伊德論創造力和無意識》、《弗洛伊德自傳》、《弗洛伊德論美文選》、《夢的釋義》、《精神分析引論新講》、《文明及其缺憾》、《性愛與文明》等。另外，有關國外研究弗洛伊德的著作，這個時期也譯介了許多，諸如《弗洛伊德和馬克思》（奧茲本）、《弗洛伊德心理學入門》與《弗洛伊德心理學和西方文學》（C.S.霍爾）、《弗洛伊德的愛欲論——自由及其限度》（艾布拉姆森）、《弗洛伊德主義述評》（M.M.巴赫金，B.H.沃洛希諾夫）、《精神分析入門——150個問題的解說與釋疑》（約瑟夫·洛斯奈）、《精神分析和藝術創作》（列夫丘克）等等。另外，還出版了不少國內一些人對弗洛伊德學說的編著，如《精神分析學述評》（張英，1986）、《弗洛伊德精神分析學述評》（張傳開、章忠民，1987）、《弗洛伊德——一個神秘人物》（楊恩寰等，1986）等等。國內的弗洛伊德熱潮，在80年代中後期達到了高潮。不可否認的是，弗洛伊德熱潮的出現，和人道主義、異化、主體性的討論息息相關。對集體的人如何轉變成個體的人，階級的人如何轉變爲正常的人，以及對人的個體感覺世界豐富性的認識，弗洛伊德學說的作用可謂十分巨大，它提供了「文革」後國人對於遭

〔註30〕黃見德：《20世紀西方哲學東漸史導論》，首都師範大學出版社2002年6月版，第256頁。

受極度壓抑的個人意識如何獲得解放的理論基礎。「狠鬥私字一閃念」、「靈魂深處鬧革命」，人的意識都被「規訓」得整齊化、規格化、集約化了，打上了極深的政治烙印，政治意識形態佔據了人的意識的核心。這是單向度的人，高度政治化的人，被極權政治扭曲的人。而在弗洛伊德那裡，在「意識」層面分出了「顯意識」和「潛意識」，在「我」上，又分出「本我」、「自我」和「超我」，而性本能，幾乎是驅使人做出行動的一切動力之源！通過弗洛伊德學說，人們發現，在受到過分推崇的國家、民族、革命等宏大敘事面前，原來附屬於集體的大「我」下面竟然隱藏著一個如此豐富的世界。個人意識的解放原本是思想解放的一部分，在每個政治的單面的人身上，存在著一個豐富複雜、深邃無邊、不能被化約的「內心世界」，這是一個「內宇宙」，弗洛伊德幫助「文革」後的中國「重新發現了人的意識」，這應該是當時人們熱中於談論弗洛伊德的最主要的原因。80 年代流行的「跟著感覺走，緊拉著夢的手」，對感性的強調、對內心世界的探索，個人意識的覺醒，乃至感官的解放，不能不說與弗洛伊德無關。

　　文學界對弗洛伊德的接受，更是熱烈。塑造能夠反映時代本質的典型環境中的典型人物，是社會主義現實主義創作方法的基本要求。無論是毛澤東的《在延安文藝座談會上的講話》中所說的文藝要塑造工農兵形象，還是十七年文學中要求的塑造典型人物，乃至於新時期鄧小平在第四次文代會上提出的要「描寫」「社會主義新人」﹝註31﹞，都是反映論的一種，都把人定位為映現時代精神的一個「中介物」，這是政治的人、階級的人、圖解黨的政策的人。人的內在精神枯萎了，劉再復的《論文學的主體性》當時之所以引起這麼大的反響，主要也是因為他擊中了建國以來流行的文藝機械反映論的要害，點中了穴位。80 年代中期，文學作品中對潛意識、性本能等人的意識的非理性成分的描寫，蔚然成風，顯然來源於弗洛伊德的學說。比如張賢亮《男人的一半是女人》將勞改犯人的性無能直接歸因於極「左」政治對人的戕害，用「性壓抑」來講述一個傷痕故事，帶有鮮明的弗洛伊德的精神分析印記，寓示著性無能與政治壓抑具有直接的對應關係。很明顯，這種身體政治學所依據的是弗氏學說。張賢亮的小說將身體與政治做了弗洛伊德式的關聯，但

﹝註31﹞鄧小平：《在中國文學藝術工作者第四次代表大會上的祝辭（一九七九年十月三十日）》，載《三中全會以來重要文獻選編》（內部發行），人民出版社，982 年 8 月版，第 265 頁。

是也頌揚了以「性意識」而非情感爲基礎的感官文學，其負面效應也很明顯。〔註 32〕在新潮批評中，也出現了一些以弗洛伊德的學說分析文學作品的中的人物乃至作者創作意圖的批評文章。整個 80 年代中期文學的向內轉、內傾性，著意於人的內宇宙的開掘，也與弗洛伊德熱息息相關。

　　「尼采熱」是從「薩特熱」延續下來的。如果說五四時期主要是接受尼采哲學中對偶像的破壞、對個性的張揚的話，80 年代對尼采的接受，則傾向於這樣一個角度：「尼采提出的問題是，在傳統價值觀全面崩潰的時代，人如何重新確立生活的意義。」〔註 33〕「尼采哲學的主題是生命的意義問題。」〔註 34〕「把尼采當作一位人生哲學家來看待」，這是一種有意味的誤讀，可以看出，當時對尼采的接受是依附於啓蒙主義這一知識譜系的。80 年代是一個上帝消失、偶像破滅、價值重估的時代，青年一代「經過十年內亂，在這種理性失落，指導思想遭到毀棄，前輩人的信仰不屑一顧，眞誠的信念尚未確立時，心裏便產生了一種急切焦慮的充實求助感。就這樣，尼采那些高揚自我，否定傳統，重估一切價值的格言和觀念，就和當代中國部分青年的心態相合。」〔註 35〕80 年代只是將尼采定位爲人生哲學家，而對他的哲學中其它重要的方面，如權力意志等，則被遮蔽了。周國平的《尼采：在世紀的轉折點上》在當時是一本重要的普及尼采思想的讀本，出版半年後就重印了三次。有的論者這樣描述當時的盛況：「每次一擺上書架，不幾天便銷售一空。一位在上海念大學的理科大學生甚至寫信讓北京的爸爸、媽媽幫他購買，而且一開口就是 11 本，說是代班裏同學買的。」〔註 36〕周國平選譯的《悲劇的誕生──尼采美學文選》作爲「現代西方學術文庫」之一種，同樣受到了讀者的歡迎，1986 年 12 月首版 5 萬冊，兩個月即售罄，之後又加印了 5 萬冊。譯者認爲，「尼采在美學上的成就主要不在學理的探討，而在於解決人生的根本問題，提倡一種審美的人生態度。他的美學實際上是一種廣義美學，實際上是一種人生哲學……尼采的美學對於藝術家卻有極大的魅力，影響了一大批作家、

〔註 32〕 王德領：《感官文學的生成及其局限──以張賢亮的〈男人的一半是女人〉爲中心》，《海南師範學院學報》（社會科學版）2006 年第 6 期。
〔註 33〕 周國平：《尼采：在世紀的轉折點上》，上海人民出版社 1984 年版，第 243 頁。
〔註 34〕 周國平：《略論尼采哲學》，《哲學研究》1986 年第 6 期。
〔註 35〕 黃見德：《20 世紀西方哲學東漸史導論》，首都師範大學出版社 2002 年 6 月版，第 257 頁。
〔註 36〕 萬俊人：《試析現代西方倫理思想對我國青年道德觀念的衝擊》，《中國社會科學》1989 年第 2 期。

藝術家的人生觀及其作品的思想內容。」〔註37〕將尼采哲學解讀爲人生哲學，突出其中的「審美」功用，這與五四時期魯迅等新文化先驅接受其中的「個性主義」以及呼喚「狂人式」的「超人」，角度可謂大不相同。這個問題的背後，可以看出，80 年代的新啓蒙已經不同於五四時代的啓蒙主義，對尼采的誤讀的背後，體現了 80 年代思想文化場域已經發生了巨大的變化。

第三節　非理性主義哲學熱與 80 年代思想場域

　　80 年代的思想解放是在官方主導下進行的，「解放思想是當前的一個重大政治問題」，「解放思想，開動腦筋，實事求是，團結一致向前看，首先是解放思想。」〔註38〕思想解放的初衷是糾正由於「文革」和極「左」路線造成的對馬克思主義的「偏離」與「歪曲」，改變將馬克思主義教條化的傾向。改革開放的過程是「摸著石頭過河」，這意味著所謂的眞理並不能像原來一樣成爲一成不變的指南，有效與否，只能接受實踐（時間）的檢驗。這說明，當時的決策者們對於思想如何解放，並沒有一個預設的具體操作模式，「思想解放」這個概念在內涵上存在著相對混沌不明的部分，這給國人尤其是知識分子階層以很大的想像空間。對外開放以後，西方資本主義國家的各種思潮潮水般湧入了中國，實際上以隱蔽的方式，加入了中國思想解放的進程，尤其是在大學生和知識青年中間，西方的思想是具有強烈的震撼力的。如此一來，當然帶來了許多新的尖銳的問題，因此，給思想解放劃定一個明確的底線是必需的。就思想解放的底線，鄧小平在 1979 年 3 月提出了要堅持四項基本原則，1981 年 7 月，又在《關於思想戰線問題座談會上的講話》中，根據電影《苦戀》出現的問題，提出文藝界、理論界存在著資產階級自由化的傾向。以後，又有 1983 年的反對精神污染和 1987 年的反對資產階級自由化。如此一來，思想解放與思想限制（進行社會主義「純化」）是同時進行的，二者的摩擦與張力，繪製了 80 年代思想地形的大部分版圖，並一直延續至今。雖然在堅持四項基本原則基礎上的思想解放是 80 年代的宏大敘事，但是這不妨礙 80 年代的文化環境是西學爲主的文化環境。當時引進西學的領軍人物之一甘

〔註37〕尼采：《悲劇的誕生》，周國平譯，三聯書店 1986 年 12 月版，「譯序」第 1 頁。
〔註38〕鄧小平：《解放思想，實事求是，團結一致向前看》（一九七八年十二月十三日），載《三中全會以來重要文獻選編》（內部發行），中共中央文獻研究室編，人民出版社 1982 年 8 月版，第 20 頁。

陽先生，將八十年代的文化特徵概括爲三點：「一個是經濟改革不是當時知識界的 discourse，而且不在人們的頭腦裏面」；「第二點是人文科學爲主」；「第三點是西學爲主，絕對是西學。」〔註 39〕他在回顧自己主編的《文化：中國與世界》叢書時說：「我們的書當時對大學生、研究生影響很大，因爲整個氛圍是人文的氛圍，而且人文氛圍是以西學爲主的氛圍，所以這個編委會成立以後最明顯的身份是現代外國哲學方面比較突出。」〔註 40〕

甘陽的判斷是有他的充分理由的。「薩特熱」、「弗洛伊德熱」、「尼采熱」這些熱點只是 80 年代西學熱湧現的幾朵較大的浪花而已。當時有的學者這樣解釋對西學的選擇：「二十世紀的中國思想界並沒有提供給我們反傳統的現成武器，原有的邏輯語彙像緊箍咒一樣生在我們的頭上。我們從傳統哲學中找不到一個可用來支撐思想信念的範疇，無法靠祖宗的遺產構築一個新的世界觀。這就決定了思辨理性無法避免的悲劇命運，它只能向傳統文化之外的西方世界尋求眞理，讓自己的大腦成爲西學的跑馬場。西學統率東方思想的狀況已經延續了一個世紀，而且還將延續下去。」〔註 41〕80 年代人們從實用主義的角度，關注的是這些非理性主義哲學對解決「文革」後中國所面臨的迫切的現實、人生問題的有效作用，這在一定程度上阻礙了對它們進行深入的學術研討，顯得膚淺，有時可能是斷章取義，很大程度上還是一種哲學政治化傾向的延續，「儘管傳播氣氛熱烈、論著發表數量很多，但是從總體上考察，它們多是直接的、表面的、情緒化的發洩，眞正學理上的探討很少，因而過後發現留下的有影響的學術成果不多。」〔註 42〕但是，那是一個普及哲學的「黃金時代」，對現代西方哲學的饑渴，就像當時文學受到全民關注一樣，這在客觀上爲當時的中國反思「文革」，清除極「左」政治的束縛，重新恢復人的尊嚴，在一個思想廢墟上重新構建青年人的世界觀和人生觀，起到了十分積極的作用。

新時期的思想解放運動在大多數人眼裏，是肇始於眞理標準大討論，確立了實踐是檢驗眞理的標準，實行了改革開放的政策，僵化的思想禁區被打

〔註39〕查建英：《八十年代訪談錄》，生活·讀書·新知三聯書店 2006 年 5 月版，第 196 頁。

〔註40〕查建英：《八十年代訪談錄》，生活·讀書·新知三聯書店 2006 年 5 月版，第 196 頁。

〔註41〕陳燕谷、靳大成：《劉再復現象批判——兼論當代中國文化思潮中的浮士德精神》，《文學評論》1988 年第 2 期。

〔註42〕黃見德：《20 世紀西方哲學東漸史導論》，首都師範大學出版社 2002 年 6 月版，第 259 頁。

破，這些都是由官方一步步加以推動實施的，其目的是在「對『文革』進行清算和批判」的基礎上建立以『四個現代化』爲中心的政治、經濟以及文化思想上的新秩序」〔註43〕，一個不容忽視的事實是，西方人本主義哲學，實際上廣泛地參與了思想解放的進程，這一點被人們低估了，在90年代以來所謂的對80年代思想資源進行整理的一些學者的論述中，對此往往是語焉不詳的。80年代現代派文學的大力倡導者李陀先生的觀點具有一定的代表性，李陀認爲，80年代存在著「思想解放」和「新啓蒙」兩個思想運動，「新啓蒙」「最激進、最核心的東西，是它想憑藉『援西入中』，也就是憑藉從『西方』『拿過來』的新的『西學』話語來重新解釋人，開闢一個新的論說人的語言空間，建立一套關於人的新的知識——這不僅要用一種新的語言來排斥、替代『階級鬥爭』的論說，更重要的，還要通過建立一套關於人的新的知識來佔有對任何社會、歷史關係的解釋權」。這兩個運動之間存在著「糾纏不清的糾葛和纏繞」，「彼此之間不斷發生衝突、擠壓和妥協」。〔註44〕李陀的上述說法很有道理，但是，它低估了建立在非理性主義基礎上的西方人本主義思潮的強大的影響力，這種影響力使它鮮明地區別開當時流行的人性、人道主義這些18、19世紀的西方哲學概念，而李陀所說的「新啓蒙」也主要指的是這些「過時」的哲學觀念。人性、人道主義是反封建的利器，也是五四新文化運動的核心思想資源的組成部分，中國人對此並不陌生，這些觀念在近現代中國思想文化界經歷了一個進入——被排斥、清算——重新進入的曲折過程。李陀沒有看到的是，其實，「新啓蒙」最重要的部分是西方非理性主義思潮，這些思潮構成了「新啓蒙」的底色，這也是爲什麼80年代對人性、人道主義討論匆忙結束，轉向20世紀初期至中葉流行於西方的非理性主義思潮的內在原因：「新啓蒙」本來就是由非理性主義思潮唱主角的。當李陀說「思想解放」和「新啓蒙」兩個思想運動「在政治、經濟和思想上」有著「共同訴求（徹底否定「文革」、進行以實現現代化爲目標的改革開放、批判『封建主義』傳統意識形態）」，認爲「這兩個運動有著共同的知識譜系」，〔註45〕更是

〔註43〕 查建英：《八十年代訪談錄》，生活・讀書・新知三聯書店2006年5月版，第274頁。

〔註44〕 查建英：《八十年代訪談錄》，生活・讀書・新知三聯書店2006年5月版，第273～274頁。

〔註45〕 查建英：《八十年代訪談錄》，生活・讀書・新知三聯書店2006年5月版，第276頁。關於新啓蒙的理論資源，李陀認爲，其主體部分包括「哲學是康德、

暴露了李陀將性質不同的知識話語強行扭結在一起的弊病。這兩個運動實質是來自不同的知識譜系，「共同」從何而來？既然是「共同」，爲何二者的「摩擦」和「交鋒」如此劇烈？薩特宣揚的20世紀中期的存在主義的人道主義和19世紀資產階級上升時期的人道主義是一個概念嗎？海德格爾不是一直在反對人道主義的嗎？主張超人學說和權力意志的尼采的人道主義又體現在什麼地方？推崇性本能、潛意識的弗洛伊德學說又是怎樣能和人性、人道主義扯在一起呢？

　　在我看來，在80年代思想場域中，起著建構作用的主要包含著三種權力話語資源：其一是馬克思主義的國家主流話語形態，當然，馬克思主義的主流話語形態裏面也可以分出改革派和保守派，「左」派和「右」派。其二是西方18、19世紀啓蒙主義話語形態。70年代末80年代初有關人道主義、異化的討論，就是在這個層面上展開的。〔註46〕其三是20世紀西方非理性主義話語，或者也可稱爲人本主義哲學話語，它主要是在80年代初期進入中國的思想話語場，在80年代中後期大範圍流行，更多地表現爲一種權力話語，當時人們誤以爲它代表的是西學的「最新」知識形態。

　　馬克思主義的主流話語形態內部有激烈的摩擦、交鋒，它實際上是起著爲思想解放運動制定政策、方針，規定底線、趨勢、方向的作用；啓蒙主義話語起著爲「文革」撫平創傷、重新恢復被僵化的理性所束縛的人的尊嚴的作用，在一定程度上，這與馬克思主義的主流話語形態是「合謀的」，這也是爲什麼在人道主義、異化的論爭中，反方和正方那麼快地達到了基本一致的關鍵之所在。而20世紀西方非理性主義哲學或者也可稱爲人本主義哲學的情況就有些複雜了，它是在80年代對人道主義、異化的關注中，在稱爲新啓蒙

　　　尼采、海德格爾，美學是克羅齊，社會學是韋伯，心理學是弗洛伊德和榮格，人類學是馬林諾夫斯基，文化符號學是卡西爾，等等」。李陀認爲這是個老地圖，沒有注意到當時風行歐美的「後結構主義、後殖民理論和女權主義」等最新理論，是「搭錯了車」，這個說法，其實不是歷史主義的，這種站在今天的知識立場向歷史提出假設的想法，分明是不恰當的。

〔註46〕當然，有關人性、人道主義、異化的討論，也和整個國際社會主義陣營範圍的思潮論爭聯繫在一起。在六七十年代，在蘇聯和東歐社會主義國家之間，曾經有過對人道主義、異化的熱烈討論。中國內部發行的哲學刊物《哲學譯叢》對此選譯了不少文章，以備批判之用。在劇烈變動的不同的歷史時期，往往呈現出相同的思想文化問題。新時期轟轟烈烈的人性、人道主義、異化的討論，其實是在討論十分陳舊的話題，這不由讓人恍惚又回到了歷史深處，產生光陰倒流的慨歎。

的思想背景下進入話語場的，由此，決定了對非理性主義思潮接受的人道主義視角。因而形成了擯棄非理性主義思潮的抽象的哲理思索成分，而直取其中對人道主義、對人性與人格建設本身所需要的這一獨特的接受方式。薩特哲學中，最初是他的晚期思想中的人道主義色彩受到關注，《存在主義是一種人道主義》譯介得比較早。〔註47〕漸漸地，薩特哲學中對人的自由選擇等成了譯介和評論的中心，當時人們寧可把它作為一種人生哲學來閱讀和接受。如前所述，對尼采哲學的接受也是如此。把尼采哲學納入到對迷惘的青年人生觀、價值觀的重塑當中。〔註48〕

　　80 年代是思想激蕩的時代，馬克思主義、啓蒙主義、以人本主義哲學為代表的非理性主義相互糾纏、摩擦，它們之所以能夠共處於一個思想場域，在於三者都是同樣關注的是人的命運，尤其是作為個體的人如何看待與周圍世界的關係，如何看待現實與人生，乃至於如何進行行動。在思想話語場中，西方現代人本主義思潮往往處於一種實際上的支配地位，尤其是在知識青年中，更準確地說是在經歷了上山下鄉運動的知識青年中，薩特、尼采等代表的西方人本主義哲學得到了熱烈的回應，人本主義思潮其實起著重塑他們的人生觀、價值觀，填充他們由於「文革」造成的價值的空虛感、虛無感的重要作用。客觀上說，這也是國家主流話語形態所推動的，所謂改革開放，實質上就是開啓了又一次向西方學習的大門，這裡面實際上暗含了一種「一邊

〔註47〕 為我所用，一直是西學東漸的一條成規。在建國後，這種成規由學術界演化成政治性的行為，哲學成為為政治服務的工具。50 年代初由於批判胡適的需要，就大批杜威的實用主義。60 年代出於批判修正主義，就把薩特的著作《辯證理性批判》翻譯過來，在譯者序言中，這樣評說道：「他的《辯證理性批判》第一卷，就是主張經過『批判』，把存在主義思想『補充到』馬克思主義裏面去，而使馬克思主義『再生』的一種嘗試。薩特就是這樣與馬克思主義陣營中的修正主義此唱彼和的。」見徐懋庸《辯證理性批判》「譯者序言」，商務印書館 1963 年版，第 2 頁。

〔註48〕 甘陽在回顧 80 年代時，認為自己追求的是「非常純粹的西方哲學」，是超越政治、倡導「學術中立」「精英主義」行為，但是，這種說法是可疑的，實際上他也被編織進當時所流行的對人道主義、人性的關注，對人生觀、價值觀的探討熱潮之中。他翻譯的卡西爾的《人論》，雖然與當時討論的問題不相關，但是還是被接受為對人的問題的探討，「一年內就印了 24 萬本」。另外，他所主編的《現代西方學術文庫》，許多都是暢銷書，周國平的《悲劇的誕生》、薩特的《存在與虛無》、海德格爾的《存在與時間》，都印了 10 萬冊。詳見查建英：《八十年代訪談錄》，生活・讀書・新知三聯書店 2006 年 5 月版，第 198、203、212、218 頁。

倒」的邏輯：西方是先進的，中國是落後的，向西方學習是時代的要求。因此，西方來的知識譜系在80年代是權力話語。雖然，西方人本主義思潮、啓蒙主義與馬克思主義之間存在著一定的「默契」成分，但是，相對於集體、犧牲、奉獻、毫不利己專門利人等社會主義價值觀，「自我設計」、「自由選擇」、「他人就是地獄」都是敏感的字眼，是水火不容的對立的兩極，因此，主流意識形態話語與西方現代人本主義哲學之間，又存在著一種緊張關係，二者之間既有摩擦、交鋒，還有一定程度上的「共謀」，但是不和諧是主要的，在無論是在冷戰時代，還是在改革開放時期，西方非理性主義思潮往往定性為「資產階級危機時代的哲學」，表面上看來，在建國後至「文革」，是進行政治性的排斥與批判，「文革」後加以引進與研究是一種有限的肯定，但是在對待它的評價上，不同時期在本質上並沒有多大的差別，在主流意識形態話語看來，資產階級哲學注不會成為無產階級的世界觀，這是思想解放的「底線」，在這一點上是無庸置疑的。基於對非理性主義思潮的警惕和二者之間的緊張關係，只要在思想領域表現出資產階級自由化的「苗頭」，這些思潮就會成為最好的替罪羊，例如，1983年的「清除精神污染」、1987年的「反對資產階級自由化」，這兩次運動中出現了許多對非理性主義思潮大加撻伐的文章，就是再好不過的例子。這樣看來，也許柳鳴九先生的最初為薩特平反的呼籲只是一個學者的一廂情願：「（薩特）這一份遺產應該為無產階級所繼承，也只能由無產階級來繼承。」〔註49〕令主流意識形態話語始料不及的是，薩特的部分思想還是被廣大的知識青年當作人生哲學繼承了下來。正如我前面所說，尼采哲學最初也是作為一種人生哲學來接受的。非理性主義話語和啓蒙主義話語一道，改寫了主流意識形態苦心經營的關於社會主義青年的價值觀、人生觀的設計，使「社會主義新人」偏離了既定的軌道。對此，主流意識形態的代言人的焦慮感非常強烈，對待薩特的存在主義哲學，一開始的調子是批駁的，基本上持否定立場，就鮮明地反映了這種態度。

　　非理性主義思潮是現代西方意識形態的核心成分，在80年代中國雖然說出現了若干熱點，曾經大量流行，參與了80年代思想解放的進程，與啓蒙話語、主流意識形態話語糾纏在一起，卻並沒有得到充分地展開。但是，對一個飽受創傷的民族來說，非理性主義思潮的流行，不就是一副良藥嗎？正是這些西方知識資源，重構了「文革」後青年人的世界觀、人生觀，以一種彌

〔註49〕柳鳴九：《給薩特以歷史地位》，《讀書》1980年第7期。

散性的影響，持續深入到作家、讀者、批評家、翻譯者的知識結構中，在文學領域裏，它們構成了一種權力話語，在我們在對西方現代派文學的接受和中國作家創作的具有現代主義傾向的作品中，都能夠辨識到它那清晰的影子。它們之於現代主義文學，就像空氣、水之於人類，太陽之於萬物，正是它們構成了現代主義文學的魂魄和根基，也是我們在中國語境裏探討現代派文學的出發點。理清了非理性主義思潮在中國的傳播，尤其是在 80 年代的流行，有助於我們看清在紛繁複雜的本土文學現象背後所隱含的西方知識背景，從而爲西方現代派在中國的接受提供一個發生學的解釋。

第二章　中國文學語境與西方現代派文學的譯介

　　當代中國文學語境與外國文學的譯介之間，緊密相關。外國文學的譯介，不僅是翻譯者本身的活動，還與國家意識形態、文藝政策、本土創作現狀緊密聯繫在一起，呈現出複雜的糾葛關係。特別是西方現代派文學的譯介，在中國當代文學語境中一度是被關注的焦點。無論是在十七年文學中，還是在「文革」後 80 年代初，西方現代派文學作爲社會主義現實主義文學的對立面，二者的關係頗爲緊張。而正是由於二者之間的對立關係，給社會主義現實主義提供了巨大的想像空間，西方現代派在「文革」後被大量引進，起到了消解正統、刻板、僵化的社會主義現實主義的作用，從而促使當代中國文學創作出現了多元化局面，重繪了當代文學的面貌和地圖〔註1〕。

第一節　五十至七十年代對西方現代派文學的譯介

一、文學新秩序中西方現代派的位置

　　在建國後，如何對待屬於資產階級陣營的西方文學？西方現代派文學在

〔註 1〕 一位參與過 80 年代詩歌運動的詩人說：「沒有西方文學，就沒有中國現當代文學。中國現代詩歌小有名氣或稍有成就的詩人都在某個西方詩人那裏吸收過營養，並由於自身修養和人格魅力的匱乏，成爲二三流的拷貝。」這句話不無偏頗，但是也道出了西方現代文學對當代文學的形塑作用。張學昕：《詩，是我們內心的一種精神結構──對詩人李笠、陳東東的訪談》，《作家》2007年第 10 期。

社會主義現實主義文學的建構中處於何種地位？批判繼承中外文學遺產是否包括現代派文學？這已經不僅是一個藝術問題，更是一個政治的問題，是一個有關國內乃至國際上兩大階級陣營鬥爭的大問題。

早在建國前夕，如何對待西方資產階級世界的文學，中國共產黨的文藝政策的參與制訂者們已經在試圖用無產階級的標準來進行評價，將其視為對國內文學的嚴重威脅。1948年，邵荃麟在一篇文章中說，「革命文藝思想的衰弱」已經到了令人吃驚的地步，他認為，究其原因，主要是由於「一九四一年以後，十九世紀歐洲的資產階級的古典文藝在中國所起的巨大影響」，「大量的古典作品在這時被翻譯過來了。托爾斯太、弗羅貝爾，被人們瘋狂地、無批判地崇拜著。研究古典作品的風氣盛極一時。安娜·卡列尼娜型的性格，成為許多青年夢寐追求的對象。」在作家的創作上，「追求『形象』與『技巧』」，熱衷於表現「人道主義的微溫的感歎與憐憫」，創作風格上「逐漸接近於十九世紀自然主義的傾向」。〔註2〕1949年，茅盾在針對國統區文藝的文章中說，「因為醉心於提高，因為把藝術價值單純化為技巧問題」，熱衷於「追求」「文藝上的形式主義」，「於是就出現了漫無批判地『介紹』乃至崇拜西歐資產階級古典文藝的傾向」；「有些文藝工作者甚至以為熟讀了一些西歐資產階級的古典作品就可以獲得中國文藝所缺少的高度藝術性。」茅盾肯定了《約翰·克里斯朵夫》是「不朽之作」，「但不幸許多讀者卻被書中主人公的個人主義精神所震懾而暈眩，於是生活於四十年代人民革命的中國，卻神往於十九世紀末期個人英雄主義的反抗方式，這簡直是時代錯誤了。崇拜西歐古典作品的，最極端的例子就是波特萊耳也成為值得學習的模範，這當然更不足深論。」〔註3〕以上是建國前對40年代介紹外國資產階級文學失誤的回顧與總結。對過去的清算也就意味著對未來的設計。對於象徵主義的代表人物之一的波德萊爾，一句「不足深論」一帶而過，這道出了當時對待現代主義的基本態度。

新中國成立以後，採取了一邊倒的外交策略，全面學習蘇聯。在意識形態領域，蘇聯的影響是壓倒性的。周揚撰文說：建國後「『走俄國人的路』，

〔註2〕 邵荃麟：《對於當前文藝運動的意見──檢討·批判·和今後的方向》，《大眾文藝叢刊》第一輯《文藝的新方向》，香港1948年3月出版。

〔註3〕 茅盾：《在反動派壓迫下鬥爭和發展的革命文藝》，載《中華全國文學藝術工作者代表大會紀念文集》，新華書店1950年版。

政治上如此，文學藝術上也是如此」；「擺在中國人民，特別是文藝工作者面前的任務，就是積極地使蘇聯文學、藝術、電影更廣泛地普及到中國人民中去，而文藝工作者則應當更努力地學習蘇聯作家的創作經驗和藝術技巧，特別是深刻地去研究作為他們創作基礎的社會主義現實主義。」〔註4〕需要指出的是，周揚所說的學習蘇聯，指的是學習蘇聯三四十年代的文藝政策，因為二十年代蘇聯的文藝政策是比較寬容的：「二十年代蘇共的文藝方針是允許文藝界不同團體的獨立存在，三十年代初蘇共則作出取消一切文藝團體、建立單一的作家協會的決議。」〔註5〕在新中國的文藝政策的制定者眼裏，日丹諾夫對待西方哲學的講話成為經典，他在文學藝術上的講話也被奉為經典性論述，「斯大林同志關於文藝的指示，聯共中央關於文藝思想問題的歷史性決議，日丹諾夫同志的關於文藝問題的講演」，「給予了我們以最正確、最重要的指南。」〔註6〕日丹諾夫以簡單粗暴處理文藝問題而著名，他的這種「左」傾的批判方式，以及蘇聯文藝界其它的文藝政策，隨著向蘇聯全面學習而輸入到國內〔註7〕。1951 年 11 月起，北京文藝界進行了一次整風學習，聯共布

〔註 4〕　周揚：《社會主義現實主義——中國文學前進的道路》，《人民日報》，1953 年 1 月 11 日。

〔註 5〕　葉水夫主編《蘇聯文學史》第一卷，中國社會科學出版社 1994 年版，第 35 頁。李今認為：「在整個二十年代較少受到國家政權干預和限制的條件下，蘇聯文藝思想界異常活躍，鬥爭異常尖銳和激烈，各種不同的文藝團體和主張，特別是在對待無產階級文學的問題上，截然相反的觀點和態度都得以發展到極端。」見李今：《三四十年代蘇俄漢譯文學論》，人民文學出版社 2006 年 6 月版，第 41 頁。

〔註 6〕　周揚：《社會主義現實主義——中國文學前進的道路》，原載蘇聯文學雜誌《旗》1952 年第 12 期，1953 年 1 月 11 日《人民日報》轉載。

〔註 7〕　當時，蘇聯的文藝方針、決議、講話對中國產生較大的影響的，主要有：日丹諾夫的報告與講演：《在第一次全蘇作家代表大會上的講演》、《關於〈星〉和〈列寧格勒〉兩雜誌的報告》、《在關於亞歷山大洛夫著〈西歐哲學史〉一書討論會上的發言》；聯共布中央 1946～1948 年間的四個決議：《關於〈星〉和〈列寧格勒〉兩雜誌》、《關於劇場上演劇目及其改進辦法的決議》、《關於影片〈燦爛的生活〉的決議》、《關於 B．穆拉傑利的歌劇〈偉大的友誼〉的決議》。這些報告和決議，除了第一篇的語氣較為緩和，其餘的充滿了大批判的火藥氣。這些決議和報告產生於三四十年代，在當時的中國雖然也及時地被加以翻譯和介紹，但影響只是限於左翼文藝界，而對它們的基本精神大張旗鼓地運用國家力量加以在國內實施和推進，卻是在社會主義制度確立以後。這些報告和決議集中收錄在《蘇聯文學藝術問題》（1953 年人民文學出版社出版）、《日丹諾夫論文學與藝術》（1959 年人民文學出版社出版）兩書中。

中央 1946～1948 年間的四個決議和日丹諾夫的報告，成為學習的主要內容。

在日丹諾夫的關於文藝問題的講話中，對待現代西方資產階級文學的態度是十分明朗的：「資產階級文學的現狀就是這樣，它已經不能再創造出偉大作品了。由於資本主義制度的衰頹與腐朽而產生的資產階級文學的衰頹與腐朽，這就是現在資產階級文化與資產階級文學狀況的特色和特點……現在，無論題材和才能，無論作者和主人公，都是普遍地在墮落著……沉湎於神秘主義和僧侶主義，迷醉於色情文學和春宮畫篇——這就是資產階級文化衰退和腐朽的特徵。資產階級文學，把自己的筆出賣給了資本家的資產階級文學，它的『著名人物』現在是盜賊、偵探、娼妓和流氓了。」〔註8〕這裡所說的「資產階級文學的現狀」，指的就是當時正在西方資本主義世界流行的現代派文學。1934 年 9 月第一次全蘇作家代表大會上確定了社會主義現實主義的創作方法，將蘇聯文學描繪成「最有思想、最先進和最革命的文學」，也給西方現代派文學定了性。日丹諾夫認為，資產階級文學「是充滿著對惡棍、歌女、對一切冒險家和騙子的通姦和奇遇的讚頌的」，蘇聯文學的任務」，「還在於大膽地鞭撻和攻擊那處在污穢和腐朽狀態的資產階級文化」。〔註9〕

蘇聯在斯大林時代制定的對待現當代資產階級文學的政策，幾乎原封不動地被照搬到國內來。全面學習蘇聯，並不意味著蘇聯文學是唯一借鑑的對象，西方文學也在考慮之列。如何構建一個有利於社會主義文學發展的「西方文學史」，是當時的文藝領導者們重點考慮的問題。在評價西方文學上，基本是用社會主義現實主義文學的內涵和尺度加以把握的。在整個的「西方文學」系列中，古典文學相對是安全的，遭到激烈排斥的是現代主義文學〔註

這種粗暴簡單地對待文藝現象，甚至採取人身攻擊和政治打擊的方式，極大地影響到了我國文藝政策的制定。五六十年代的一系列文藝批判，都在或多或少地實踐著蘇聯批判文藝的「日丹諾夫主義」。

〔註 8〕 日丹諾夫：《在第一次全蘇作家代表大會上的講演》（一九三四年八月十七日）（戈寶權譯），載《日丹諾夫論文學與藝術》，人民文學出版社 1959 年 6 月版。

〔註 9〕 日丹諾夫《關於〈星〉和〈列寧格勒〉兩雜誌的報告》（曹葆華譯），見《日丹諾夫論文學與藝術》，人民文學出版社，1959 年 6 月出版

〔註 10〕 這裏所說的「古典文學」的內涵是寬泛的，包括 19 世紀以前的外國文學。1954 年，經中國作家協會主席團第七次擴大會議充分討論，通過了一份參考書目，即《文藝工作者學習政治理論和古典文學的參考書目》（載《文藝學習》1954 年第 5 期）。包括了從古代一直到 19 世紀的作品。由於 20 世紀西方文學的主要部分已經由現實主義轉向現代主義，因而沒有被列入進去。這份參考書目推薦的外國文學名著，俄羅斯和蘇聯的占 34 種，世界其

10〕。當然，1949～1976 年間對待現代主義的態度也有不同的變化，50、60 年代與「文革」期間是顯然不同的。如何繼承世界文學的遺產從而按照社會主義現實主義的原則來創建社會主義新文學，特別是如何對待西方現代派文學，是擺在文學建設者面前的重要政治任務。即使日丹諾夫報告也只是做了一個總結性的論述，只是對西方的資產階級文學的現狀進行了定性分析。特別是在 1956 年「雙百」方針提出以後，出現了對社會主義現實主義質疑的聲音。而對於西方現代派文學，這時也出現了微妙的修正，這時期法國現代主義詩歌波特萊爾的《惡之花》的翻譯刊載，可以說是一個突破性的變化。但是，這僅僅是曇花一現，很快，文藝風向急劇向「左」轉向。1957 年的反右派鬥爭，更是將創作方法和世界觀提到了階級鬥爭的高度，剛剛出現的現代派文學的萌芽旋即被摧毀了。

在對西方現代派徹底否定的潮流面前，如何從社會主義現實主義的角度評價西方現代派文學，如何從理論的高度將西方現代派文學闡釋清楚，是很有必要的。因爲縱觀當時對西方現代派文學的批評文章，內容空洞無物，大多數是從政治意識形態的角度大加撻伐，缺少學理的具體分析。經歷過西學洗禮、對世界文壇極爲熟悉的茅盾，則對西方現代派文學的來龍去脈如數家珍。他的《夜讀偶記》〔註 11〕，是十七年文學中對於現代主義最爲權威、明晰的經典性論述。這是一篇長達 7 萬字的論文，雖然名爲偶記，實際上是茅

他各國的作品 67 種，其中，法國文學 24 種，英國文學 13 種，德國文學 5 種，美國文學 4 種，意大利文學 2 種。從這個譯介的國別文學的數量的對比可以看出，當時對於外國文學的選擇，是和社會主義中國的對外政策緊密相關的。

〔註11〕《夜讀偶記》發表在《文藝報》1958 年第 1、2、8、10 期，1958 年 8 月百花文藝出版社出版了單行本，這篇論文「受到了國內外讀者的熱烈讚譽」，1979 年第 3 版時，作者作了一些改動。茅盾針對當時國內文藝界討論中的兩大熱點，即創作方法和世界觀的關係、現實主義和反現實主義的鬥爭，寫成了這篇長文。茅盾充分調動了他作爲文藝理論家對歐洲文學史的豐富而博大的學養，談起古今中外的文學現象，簡要準確，分析犀利而清晰，雖然帶有「左」傾文藝政策的影響，但是卻是以理服人，雍容大度，沒有染上當時浮躁的帶有大批判色彩的流行文風，就是今天看來，也是一篇將豐富的學識和超人的卓見充分結合起來的鴻文，其行文的氣魄和討論問題的周密與細緻，堪稱大手筆，非一般治學之輩所能比擬。
另外，茅盾此文像一個大學課堂的講演稿，在行文中對一些常見的概念頻繁地加注釋，尤其是對於歐洲文藝思潮，大到文學概念，小到某個詞彙的來歷（如「沙櫳」）等，都耐心地介紹，可見當時的讀者對於西方文學的隔膜程度。

盾針對當時圍繞何直的《現實主義──廣闊的道路》〔註12〕一文引起的熱烈討論精心寫就的。對中國現當代文學而言，無論新現實主義（社會主義現實主義），還是舊現實主義，乃至浪漫主義、現代派，都是舶來品，源頭在歐洲文學。因此，溯源十分重要。茅盾沒有像當時的討論文章那樣僅僅以蘇俄文學為圭臬，僅僅滿足於羅列文學現象，而是有意避開蘇俄文學，從世界文學的高度，從文學發展規律著手，將現代主義置於歐洲文學史的鏈條中。茅盾先從一個公式談起，即「世界的（其實只限於歐洲，因為包含這些『理論』的這些書是歐洲學者們以『歐洲即世界』的觀點來寫的）文藝思潮是依照這樣的程序發展的：古典主義、浪漫主義、現實主義、新浪漫主義。」「新浪漫主義」實際上就是「現在我們總稱為『現代派』的半打多的『主義』。」在茅盾看來，這個公式是持歐洲中心主義的學者炮製出的，表面上看來反映的是世界文學思潮呈現進化論式的更替規律，但是，新浪漫主義（現代派）並不是代表了文藝的最先進的方向，「實質上卻是一件美麗的屍衣掩蓋了還魂的僵屍而已。這個僵屍就是作為假古典主義的本質的形式主義」。

茅盾認為，現代派的思想根源是「主觀唯心主義」，「創作方法是反現實主義的」；共同的思想基礎是「『非理性的』。『非理性』是十九世紀後半葉以來，主觀唯心主義中間一些最反動的流派（叔本華、尼采、柏格森、詹姆士等）的共同特點；這是一種神秘主義，否定理性和理性思維的能力，否定科學有認識真理的能力，否認有認識周圍世界的可能性，而把直覺、本能、意志、無意識的盲目力量，抬到首要的地位。尤其是柏格森（曾經是影響很大的資產階級哲學家）的哲學思想，直接稱為『現代派』諸家的先驅──未來主義和表現主義的思想養料。伯格森施以神秘的直覺能力來對抗理性的、邏輯的認識，『現代派』諸家所自吹自擂的空前新穎的產生於絕對『精神自由』的表現方法（創作方法）實際上就是柏格森的這個反動理論的各式各樣的翻版。除了『非理性』的，現代派的某些流派（例如表現主義和超現實主義）還加了另一位佐料，這就是荒謬的弗洛伊德心理學說。」茅盾認為，現代派

〔註12〕見《人民文學》1956年第9期。何直（秦兆陽）在這篇文章中，針對當時由於照搬蘇聯的社會主義現實主義創作方法而造成的創作的公式化、概念化，對社會主義現實主義的定義提出了質疑，從而提出了現實主義不可定為一尊，作家有探索現實主義途徑的自由，「文學的現實主義是一個無限廣闊的發揮創造性的天地，所以任何人也不應該用它的死硬的教條給人們劃出一條固定不移的小路來。」

的創作方法是「抽象的形式主義的文藝」，「是徹頭徹尾的形式主義，這是就他們的堅決不要思想內容而全力追求形式而言」；「而說它是頹廢文藝，則指它的對現實的看法和對生活的態度，以及它的沒有思想內容的作品之思想內容。」就內容來說，「象徵派反映了『世紀末』情緒，而此後的『現代派』則反映了資本主義危機更深刻化、階級鬥爭更尖銳、革命高潮更高漲的時代中，對現狀不滿而對革命又害怕的小資產階級知識分子的絕望和狂亂的心情。」

茅盾逐個評析了象徵主義、印象主義、未來主義、表現主義、達達主義、超現實主義等現代派諸流派。值得注意的是，茅盾沒有像當時的批評者那樣，徹底否定現代派，還是在一定程度上肯定了現代派：「我們應當承認，現代派也反映了一種『精神狀態』，這就是兩次世界大戰之間，在資本主義壓迫下的一大部分小資產階級知識分子的『精神狀態』」；「同時，我們也不應當否認，象徵主義、印象主義，乃至未來主義在技巧上的新成就可以爲現實主義作家或藝術家所吸收，而豐富了現實主義的技巧」；「我們有理由說現代派的文藝是反動的，不利於人民的解放運動，實際上是爲資產階級服務的，（當然，我們也不能把現代派文藝的傾向性和現代派的個別作家或藝術家的政治立場混爲一談。西方資本主義國際的現代派藝術家其中有投身於革命行列的，有致力於和平運動的，爲數很多）。」可以看到，新時期伊始，對西方現代派的認識和評價，基本上沒有超出茅盾的這一判斷。

值得注意的是，雖然茅盾評價西方現代派文學持有的是社會主義現實主義的標準，但是在具體行文中，還存在著另一個評價標準，即歐洲文學的標準，或者說是五四文學標準。在長達 7 萬字的論文中，他很少引用蘇聯文學作爲例證，也沒有援引革命導師和領袖的經典論述，這一點是很奇怪的。一談到歐洲文學，尤其是古典主義、浪漫主義、現實主義，甚至是他所著力批駁的現代主義，他的敘述就很從容，如數家珍，洋洋灑灑，而一落筆到社會主義現實主義，行文就滯澀了，空洞了。他對當時按照社會主義現實主義創作出的文學作品頗有微詞：「我們今天的一些比較優秀的作品，雖然骨格遒勁，義正詞嚴，然而氣魄不夠，文采不足，還缺少革命浪漫主義的沁人心脾、使人陶醉、使人振奮的筆力」；「很大一部分青年作者的作品樸素到了簡陋、或者寒傖的地步。」可見，他注重的並不是文學的黨性、階級性、思想性這些社會主義現實主義所強調的第一性的內容，而是「氣魄」、「文采」、「筆力」這些藝術性要素。在這裡，他表達了對當時流行的社會主義現實主義的不滿

和擔憂。他在行文中，不時地流露出對歐洲文學名著的讚賞，例如他對古典主義的代表人物之一拉辛的評價：「古典主義詩學的窄狹的框子，拉辛能夠對付得很巧妙；應當說，好像耍雜耍的好手，正是在別人束手束腳無法施展的地方，他卻創造性地使出無盡的解數，叫人不由自主地高聲喝彩。他的悲劇結構：樸素（不賣弄噱頭）而謹嚴。故事的發展合乎邏輯，一切都順理成章，不違背常識，沒有裝腔作勢的驚人之筆，決不爲了追求戲劇性效果而加進不必要的小插曲。他的文學語言：明確，平易，洗練。莊嚴時不叫人覺得擺架子，激動時不叫人覺得有火氣。他的風格如果用水來比方，那就不是奔流急湍，而是靜水深潭，——表面平靜，底下卻魚龍變幻；也就是說，初看平易，愈咀嚼卻愈覺得深刻而美妙。」讀到這些「喝彩」的文字，我認爲，在茅盾的內心深處，或許存在著一個超越階級之爭的「文學性」的標準。茅盾在 30年代即已聞名文壇，無論文學評論，還是文學創作，都是名副其實的大家，對西方文學，尤爲熟悉。如果說，對西方文學的現狀，尤爲成竹在胸。在所謂的政治對文學的超強滲透的時期，茅盾對於文學的評價標準並未被流俗所徹底同化，他對西方現代派的評價，對國內創作現狀的不滿，隱約傳達了自己的眞實想法。透過這類敘述中流露出的細微「裂隙」，我們或許能夠感受到茅盾當時寫作此文時的眞實心態。

可以說，《夜讀偶記》在當時是按照社會主義現實主義創作原則重新闡釋中外文學史，特別是闡釋西方文學史的經典性論述。尤其是對待西方現代派的論述，此後一直到「文革」前，乃至 70 年代末 80 年代初，基本上是和《夜讀偶記》的調子相一致的。

二、反面教材：十七年期間對西方現代派的翻譯和評論

50 年代初，幾乎停止了對現代派的譯介。1957 年由於雙百方針的實施，文藝政策短暫回暖期間，《譯文》刊發了波特萊爾的《惡之花》的譯文，以及阿拉貢讚揚波特萊爾的文章。由於國際政治風向的多變，對待外國文學的政策也是多變的。中蘇關係破裂後，中國開展了反對「現代修正主義」的批判運動，對蘇聯文學的介紹也逐漸減少，1964 年基本上停止了譯介，但是照搬蘇聯斯大林時代的文藝政策的傾向並沒有得到反思和清理。60 年代初，由於國家調整了 50 年代末期的經濟、文化上的「大躍進」等過激的政策，在對西方文學的譯介上，也進行了調整，出現了一個譯介西方文化、文學的小小的

熱潮。對待 20 世紀的現代派文學，建國後第一次有了鬆動的跡象：「西方資產階級的反動文學藝術和現代修正主義的文藝思潮」「應該有條件地向專業文學藝術工作者介紹」〔註 13〕。當然，這種譯介的目的還是為了批判，是基於「反修、防修」的需要。

　　正是出於這樣的政治規劃的需要，60 年代譯介了十幾種西方現代派文學作品，內容涵蓋了荒誕派、存在主義、垮掉的一代等流派，主要由人民文學出版社出版，採取的是「內部發行」的形式，被稱為「黃皮書」〔註 14〕。這些作品主要有加繆的《局外人》、凱魯亞克的《在路上》、尤奈斯庫的戲劇《椅子（一曲悲劇性的笑劇）》、塞林格的《麥田裏的守望者》、讓・保爾・薩特的

〔註13〕文化部黨組和全國文聯黨組《關於當前文學藝術工作若干問題的意見》（草案）。

〔註14〕「黃皮書」名字的由來，是「由於其封皮用料不同於一般的內部發行書，選用的是一種比正文紙稍厚一點的黃顏色膠版紙。」與「黃皮書」相對應的還有所謂「灰皮書」，「一般是指人民出版社、商務印書館等出版社出版的政治、社科類圖書，屬於甲類（文藝書屬乙類）」。這些書中不少「夾著一張長一寸、寬二寸的小字條：『本書為內部資料，供文藝界同志參考，請注意保存，不要外傳。』開本有三種：小說一般為小 32 開，理論為大 32 開，詩歌為小 32 開本。」「60 年代初『黃皮書』問世時，每種只印大約 900 冊。它的讀者很有針對性：司局級以上幹部和著名作家……據當年負責『黃皮書』具體編輯工作的秦順新先生講，他曾在總編室見過一個小本子，書出版後，會按上面的單位名稱和人名通知購買。曾在中宣部工作，後調入人民文學出版社任副總編輯的李曙光先生也講，這個名單是經過嚴格審查的，他參與了擬定，爾後經周揚、林默涵等領導過目。俄蘇文學的老編輯程文先生回憶說，他在國務院直屬的對外文化聯絡委員會工作時，具體負責對蘇調研，所以他們那裏也有一套『黃皮書』，閱後都要鎖進機密櫃裏。」當時，出版「黃皮書」的主要是人民文學出版社，有的書上標的是「中國戲劇出版社」或「作家出版社」，因為當時「中國戲劇出版社」和「作家出版社」都是人民文學出版社的副牌社，實際上也是隸屬於人民文學出版社的。出版黃皮書的動機，主要是由於「1959 年至 1960 年以後，中蘇關係逐步惡化，中宣部要求文化出版界配合反修鬥爭」。據「李曙光先生講：『中宣部專門成立了一個文藝反修小組，經周揚與林默涵研究，具體負責人是林默涵。這個小組主要是起草反修文章，同時抓『黃皮書』的出版。』」文革爆發後，「黃皮書」的出版中斷了，1971 年再次恢復。「1971 年遵照周總理指示，出版社重新組建，恢復工作。一些書的封面改為了『白皮』、『灰皮』。出版者也有了很大的變化，除了人民文學出版社外，上海譯文出版社、上海人民出版社也相繼加入進來。」同時，「文革」開始時中斷的政治、社科類圖書「灰皮書」的出版也得到了恢復。張福生：《中蘇文學交流史上一段特殊歲月──我瞭解的「黃皮書」出版始末》，見《中華讀書報》，2006 年 9 月 5 日。

《厭惡及其它》、貝克特的《等待戈多》、卡夫卡的《審判及其它》等。同時，
還譯介了一批外國文藝理論著作，被稱爲「白皮書」。其中包括蘇聯和西方的
文藝理論和文學批評著作，蘇聯的主要有《現代文藝理論譯叢》（1961）、《關
於〈被開墾的處女地〉第二部》（1961）、《關於〈感傷的羅曼史〉》（1961）、《關
於〈山外青山天外天〉》（1961）、《關於文學和藝術問題》（1962）、《蘇聯文學
與人道主義》（1963）、《蘇聯文學中的正面人物、寫戰爭問題》（1963）、《蘇
聯青年作家及其創作問題》（1963）、《蘇聯一些批評家、作家論藝術革新與「自
我表現」問題》（1964）、《蘇聯文學與黨性、時代精神及其它問題》（1964）、
《新生活──新戲劇》（1964）、《人道主義與現代文學》（上、下，1965）、《戲
劇衝突與英雄人物》（1965），共計十三種；西方的文藝理論著作，主要有《托‧
史‧艾略特論文選》（1962）、《勒菲弗爾文藝論文選》（1965）等。另外，和
現代主義具有近似傾向的作家作品以及蘇聯文學中不同於社會主義現實主義
創作方法的作品，也有部分的譯介，如艾倫堡的《人，歲月，生活》三部曲
等。這些作品的前面，大都有出版說明，來幫助讀者認清這些作品的反動本
質，以便在政治上和他們劃清界限，以免被其中的思想毒害，從而起到免疫
的作用。〔註15〕

　　這個時期，對西方現代派的評論文章不多，主要集中在對「垮掉的一代」
以及後期象徵主義詩人艾略特的批判。其中，袁可嘉的一系列評論現代派的
論文非常惹人注目，主要有：《「新批評派」述評》（《文學評論》1962 年第 2
期）、《略論美英「現代派」詩歌》（《文學評論》1962 年第 12 期）、《英美「意
識流」小說述評》（文學研究集刊 1964 年第 1 輯）、《托‧史‧艾略特──美
帝國主義的御用文閥》、《腐朽的「文明」，糜爛的「詩歌」──略談美國「垮
掉派」、「放射派」》（《文藝報》1963 年第 10 期）、《當代英美資產階級文學理

〔註15〕如《托‧史‧艾略特論文選》一書的《出版說明》：艾略特「披著所謂古典主
　　　　義的外衣，販賣反動的現代主義，散佈頹廢文學的毒素」，「四十年來，艾略
　　　　特在歐美資產階級文化學術界中散佈了極其惡劣的影響，俘虜了一些所謂民
　　　　主自由主義者的知識分子，形成一股反動的文藝思想和頹廢藝術的暗流。艾
　　　　略特在我國雖未形成什麼『氣候』，但在四十年代間，國內報刊上曾介紹過他
　　　　的一些作品。爲了配合我們當前反對資產階級反動文藝思潮的鬥爭，我們選
　　　　了他的有關文化思想和文學理論的一些主要文章，編成這個文選，爲國內文
　　　　學藝術研究者、批評工作者提供一點對立面的材料，以便徹底批判與揭露艾
　　　　略特的反動的政治面目。」《托‧史‧艾略特論文選》，周煦良等譯，上海文
　　　　藝出版社 1962 年 1 月版。

論的三個流派》(《光明日報》1962 年 8 月 15 日)。袁可嘉在四十年代寫過一系列有關新詩現代化的論文,大力提倡現代主義詩歌,力主「絕對肯定詩與政治的平行密切聯繫,但絕對否定二者之間有任何從屬關係」〔註 16〕,將喬伊斯、艾略特、奧登奉爲圭臬,而在 60 年代初期,富有戲劇性的是,袁可嘉從當時的政治需要出發,撰寫了一系列文章,評述西方現代派文學,認爲 T.S. 艾略特是「美英帝國主義的御用文閥」,「垮掉的一代」的作家是「阿飛、搶劫犯、流浪漢、吸毒犯、少年刑事犯」〔註 17〕,而「新批評」是一個「當受到全面地、嚴格的批判的」「帝國主義沒落時期資產階級的反動理論流派」〔註 18〕,意識流小說則具有反社會、反現實、反理性三大特徵〔註 19〕。

　　另外,當時還出現了一些以批判爲主調的評論文章,如戈哈的《垂死的階級,腐朽的文學——美國「垮掉的一代」》(《世界文學》1960 年第 2 期)、黎之的《垮掉的一代,何止美國有!》(《文藝報》1963 年第 9 期)、《文學藝術的墮落》(《文學研究集刊》1964 年第 1 輯)、《艾略特何許人?》、《稻草人的黃昏——再論艾略特與英美現代派》、柳鳴九、朱虹的《法國「新小說派」剖析》(《世界文學》1963 年第 6 期)等。

三、「文革」期間對現代派的激烈排斥

　　「文革」前期,在更加激進的文藝政策下,對 50 年代以來對西方文學的評價進行了清算,「重評」西方文學成爲文藝界的一大熱點。要求「破除對中外古典文學的迷信」,由於斯大林「對資產階級的現代派文藝的批評是很尖銳的,但是,他對俄國和歐洲的所謂古典著作卻無批判地繼承,後果不好」〔註 20〕,因此急需糾正以前由於學習蘇聯而形成的對待西方文學的態度。19 世紀批判現實主義文學,在這時也遭到排斥:「建國以來文藝戰線上一系列的批判鬥爭,其中所批判的資產階級文藝思想,幾乎都和歐洲 19 世紀批判現實主義文學有著血緣關係。」批判現實主義文學是「形形色色資產階級思想的總匯」,

---

〔註 16〕袁可嘉:《新詩現代化》,1947 年 3 月 30 日天津《大公報·星期文藝》。

〔註 17〕袁可嘉:《腐朽的「文明」,糜爛的「詩歌」——略談美國「垮掉派」、「放射派」》,《文藝報》1963 年第 10 期。

〔註 18〕袁可嘉:《「新批評派」述評》,《文學評論》1962 年第 2 期。

〔註 19〕袁可嘉:《英美「意識流」小說述評》,《文學研究集刊》1964 年第 1 輯。

〔註 20〕《林彪同志委託江青同志召開的部隊文藝工作座談會紀要》(一九六六年二月二日～二月二十日),《人民日報》1967 年 5 月 29 日。

普遍存在著「悲觀主義、虛無主義、個人至上主義等思想」，因此需要「重新評價」。〔註21〕在「文革」弄潮兒的講話中，更是把資產階級文學痛加撻伐：「帝國主義是垂死的、寄生的、腐朽的資本主義，他們什麼好作品都搞不出來了。資本主義已經有幾百年了，他們的所謂『經典』作品，也不過那麼一點。他們有一些是模仿所謂的『經典』著作，死板了，不能吸引人了，因此完全衰落了；另一些則是大量泛濫，毒害麻痺人民的阿飛舞，爵士樂，脫衣舞，印象派，象徵派，抽象派，野獸派，現代派，等等，名堂多了。一句話：腐朽下流，毒害和麻痺人民。」〔註22〕隨著「文革」的深入，出現了更加激進的排斥資產階級文藝的言論，也推翻了建國以來對西方古典文藝的評價：「資產階級古典文藝和現代派文藝，在藝術形式上是有某些區別的，前者對我們來說，可以起一定的借鑒作用，而後者則根本毫無一點可取之處；但是，就其階級本質來看，兩者是完全一致的，後者是前者的惡性發展。」「在無產階級專政的條件下，資產階級在思想文化上向無產階級進攻的方式，一種是明目張膽地照搬現代派文藝，另一種則是利用所謂古典文藝。」〔註23〕在評價等級中，資產階級古典文藝已經取得了和西方現代派文藝幾乎一樣「反動」的地位，西方現代派文藝在「文革」中因此不再像「十七年」文學那樣成為關注的「熱點」，失去了利用價值，受到了冷落，被排斥在譯介的視野之外。「從《國際歌》到革命樣板戲，這中間一百多年是一個空白」〔註24〕，這一激烈的言論，道出了徹底否定的態度。

由於西方和蘇聯的作品幾乎被排斥在外，「文革」十年的外國文學翻譯急遽萎縮，大都是採取了「內部發行」〔註25〕的方式。據統計，從 1949 年到 1979

〔註21〕 馮至：《外國文學工作者在毛澤東思想的旗幟下前進》，《世界文學》1966 年第 1 期。

〔註22〕 江青：《在文藝大會上的講話》，載《江青講話選編》，人民出版社 1968 年 8 月版。

〔註23〕 上海革命大批判寫作小組《鼓吹資產階級文藝就是復辟資本主義──駁周揚吹捧資產階級「文藝復興」「啟蒙運動」「批判現實主義」的反動理論》，《紅旗》1970 年第 4 期。

〔註24〕 初瀾：《京劇革命十年》，《紅旗》1974 年第 4 期。

〔註25〕 內部發行是相對於公開發行而言，是建國後特有的圖書發行模式，一直延續至今。這個政策是在 50 年代初制定的，而後在 1957 年、1984 年、1989 年以及 2004 年都反復重申內部發行圖書的具體規定和違反內部發行規定的處罰辦法。公開發行的圖書，通過新華書店系統銷售，而內部發行的圖書，在讀者對象和發行範圍上，都有明確的規定，在 50、60 年代還按照級

年，全國內部發行的圖書總數達到 18301 種，屬於社會科學類的有 9766 種，而 1976 年「文革」以前出版的差不多有 4000 種，其中屬於西方理論和文學的著作，「文革」前大約有 1041 種，而「文革」中則出版了近 1000 種。〔註26〕「文革」當中，內部發行的圖書數量最多，據統計，從 1971 年到 1976 年 9 月，「近 6 年來翻譯出版的外國哲學社會科學圖書共 467 種，其中 95%以上是內部發行的。」〔註27〕「文革」開始後，外國文學的翻譯出現了停滯現象，只是到了「文革」中後期，即到了 1971 年，由於出版工作的有限恢復，才出現了一些譯作〔註28〕。公開發行的譯作中，蘇聯文學計有 7 種，日本文學 6 種，朝鮮、越南、老撾、阿爾巴尼亞等國家的 13 種。西方資產階級文學中，僅有法國無產階級詩人歐仁・鮑狄埃的《鮑狄埃詩選》1 種。〔註29〕內部發行

　　　別來供應內部發行的圖書。按照 1989 年的規定，此類圖書「一律由新華書店或出版社自辦發行部門在內部出售，其中機密性較強或有特殊規定的內部發行圖書，由出版社按特定範圍、對象自辦發行。」在發行範圍上，「內部發行圖書不得批發給集體和個體書店、書攤，亦不得批發給城鄉供銷社和一般商業門市部出售。」這類圖書也沒有宣傳的權利，「不得在公開報刊、廣播、電視上宣傳和刊登廣告，不得在門市部書架、書櫥上公開陳列。」詳見 1989 年《新聞出版署、國家工商行政管理局關於重申內部發行圖書有關規定的通知》。

〔註26〕轉引自蕭蕭《書的軌跡：一部精神閱讀史》，載《沉淪的聖殿——中國 20 世紀 70 年代地下詩歌遺照》，廖亦武主編，新疆青少年出版社 1999 年 4 月版，第 6 頁；亦見於《全國內部發行圖書總目 1949～1986》，中華書局 1988 年版，第 1 頁。

〔註27〕《從統計資料看「四人幫」對出版工作的嚴重干擾和破壞》，國家出版事業管理局編《出版工作情況反映》，1977 年第 25 期。

〔註28〕「據人民文學出版社第一批從幹校回來工作的俄蘇文學編輯王之梁先生講，1971 年遵照周總理指示，出版社重新組建，恢復工作。當時發生了三島由紀夫剖腹事件，上面有文件，明確指示盡快出版三島的作品。很快，人民文學出版社就以「內部書」的名義出版了三島的 4 部作品。」見張福生《中蘇文學交流史上一段特殊歲月——我瞭解的「黃皮書」出版始末》，見《中華讀書報》，2006 年 9 月 5 日。需要說明的是，該文所說的「4 部作品」有誤，依據中國版本圖書館編《1949～1979 翻譯出版外國文學著作（目錄和提要）》，應為 5 部。
　　　可見，當時的內部出版圖書，主要是在文藝領導人、乃至國家領導人授意下出版的，主要是配合反帝反修的需要，是附屬於當時的政治鬥爭的。譬如，在三島由紀夫的中譯本前言中，將他稱為「反動作家右翼法西斯分子」，認為他的作品裏「散佈了軍國主義和頹廢主義思想」。

〔註29〕以上統計，依據中國版本圖書館編《1949～1979 翻譯出版外國文學著作（目錄和提要）》，江蘇人民出版社 1986 年 7 月版。

的譯作中，計有蘇聯文學 24 種，日本文學 11 種，美國文學 6 種，其它國家 2 種。〔註 30〕

　　在期刊方面，「文革」期間，大量的期刊停辦。到 1966 年底，全國出版的期刊種數，從「文革」前 1965 年的 790 種，驟降到 191 種，後一年又猛降到 27 種。到 1969 年，全國正式登記的期刊數量只有 20 種，達到了百年期刊史上的最低點。1971 年以後，情況有所好轉，到 1976 年，逐步上升到 542 種〔註 31〕。1973 年 11 月，上海創辦了專門譯介當代外國文藝的刊物《摘譯》（外國文藝）〔註 32〕，該刊物作為內部資料，內部發行。另外，還有幾個內部刊物，如《外國文學動態》、《世界文學情況彙報》、《蘇聯文學資料》、《外國文學資料》、《蘇修文藝簡況》等，上面譯介的外國文學作品，也是配合當時的批判用的。可以看到，「文革」十年，對於西方現代派文學的譯介，幾乎是一片空白。

　　這種對西方現代文學的整體排斥，是和國內文學界的鬥爭糾結在一起的，充當了國內文藝鬥爭的靶子。「文革」文藝的綱領性文件《紀要》認為，建國以來的文藝界「被一條與毛主席思想相對立的反黨反社會主義的黑線專了我們的政，這條黑線就是資產階級的文藝思想、現代修正主義的文藝思想和所謂 30 年代文藝的結合」；「這條黑線把鼓吹資產階級、修正主義的文藝理論和作品，作為復辟資本主義的一種手段。」〔註 33〕在這種鬥爭哲學指引下，

〔註 30〕　統計數字依據中國版本圖書館編《1949～1979 翻譯出版外國文學著作（目錄和提要）》，江蘇人民出版社 1986 年 7 月版。

〔註 31〕　方厚樞：《「文革」十年的期刊》，《編輯學刊》1998 年第 3 期。

〔註 32〕　《摘譯》（外國文藝）是「文革」期間翻譯外國文學的主要刊物，不定期由上海人民出版社出版，每期印數 15000 冊，至 1976 年 12 月，共出版 31 期。主要譯介了蘇聯、日本、美國等國家的最新的文學作品，譯介的目的是「通過文藝揭示蘇、美、日等國的社會思想政治和經濟狀況，為反帝反修和批判資產階級提供資料。」見《摘譯》（外國文藝）1976 年第 1 期。《摘譯》盡管定位為批判，在客觀上還是提供了不少國外最新的文藝動態，例如，1973 年第 3 期，《蘇修文藝動態 12 則》裏，就詳細提供了 1957 年以來蘇聯文藝界獲得「列寧獎金」和「國家獎金」的文藝作品名單。在書荒年代，《摘譯》起到了令主辦者預料不到的積極作用，有人這樣回憶道：「（文革中）當時最為搶手的刊物記得便是《摘譯》，跳過無一例外附加的批判按語，我們接觸了蘇聯、日本及其他國家的各具特色的文學作品，這對於患有嚴重文化饑渴症的我們真是太重要了，可以說是培養和準備了今日活躍於文壇上的一大批文學新人。」王培公：《多多益善》，《世界文學》1987 年第 6 期。

〔註 33〕　《林彪同志委託江青同志召開的部隊文藝工作座談會紀要》（一九六六年二月二日～二月二十日），《人民日報》1967 年 5 月 29 日。

對西方資產階級文學和蘇聯文學的譯介成了爲國內政治鬥爭服務的工具。當時的一個重量級人物說：「有些話國內不好說，可以借批蘇修來說。」〔註34〕通過牽強附會地指出西方資產階級文藝、蘇修文藝和國內文藝的「聯繫」，用此類拙劣的「比較」方式，來達到橫掃「牛鬼蛇神」、辨別出「毒草」，從而「純潔」社會主義文藝的目的。把資產階級文藝作爲一個整體來排斥，在這種激進的思路看來，西方現代派文學自然是不值得單獨進行駁斥了，譬如，在70年代「文革」中後期，《摘譯》（外國文藝）作爲「文革」後期介紹當代外國文學的窗口，西方現代派文學並沒有成爲譯介對象，這裡面其實也包含著這樣一個邏輯前提，即現代派在西方當代文學中已經式微，不再大規模流行，已經不屬於主流文學了。

　　西方現代派作爲一個整體，在譯介上受到排斥，受到評論界乃至文藝界、政界要人的批判，這種情形，決定了國內作家接受西方現代主義的可能性微乎其微。社會主義現實主義的創作方法和現代派的創作方法是屬於兩個階級的，這不僅是一個創作方法的問題，更是一個重大的政治問題。按照現代主義的方式進行寫作，是要冒政治風險的。40年代重要的現代主義詩歌流派九葉詩派，建國後該派的詩人們正值歌唱的盛年，但是在新時代面前聲音不得不變得暗啞了。其中的袁可嘉停止了寫詩，專門搞英美詩歌研究，發表了一些配合當時政治任務的、對西方現代派評判的文章。九葉派的代表詩人穆旦也試圖用新中國規定的腔調歌唱，比如，他在1951年寫的《美國怎樣教育下一代》、《感恩節——可恥的債》，1957年寫的《去學習會》、《三門峽水利工程有感》〔註35〕，但是，作爲一箇舊時代的知識分子，一旦他真實地用現代主義的表達方式，像《葬歌》〔註36〕那樣寫出自

〔註34〕張春橋語。轉引自馮至《撥亂反正，開展外國文學工作——在中國文聯第三屆全國委員會第三次擴大會議上的發言》，《世界文學》1978年第1期。

〔註35〕這四首詩均見《人民文學》，1957年第7期。《美國怎樣教育下一代》、《感恩節——可恥的債》寫於作者在美國留學期間，當時的他對美國持批判態度，急於回來爲新中國做貢獻。

〔註36〕見《詩刊》1957年第2期。在《葬歌》中，作者運用的是現代主義詩歌常用的戲劇化手法，通過「我」和自己的過去的化身「你」的之間的對話，寫出了一個舊知識分子因爲想要埋葬自己過去在心靈上所經受的磨折和痛苦：「我到新華書店去買些書，／打開書，冒出了熊熊火焰，／這熱火反使你感到寒慄，／說是它摧毀了你的骨幹。」「歷史打開了巨大的一頁。／多少人在天安門寫下誓言，／我在那兒也舉起手來：／洪水淹沒了孤寂的島嶼。」「這時代不知寫出了多少篇英雄史詩，／而我呢，這貧窮的心！只有自己的葬歌。」

己在新時代蛻變的艱辛、無奈乃至悲涼的心境，等待他的就是巨大的災難和不幸。

第二節　1976～1989對西方現代派文學的譯介

一、1976～1978：對禁區艱難的突破

　　1976年10月，「文革」結束。極「左」的文藝政策雖然得到了糾正，但是，直到1978年底十一屆三中全會召開之前，文藝從屬於政治的局面沒有得到充分的改善，對待外國文學基本上延續了50年代的政策。作為「文革」後第一份復刊的外國文學刊物，1977年10月《世界文學》第1期刊載的一篇文章中說，「如何對待外國文學遺產，是存在著兩個階級、兩條路線的尖銳鬥爭的。如若站在資產階級立場，毫無批判，全盤照搬，這些文學的『亡靈』就往往成為反動思潮的『先驅』。」〔註37〕裏面階級鬥爭的氣氛比較濃厚。就是這一期的《世界文學》，刊載了朝鮮小說2篇；巴勒斯坦小說3篇；非洲詩歌6篇；日本文學作品3篇，其中，詩歌2首，都是憤怒聲討蘇聯侵佔北方四島的，小說1篇，作者是熱衷於日中邦交的作家井上靖；法國文學3篇，其中，歐仁・鮑狄埃詩歌1首，是為了紀念這位無產階級作家去世90週年特別選譯的，巴爾扎克小說2篇。另外，為了批判蘇聯所推崇的「軍事愛國主義題材」，特地選譯了蘇聯作家鮑・瓦西里耶夫的中篇小說《這兒的黎明靜悄悄》，並附了一篇批判文章。從這一期的目錄可以看出，當時對於外國文學的態度還是延續了60年代的思維模式，這一點，在這一期《世界文學》編輯方針裏說得很清楚：「《世界文學》根本任務應當是：遵循毛主席的革命文藝路線和外交路線，正確貫徹『古為今用，洋為中用』的方針，為工農兵服務，為無產階級服務，為我國社會主義文學的繁榮和發展做出貢獻。」刊物應該配合「反對修正主義和資產階級文藝思想」，「按照毛主席關於三個世界的劃分的理論，刊物要熱情推薦亞非拉國家的進步文學作品，介紹和評論歐美各國的現代文學，揭露和批判帝國主義、修正主義文學的反動思潮，特別是蘇修領導

　　1958年，穆旦1957年在《詩刊》上發表的詩成了重要的罪證，被打成歷史反革命。

〔註37〕　《高舉毛澤東思想的偉大旗幟，深入揭批「四人幫」，努力做好外國文學工作（筆談)》，劉白羽《希望》，載《世界文學》（內部發行）1977年第1期。

集團的文藝政策及其惡果。同時，根據批判繼承的原則，對東西方古典文學也要適當地予以介紹、研究。」〔註38〕這個編輯方針也是十一屆三中全會召開之前對外國文學譯介的基本指針。從這個方針可以看出，外國文學的譯介是服從於外交政策和國內政治的，意識形態色彩非常濃厚，是五六十年代文藝政策的延續。在這種情況下，對西方現代派文學，仍然持否定和排斥的態度，沒有譯介是自然的事情。

　　《世界文學》1978 年 10 月正式復刊後，與 1977 年相比，「編輯方針」只是做了小幅修改，依然強調「刊物必須配合當前國內外階級鬥爭形勢和需要，通過介紹和評論外國文學的工作積極參加當前的鬥爭」，在對待世界文學的評價上，認爲「無產階級文學是全世界最革命和最有生命力的文學，是世界文學發展的方向」；「從整體和本質來看，西方現代資產階級文學是資本主義沒落時期的產物，它的總的趨勢是衰微、沒落」。「對於現代西方資產階級的反動文學和現代修正主義文學」「必須研究和批判它們，利用它們作爲反面教材教育我們自己」；「要在堅持政治標準第一的前提下做到題材、體裁、形式、風格的多樣化。首先當然要重視革命的題材。」這裡所說的西方現代資產階級文學，主要是指西方現代派文學。這個編輯方針有兩個地方是有突破性的，一是對待西方現代派這類「反動文學」，承認「其中有些作品的藝術形式新穎獨特，還有值得借鑒的地方」，因此「可以適當地讓我國讀者見識見識，開開眼界」〔註39〕；二是確定《世界文學》「以介紹和評論當代和現代的外國文學爲主」，這樣一來，就可以很快與國外文學接軌，這在當時是具有突破性的。

　　1978 年十一屆三中全會召開之前，對現代資產階級文學，尤其是西方現代派文學，基本上是延續了五六十年代的做法。作爲中國社會科學院外國文學研究所主辦的刊物，《世界文學》在很大程度上代表了當時譯介外國文學的尺度和分寸。當時所依據的最強有力的政策支持，就是 1978 年 2 月召開的五屆人大會議報告〔註40〕。1978 年《世界文學》一共出版了兩期，有關西方現

〔註38〕《編後記》，《世界文學》（內部發行）1977 年第 1 期。

〔註39〕《致讀者》，《世界文學》1978 年第 1 期。《致讀者》文後標明的寫作時間是
　　　　1978 年 9 月。

〔註40〕報告中稱：「今年（1978）二月華主席在五屆人大的政府報告中也明確指出：
　　　　『爲了同一切非馬克思主義的、反馬克思主義的東西作鬥爭，我們不應當採
　　　　取禁止人們跟謬誤、醜惡、敵對的東西接觸的政策。』」轉引自《外國文藝》（內
　　　　部發行），1978 年第 1 期《編後記》。

代派的譯介，僅在 1978 年底出刊的第 2 期刊有英國荒誕派戲劇代表作家哈羅爾德・品特的劇本《生日晚會》（楊熙齡譯）和朱虹的《荒誕派戲劇述評》。與《世界文學》的小心翼翼相比，1978 年 7 月在上海創刊的《外國文藝》（內部發行），則要大膽得多。第一期包括以下內容：川端康成的兩個短篇小說《伊豆的舞女》（侍桁譯）、《水月》（劉振瀛譯），意大利的埃烏傑尼奧・蒙塔萊的組詩《幸福》（外三首）（呂同六譯）、薩特的戲劇《骯髒的手》（七幕劇）（林青譯），美國的約瑟夫・赫勒的《第二十二條軍規》（南復譯，主萬校）。可見，這一期《外國文藝》的譯作都具有現代派特色。這些作品分別屬於日本新感覺派、具有象徵主義特色的「隱逸派」、法國存在主義文學、美國黑色幽默小說。所選的這些作家，當時除約瑟夫・赫勒外，都獲過諾貝爾文學獎。這一期「外國文藝資料」部分，還詳細介紹了諾貝爾文學獎的情況。這是建國後第一次公開系統介紹諾貝爾文學獎的情況，分別介紹了 1901 年至 1977 年諾貝爾文學獎金的獲得者。雖然在介紹時，帶有濃厚的意識形態色彩〔註 41〕，但這種對諾貝爾文學獎的異乎尋常的關注，非常具有前瞻性，從此以後，諾貝爾文學獎開始受到中國文學界的大力關注。1978 年獲獎的艾薩克・辛格，很快就有他的作品譯介過來，1980 年外國文學出版社出版了《辛格短篇小說集》，第一版印數爲 9 萬冊。80 年代，諾貝爾文學獎代表了文學的最高獎項，受到中國作家的頂禮膜拜。幾乎每一次獲獎，都受到國內的關注。有些獲得了諾貝爾文學獎的作家，尤其是被劃入現代派的獲獎作家，對 80 年代中國文學產生了巨大的影響。很多中國作家的創作，尤其是具有先鋒、探索色彩的作家的創作，受到這些作家的影響很深。這些作家可以開列出一個長長的名單：威廉・葉芝（1923 年獲獎）、亨利・柏格森（1927 年獲獎）、尤金・奧尼爾（1936 年獲獎）、安德烈・紀德（1947 年）、托馬斯・艾略特（1948 年獲獎）、威廉・福克納（1949 年獲獎）、歐內斯特・海明威（1954 年獲獎）、阿爾貝・加繆（1957 年）、鮑里斯・帕斯捷爾納克（1958 年獲獎）、讓－保爾・薩特（1964 年獲獎）、川端康成（1968 年獲獎）、塞繆爾・貝克特（1969 年獲獎）、索爾・貝婁（1976 年獲獎）、艾薩克・辛格（1978 年獲獎）、加西亞・馬爾克斯（1982

〔註41〕 例如：介紹帕斯捷爾納克，說他的《日瓦戈醫生》「通過日瓦戈醫生的經歷，污蔑當時列寧領導下的蘇維埃政權」；加繆「在斯大林逝世後，攻擊馬克思主義和社會主義制度，還在刊物上與薩特進行公開辯論」；海明威的作品「反映了西方知識分子在資本主義制度下悲觀絕望的情緒。後期的作品脫離現實，代表作是《老人與海》」。

年獲獎）等。一直到現在，諾貝爾文學獎獲獎作家都是中國文學關注的焦點，不僅作家熱烈關注，讀者也奉若神明，把它作爲衡量文學成就高低的世界尺度。《外國文藝》沒有根據國內外階級鬥爭的形勢和需要來選擇譯文，對現代資產階級文藝，尤其是對於現代派作品的重視是空前的，突破了當時對於現代資產階級文藝一般只是作爲「反面教材」來對待的做法，對「文革」後中國文學具有範式意義。尤其是該雜誌對諾貝爾文學獎的全景式跟蹤介紹，已經接觸到了世界文學最核心的部位了。

　　在這個敏感的時期，重印爭議不大的外國古典文學名著，成爲一項較爲「保險」的選擇，政治風險較少。1978 年，在國家出版局的一份報告中，專門提出要「批判地繼承中外文化遺產」，「要按照不同讀者的需要，分別輕重緩急，有計劃有選擇地整理出版中國古籍和翻譯出版外國古典和當代的重要著作。供廣大讀者閱讀的中國和外國的優秀著作，包括古典和當代的文學名著，要努力寫好序言或出版說明。」〔註 42〕名著的序言或出版說明，是當時外國文學名著出版的一個必備的部分，以幫助讀者批判繼承。在文藝類圖書中，「魯迅著作，反映現實鬥爭和革命歷史題材的長篇小說創作，成套的中外文學名著和美術作品的叢書和選集」被列爲重點圖書予以出版〔註 43〕。列爲重點圖書，一般就能夠保證及時得到重印。因爲這個時期，印刷落後與「紙荒」現象極爲嚴重，〔註 44〕如果是一般圖書，就很難保證能夠及時開機印刷

〔註42〕《國家出版局關於加強和改進出版工作的報告》（1978 年 6 月 17 日），載《中國出版史料》（現代部分），第三卷，上冊，宋原放主編，福建教育出版社 2004 年版，第 310 頁。

〔註43〕《國家出版局關於加強和改進出版工作的報告》（1978 年 6 月 17 日），載《中國出版史料》（現代部分），第三卷，上冊，宋原放主編，福建教育出版社 2004 年版，第 310 頁。

〔註44〕據資料顯示，「文革」後，用紙緊張和印刷落後，成爲困擾書刊出版的兩大難題，而紙荒尤甚。爲此，國家出版局專門爲此給當時任中宣部部長的胡耀邦寫了緊急信件。信中稱：印刷落後造成出書周期長，「一般圖書出版周期爲半年左右，有些要一二年甚至更長的時間。有一本《建築設計資料集》（三），印裝竟花了四年。《毛主席紀念堂》（畫冊），按第一號任務安排生產，也要一年半才能完成，而建築紀念堂才用了半年多的時間。雜誌普遍脫期，月刊一般印二個月，有些要三個月，三月份看一月份的期刊，實爲罕見。畫報脫期更嚴重，《人民畫報》有時要脫期三個月，由於情況發生變化，有時還在政治上造成不良影響。」
關於「紙荒」，信中稱：十幾年來，紙荒一直是存在的，由於「文革」後讀者需求快速增長，紙荒問題極爲尖銳。由於紙荒，造成了長期鬧「書荒」，「期刊、報紙大都是限額發行。我們幾乎天天收到讀者來信，對訂不到《中國青

和發行。「文革」後的「書荒」現象十分嚴重，造成的原因，一方面是由於出版周期長、用紙緊張造成的，另一方面，也是由於「文革」時期圖書出版數量銳減導致，而「文革」期間出版的圖書，這時許多只能作停售報廢處理。〔註45〕此時重印外國文學名著，也是為了緩解「書荒」問題。這個時期出版的重印或者新譯的外國文學名著，全部是古典文學。而現代派文學的出版，顯然此時仍是「禁區」。自 1977 年始，人民文學出版社出版兩年間重印世界名著 40 餘種，包括莎士比亞、托爾斯泰、巴爾扎克、雨果、狄更斯、塞萬提斯等經典作家。1978 年五一節，在閱讀史上出現了一個破天荒的壯觀景象，北京、上海等地的新華書店門口排起了長長的隊伍，人們爭先購買重版和新譯的中外文學名著，「造成了萬人空巷的搶購局面」〔註46〕。名著重印緩解了「文革」後人們的精神饑渴，其意義不僅體現在文學界，由於這些名著多是產生於西方啟蒙主義時期，因而更具再次向中國輸入人道主義、對「文革」後的中國進行「啟蒙」的重要意義。有學者認為，此次有組織、大規模的名著重譯印「在國內植入了新的話語生長點，為新時期的知識構造提供了動力，其直接結果是促進了新時期最早的思想文化思潮──人道主義的話語實踐」。〔註47〕

年》、《人民文學》、《世界文學》、《大眾電影》、《英語學習》、《兒童時代》等期刊，表示強烈不滿。」「1978 年，千方百計挖潛，集中印了一批中外文學名著和其他重點書，受到讀者歡迎，但由於印數有限，又由於多少年來沒有印過這種書了，發到各地後被一搶而光，沒有一種能夠擺在書店供應一個時期。所以讀者還是說『書店無書』。」「讀者普遍需要的圖書，一般只能按需要量的百分之二三十來安排印數。有些則只能達到需要量的十分之一或百分之幾。……有的出版社反映，如果充分滿足供應，一年出幾種書，就可以把全部紙張用光。讀者看到報上登的出版消息和圖書廣告，到書店卻買不到書，非常不滿。他們寫信給書店、出版社、出版局，也無濟於事。有些讀者甚至寫信給中央和國務院領導同志，請求幫助買書。」

以上見陳翰伯《關於印刷落後和紙張緊張情況給胡耀邦同志的緊急報告》，見宋原放主編《中國出版史料》（現代部分），第三卷，上冊，第 325～331 頁。福建教育出版社，2004 年版。

〔註45〕據統計，「截至 1977 年 7 月底」，「作停售報廢處理的圖書共 3675 種，其中三分之二是哲學社會科學類（包括文藝理論、文藝評論）圖書，約有 2400 多種，占近 6 年出版的 7500 多種哲學社會科學圖書的 30%」。見《從統計資料看「四人幫」對出版工作的嚴重干擾和破壞》，國家出版事業管理局編《出版工作情況反映》，1977 年第 25 期。

〔註46〕陳思和：《想起了〈外國文藝〉創刊號》，載《作家談譯文》，上海文藝出版社1997 年 12 月版。

〔註47〕趙稀方：《翻譯與新時期話語實踐》，中國社會科學出版社 2003 年 8 月版，第5 頁。

《外國文藝》在譯介外國文學方面勇闖「禁區」，並不是空穴來風。在 1978
年，對於現當代資產階級文學在新時期如何正確評價，尤其是對待資產階級
文學中最具有爭議的現代派文學應該如何評價，已經是一個無法迴避的重大
問題。柳鳴九、袁可嘉、陳焜、朱虹等學者撰文，就客觀評價的問題提出了
自己大膽的看法。1978 年 11 月，全國外國文學研究工作規劃大會在廣州召開，
會議認為，「對於外國作家，只要他在一定程度上批判了資本主義社會，藝術
上有可取的，有值得借鑒之處，就應介紹。」由於「對現當代外國文學特別
缺乏瞭解，必須迅速補課」。這體現了一種時不我待的緊迫感和焦慮感。柳鳴
九在大會上的學術發言《現當代資產階級文學評價的幾個問題》〔註 48〕，是
最早出現的一篇比較系統地提出如何重新評價現當代資產階級文學的重要文
章。柳鳴九在文章中指出：「現當代資產階級文學對我們來說，似乎是一個陌
生的可怕的領域」，長期以來形成的日丹諾夫式的思維亟需改變，應該用一分
為二的觀點來看待。柳鳴九認為，首先，從作家的社會活動、政治表現來看，
「即使那些我們過去所否定的資產階級現代派文學的作家，其中也有不少人
是進步事業的贊助者、參與者，在政治上頗有可取之處。」「現代派詩歌最早
的代表人物波德萊爾，過去在我們眼裏是一個要不得的『惡魔詩人』，其實他
是一八四八年革命的參加者」；「十九世紀後期著名的象徵派詩人魏爾侖、韓
波，都同情過巴黎公社。第一次世界大戰期間興起的達達主義、二十年代的
超現實主義這一流派的作家如蘇波、艾呂雅以及阿拉貢，在當時都帶有左傾
的傾向，後來還參加了共產黨」。

　　其次，從作家在資本主義社會中的社會階級地位來看，「中小資產階級知
識分子佔據絕對的優勢」，從下面的列表就可以清楚地看出來〔註 49〕：

作家舉例	所屬國家	家庭出身	從事職業
卡夫卡	奧地利	父親是雜貨店老闆	公司小職員
福克納	美國	父親是大車店老闆	鍋爐工、郵電所職員
格拉斯	德國	父親是雜貨店老闆	從事過種種體力勞動

〔註 48〕《外國文學研究》1979 年第 1 期。此文寫於 1978 年 10 月，發表時有改動。
　　　　在該文發表的編者按中說：「這篇文章提出的問題很重大，引起了廣泛的興
　　　　趣。」
〔註 49〕下面的表格是根據《現當代資產階級文學評價的幾個問題》一文提供的資料
　　　　整理而成的。

作家舉例	所屬國家	家庭出身	從事職業
奧尼爾	美國	演員家庭	海員、演員
勞倫斯	美國	礦工家庭	工人
斯坦貝克	美國		水泥工
威廉斯	美國	父親是商品推銷員	鞋店職員

在法國，「據我們統計，在將近 180 個現當代知名作家中，出身於社會上層的不到 10 人，其它一般都出身於自由職業者、職員或下層勞動家庭。」柳鳴九認為，正是由於這些作家的出身，他們「相當普遍地表現了對資本主義現實的不滿、諷刺、揭露和批判」。

再次，這些現當資產階級作家雖然接受了非理性主義思潮，但是，但是「資產階級上升時期的人道主義傳統，在二十世紀資產階級現代派文學中並沒有中斷，它得到了一些優秀的進步作家的繼承和發揚。」在柳鳴九看來，正是這些作家以資產階級的人道主義的角度觀察現實，「他們眼中的問題甚至尖銳到令人震驚的程度：人喪失了人的價值、人成了物的奴隸，人已經無能為力，人已經不再成其為人，以至變成了『蟲子』……這具有高度的悲劇性，正顯示了他們所掌握的人道主義的揭露和批判的力量。」因此，20 世紀的西方現代派文學，和 19 世紀批判現實主義一樣，都有著人道主義精神，有的作家，如薩特，「應該說他在 20 世紀的條件下，到達了資產階級民主主義、人道主義的最高度」。

最後，「現代派的一部分創新是有藝術價值的」，「我認為卡夫卡、薩特、貝克特這些出色的現當代資產階級作家的作品，無疑在世界文學中佔據第一流的位置」，柳鳴九舉了荒誕派戲劇的表現方法、意識流、象徵主義以及表現主義的手法，而這些手法，現實主義文學是可以在揚棄的基礎上加以吸收借鑒的。

柳鳴九的這篇文章比較重要，在當時階級論尚未退場、當代資產階級文學被當作「反面教材」的情況下，寫下這些重評的觀點，是需要勇氣和膽識的。這篇文章說的是西方現當代文學，實際上針對的是其中爭議最大的西方現代派文學的重評問題。文章明顯地帶有辯解的傾向，帶有濃厚的為這些以非理性主義為哲學基礎的文學作品「平反」的味道，這背後的潛臺詞就是說，現代派文學可以大力引進，因為它是在批判現實主義的基礎上進一步發揚了

人道主義，是以非理性的面目來呼籲社會重建理性的，並非和理性水火不容。可以說，在 80 年代初期國內展開西方現代派問題論爭時，對現代派的基本認識和判斷，大體上沒有超出這篇文章的論述範圍。

二、1979～1989 對西方現代派的譯介

1978 年底的十一屆三中全會，確立了改革開放的方針，將解放思想作爲「當前的一個重大政治問題」，〔註 50〕一時間，如何衝破禁區，是外國文學界討論的熱點問題。在 1980 年 11 月在成都召開的外國文學學會第一屆年會上，儘管籌備主持會議者提前聲明說，「對現代派文學的評價並不是最重要的問題」，「可是會上討論的最熱烈的還是如何看待西方現代派」，並且「分歧是很大的」，「至於對它的評價和命運，是不是符合國情等重大問題上，爭論就更大了」，論題集中在「它在我國是遲開的花朵，還是一種短命的時髦？」「它對我國文藝創作是促進還是促退？」等方面。有人還認爲，對於翻譯過來的現代派作品不應「作爲暢銷書來推銷」，並「幽默地預祝現代派『一路平安』地離開我國」。〔註 51〕在外國文學界，這種爭議開始出現在 1980 年，而擴散到中國文學界，則是在 1981 年的事情了。中國文學界的爭論是外國文學界相關爭論的進一步展開，其中糾結著社會主義現實主義和現代派的關係這樣一個在十七年文學中即已存在的老命題，二者的摩擦和交鋒，實際上是理性主義話語和非理性主義話語在 80 年代的一場正面交鋒。有關這場論爭，我將在下一章展開論述。

70 年代末 80 年代初，無論是在外國文學界還是中國文學界，要引進、接觸現代派，基本是已經成爲論爭雙方的「共識」，因此，在這種情況下，譯介現代派，成爲順理成章的事情，所出版的西方現代派作品，也不再像 60 年代初那樣採取內部發行的方式，由此迎來了建國後譯介現代派的熱潮。這個熱潮貫穿了整個 80 年代，其間，由於 1983 年 10 月開始了清除精神污染運動，現代派文學被列入精神污染的重點治理對象，現代派作品的出版自 1983 年上半年至 1985 年下半年進入低谷。在這個特殊的時期，一些現代派作品的出版

〔註 50〕鄧小平：《解放思想，實事求是，團結一致向前看》（一九七八年十二月十三日），《三中全會以來重要文獻選編》（內部發行），人民出版社 1982 年 8 月版，第 20 頁。

〔註 51〕本刊記者《古城盛會讀新章──中國外國文學學會第一屆年會散記》，《外國文學研究》1981 年第 1 期。

又轉入地下，採取了內部發行的形式，之後，現代派作品又接續了以前的譯介熱潮，一直到持續 90 年代。

　　對現代派文學的譯介，最先是通過期刊進行的，而圖書的出版往往滯後於期刊，一般先是期刊刊登，而後才出書。五六十年代，刊登外國文學作品的刊物僅有《譯文》（後改名爲《世界文學》）。1978 年以來，除了上面提到的《世界文學》、《外國文藝》，先後又創刊了《外國文學研究》、《譯林》、《外國文學報導》、《外國文學》、《當代外國文學》、《蘇聯文學》、《外國戲劇》等，截止到 1980 年，「據不完全統計，全國各類的外國文學刊物目前已達四十餘種」。另外，「據不完全統計，到一九八〇年初爲止，除了外國文學的專業刊物外，發表外國文學作品和評論的其它文藝性刊物，有八十種之多（有的還出版『外國文學專號』）；從一九七八年至一九八〇年六月止，在刊物和報紙上發表的有關外國文學的論文有一千二三百篇。」〔註 52〕與「文革」前只有一種外國文學期刊相比，外國文學譯介的黃金時期來到了。中國文學期刊大量刊發外國文學作品，這是 80 年代特有的現象，充分表現了中國文學和外國文學之間的互動關係，刊發的外國文學大部分是現代派文學作品，這無疑起著示範、啓發甚至引導中國文學的作用，是中國文學成長的「扶手」與「拐杖」，甚至是「乳汁」，是「母子」般的血緣關係。到了 90 年代，外國文學就從絕大部分中國文學期刊上消失了，而中國先鋒文學的探索實驗也基本停止了。

　　譯介現代派最集中的刊物，主要有《外國文藝》、《世界文學》、《外國文學》、《當代外國文學》。在譯介方面，這些刊物各有千秋。《外國文藝》比較關注具有現代主義特色的當代作家，關注蘇聯文學中有爭議、在以前基本沒有被譯介過的「異端」作家（如索爾仁尼琴、阿赫瑪托娃等）。《世界文學》、《外國文學》經常推出專輯的形式，集中介紹某一作家的作品，如《世界文學》1981 年第六期推出的「阿根廷作家博爾赫斯作品小輯」，1987 年第五期推出的「美國作家弗‧納博科夫專輯」等。《當代外國文學》則緊扣「當代」二字，介紹了許多建國後被遮蔽的現代派作家的作品，如 1980 年第一期翻譯了薩特的《禁閉》、《可尊敬的妓女》，1981 年第二期翻譯的尤奈斯庫的《禿頭歌女》，第三期翻譯的金斯伯格的《嚎叫》等。經過翻譯者和期刊的共同努力，

〔註 52〕葉水夫：《中國外國文學學會會務工作報告》，《外國文學研究》，1981 年第 1 期。

重點現代派作家的代表性作品，大部分都在 80 年代譯介到國內，雖然有不少只是節譯（如喬伊斯的《尤利西斯》）。

在解放思想和衝破禁區的大環境下，「文革」後的外國文學的出版逐步恢復。據不完全統計，從 1977 年初到 1980 年 10 月，「共出版了 400 多種外國文學著作，其中主要有各類小說約 250 種，詩歌約 20 種，少兒文學作品約 40 種，外國文藝理論研究著作約 30 種，中國研究家的著作約 30 種。」〔註53〕這個時期，內部發行的圖書有所減少〔註54〕，而給地方出版社鬆綁政策的實施，大大拓展了出版社的活動空間〔註55〕，擴大了出書品種和數量，促進了外國文學圖書的出版與發行。

這個時期，出現了一個重要的現代派文學選本，即廣為人知的四卷本《外國現代派作品選》，由袁可嘉、董衡巽、鄭克魯選編，收入現代派名下十個主要流派和這些流派之外的現代派重要作家的代表作數百篇。第一冊由上海文藝出版社於 1980 年 10 月出版，而選編籌劃工作早在 1979 年就已經開始了。第二冊於 1981 年 7 月出版，這兩冊都是首印 5 萬冊，公開發行。第三、四冊分別出版於 1984 年 8 月和 1985 年 10 月，因為這個時期是展開清理精神污染運動，現代派作品首當其衝，於是這兩冊改為內部發行。雖然內部發行限制了這套書的銷售，但是四冊累計印數也已近 18 萬冊〔註56〕。對於和現代派文學隔絕了 30 年的國內讀者來說，現代派「就像是另一個星球一樣陌生而遙遠」

〔註53〕孫繩武：《外國文學出版中的幾個問題》，《外國文學研究》，1981 年第 1 期。

〔註54〕1978 年有文件稱：「現在內部發行的圖書太多，很多本應公開發行的圖書，卻以種種『理由』限於內部發行，又不適當地以級別劃分供應範圍，使真正需要的專業人員反而買不到書。要減少內部發行的圖書種數，改進現行的內部發行辦法。」《國家出版局關於加強和改進出版工作的報告》（1978 年 6 月 17 日），載《中國出版史料》（現代部分），第三卷，上冊，宋原放主編，山東教育出版社 2001 年版，第 312 頁。

〔註55〕1979 年 12 月在長沙召開了出版工作會議，將原來地方出版社的出書範圍擴大，由原來的定位「地方化、通俗化、群眾化，改為立足本地、面向全國」，大大拓寬了地方出版社的活動領域，繁榮了圖書出版。外國文學的出版由原來主要由人民文學出版社、上海譯文出版社，逐步擴大到地方文藝社。見《中國出版史料》（現代部分），第三卷，上冊，宋原放主編，山東教育出版社 2001 年版，第 441 頁。

〔註56〕第三冊印了 2 萬冊，第四冊僅印了 13600 冊，並且沒有重印。第一冊重印 2 次，第二冊重印 1 次，重印後的發行方式由第一印的公開發行改為內部發行。這套書的書前有前言，每個流派作品前均有介紹，每個入選作者均有小傳，譯文力求做到詩人譯詩，譯者陣容強大，是一個權威的選本。

〔註 57〕，因此，編選這樣一個普及性的選本，對文學愛好者和研究者來說，是非常必要的。

現代派作品的出版，大多被納入一些叢書中，體現了長久的規劃性，這是 80 年代譯介外國文學的重要特徵。上海譯文出版社 1979 年起，推出了「外國文藝叢書」，這套書也像該社出版的《外國文藝》一樣，以膽識和前瞻性著稱，主要譯介西方現當代文學作品，並且許多都是過去從未譯介過的現代派作品。主要有表現主義文學代表作家卡夫卡的《城堡》（湯永寬譯，1980）、存在主義作家阿·加繆的《鼠疫》（顧方濟、徐志仁譯，1980）、荒誕派戲劇作家貝克特、尤奈斯庫、阿爾比、品特四人劇作的合集《荒誕派戲劇集》（施咸榮、梅紹武等譯）、意識流小說作家喬伊斯的《都柏林人》（孫梁等譯）、黑色幽默派作家約瑟夫·海勒的《第二十二條軍規》（南文、趙守垠、王德明譯，1981）、法國新小說派代表作家阿·羅伯－格里耶的《橡皮》（林青譯，1981）、卡爾維諾的《一個分成兩半的子爵》（劉碧星譯，1981）、辛格的《盧布林的魔術師》（鹿金、吳勞譯，1981）、馬爾克斯的《加西亞·馬爾克斯中短篇小說集》（趙德明等譯，1982）、《博爾赫斯短篇小說集》（王央樂譯，1983）等。

人民文學出版社和上海譯文出版社聯合推出的「二十世紀外國文學叢書」，將著重點放在當代著名作家上，收錄了一些現代派作家的作品，如福克納的《喧嘩與騷動》（李文俊譯）、紀德的《偽幣製造者》（盛澄華譯）、喬伊斯的《一個青年藝術家的畫像》（黃雨石譯）等。80 年代收錄現代派作品的著名叢書，還有灕江出版社出版的「獲諾貝爾文學獎作家叢書」，從每位獲獎者作品中各精選一卷出版。該叢書堅持了 20 來年，出版了獲獎的大部分作家的作品，獲獎的現代派作家大都出版了選集，這套書成為 80 年代作家和文學愛好者的「必讀書」（因為這套書的封面為絳紅色，有人戲稱「紅寶書」，這道出了它們在讀者心中的地位）。另外，四川文藝出版社出版的「獲諾貝爾文學獎詩人叢書」，包括了後期象徵主義的葉芝等重要詩人的選集；雲南人民出版社 1987 年開始出版的「拉丁美洲文學叢書」，出版了拉美「文學爆炸」時期重要作家的代表作品，是拉美作家在中國的集體亮相，其中對魔幻現實主義作家作了重點介紹。

這個時期，隨著對西方現代派作品的譯介，對現代派文學理論的譯介也

〔註57〕 木木：《一個陌生而混亂的世界——〈外國現代派作品選〉（第一、二冊）簡評》，《外國文學研究》，1983 年第 1 期。

隨即熱烈起來。由於對現代派長達近 30 年的排斥，對現代派理論的譯介以前基本上是一片空白〔註58〕。莫・梅特林克的《卑微者的財富》,(《文藝理論研究》1981 年第 1 期)、弗洛伊德的《創造性作家與晝夢》(《文藝理論研究》1982年第 1 期)、米・比託爾的《小說技巧研究》(《文藝理論研究》1982 年第 4 期)、約翰・巴思的《後現代派小說》(《外國文學報導》1980 年第 3 期)、索爾・貝婁的《略論美國當代小說》(《外國文藝》1978 年第 3 期)、馬丁・埃斯林的《荒誕派之荒誕性》(《國外社會科學》1981 年第 6 期）等。這些譯介的理論和譯介過來的相應的作品相互印證，對於更好地理解現代派的精髓起到了很大作用，其中的一些作家撰寫的帶有寫作方法和創作觀念的文章，如弗洛伊德把作家的創作歸入夢的範疇，要求描寫潛意識，描寫潛意識支配下的性心理，再如伍爾芙對意識世界和真實世界之間關係的獨特理解等，在對中國作家在創作觀念上起到了啓蒙的作用，刺激了作家的創新激情。這個時期，被稱爲現代派的主要流派，後期象徵主義、意象主義、表現主義、未來主義、意識流、超現實主義、存在主義、荒誕文學、新小說、垮掉的一代、黑色幽默、魔幻現實主義以及廣義的現代派，這些流派的代表作家的重要作品，基本上都被譯介到了國內。

三、80 年代西方現代派譯介的特徵

80 年代對西方現代派譯介有三個鮮明的特徵：

其一、在 80 年代的外國文學譯介中，現代派文學成爲接受的焦點。前面我說過，如何對待現代派文學，在五十至七十年代，曾經是一個敏感的政治話題。與十七年文學一樣，新時期依舊存在著一個如何構建有利於中國文學發展的「外國文學史」問題，只不過在具體的文藝政策中，不再根據政治的需要，給外國文學作品評定等級秩序，並且，也沒有像五十年代那樣，以開列書目的方式劃定外國文學作品的閱讀範圍，但是這並不意味著評價體系的取消。一個由新的文學評價體系組成的文學秩序，逐漸成形。隨著中美建交、

〔註58〕 十七年期間譯介的現代派的理論文章，都是作爲批判用的，且爲內部發行，
如 1961 年出版的《現代美英資產階級文學理論文選》（書上署名是「中國科學院文學研究所西方文學組編」，實際上爲袁可嘉編選），選譯了現代派十個流派的代表性文論。1962 年出版的《托・史・艾略特論文選》（周煦良等譯），以「白皮書」的形式推出，出版前言指出了托・史・艾略特及其文論的反動性。

改革開放政策的實施，冷戰時期被妖魔化的「西方」發生了戲劇性的「脫胎換骨」，一個新的經過重構的「西方」以其先進的技術，逐步佔據了蘇聯在五十年代中國曾經擁有的位置。西方／東方、先進／落後這一對新的對子，取代了原來的資產階級／無產階級的二元劃分，相應地，新時期經歷了又一次經典的重評，西方資產階級文學的地位在上升，排在東歐文學、第三世界文學之前，西方現代派文學的身份也發生了突變，由原來受排擠、批判的地位，一躍成為實際上的龍頭老大。前面說過，1977、1978年重印古典文學名著，「輸入」了人道主義，給國內的傷痕文學、反思文學提供了精神資源。但是，很快，這種對19世紀批判現實主義的偏愛並沒有維持多久。隨著改革開放政策的實施，終結了「文革」的極「左」文藝政策，外國文學領域的日丹諾夫影響遭到清算，現代資產階級文學的禁區被打破，西方現代派逐漸成為接受的熱點。隨著中蘇關係的好轉，蘇聯文學「解凍」時期的作家作品，以及80年代最新創作的作品被大量譯介過來，但是所起到的影響遠不如五六十年代，蘇聯文學曾經起到的「榜樣」、「模範」作用大為削弱，早已風光不再。

其二，現代派譯介的共時性。當時被劃入現代派名下的譯作，分屬於現代主義和後現代主義兩大陣營，在創作觀念上並不統一，甚至南轅北轍。從時間跨度上看，如果從波德萊爾的象徵主義算起，前後長達一個世紀，這是一段具有延展性的時間，在西方，現代主義運動早已確立了自己的經典地位，尤其是第二次世界大戰以前的後期象徵主義、表現主義、未來主義、意識流、超現實主義這些流派，它們的代表性作品已經成為經典之作。第二次世界大戰之後興起的存在主義、荒誕文學、新小說、垮掉的一代、黑色幽默、魔幻現實主義這些流派，其代表作家的作品，也已經進入經典或準經典之列。像薩特的《禁閉》、貝克特的《等待戈多》、海勒的《第二十二條軍規》、馬爾克斯的《百年孤獨》等。面對這些現當代經典作品，選擇其實是很便當的，因為如果近距離追蹤最新的西方文學現象，往往會把一些不合格的「偽經典」譯介過來。對急需擺脫僵化的社會主義現實主義的國內作家來說，譯介經典作品堪稱是最見成效的。西方用一百餘年積累的眾多經典作品，幾乎在一個時間平面上被譯介到國內。這種對歷時性文學現象的共時性接受，也和五四時期很相似，五四時期對外國文學的翻譯，從古典時期一直到當時的現代主義文學，也是在一個時間段上引進來的。

其三，這些作家在80年代初雖然基本上是同時引進，但是在譯介時還是

有重點主次之分。80 年代重點譯介的是現代主義文學的奠基人、表現主義代
表作家卡夫卡、奧尼爾，荒誕派戲劇的代表作家貝克特、尤奈斯庫，存在主
義文學代表作家薩特、加繆，意識流小說代表作家福克納、喬伊斯、伍爾芙、
普魯斯特，黑色幽默派作家海勒，垮掉的一代詩人金斯堡，後期象徵主義詩
人瓦雷里、艾略特、里爾克、葉芝，新小說派的羅伯‧格里耶，以及廣義上
的現代派作家海明威、紀德、索爾‧貝婁、納博科夫等。而有關未來主義、
超現實主義的作家作品的譯介則受到冷落。需要著重指出的是，70 年代末 80
年代初，對荒誕派戲劇、卡夫卡、存在主義文學的譯介，是熱點中的熱點。
1982 年馬爾克斯獲獎後，拉美的魔幻現實主義開始成爲關注的熱點，馬爾克
斯、博爾赫斯、阿斯圖裏亞斯、胡安‧魯爾弗等成爲譯介的重點〔註 59〕。而
重點譯介哪一個流派，在具體流派中重點譯介哪一位作家的作品，是和 80 年
代文化思想環境緊密相關的。

　　比如薩特的譯介。與薩特一樣同屬於存在主義三大代表人物的德國哲學
家雅斯貝爾斯、海德格爾，在 80 年代初期就遠不如薩特那樣受到青睞，他們
的影響僅局限於西方現代哲學領域。海德格爾在 80 年代中後期才開始受到思
想文化界的矚目，至 90 年代才形成了研究高潮；而雅斯貝爾斯儘管在建國後
即已有過譯介，如他的《原子彈和人類未來》等著作在《現代外國資產階級
哲學研究資料》叢刊上作過摘譯，在 60 年代《哲學譯叢》上也發表過有關相
關研究文章〔註 60〕，但是其影響一直十分有限，直到今天也很難說形成了研
究的熱潮。薩特身兼哲學家和文學家兩種身份，與中國具有很深的淵源，他
屬於左翼，他激進的「左傾」立場、主張「介入」的文學姿態，與中共的政

〔註 59〕博爾赫斯、胡安‧魯爾弗在 1982 年前也有過譯介，如《外國文藝》1979 年第
　　　　1 期選譯了博爾赫斯的四篇短篇小説，這是有建國後關博爾赫斯的最早的譯
　　　　介。袁可嘉主編的《外國現代代派作品選》中，把博爾赫斯劃入荒誕文學是
　　　　不妥當的。博爾赫斯的迷宮式敘述、幻想性的寫作，對時間、空間的獨特感
　　　　知，並不是通常意義上的荒誕。這是一種帶有拉美大陸傳統的玄想性質的表
　　　　達，而不是那種表達現代人對世界的本體意義上的荒誕感受。1979 年在《外
　　　　國文學動態》刊載了有關拉美文學的概況，重點介紹了墨西哥作家胡安‧魯
　　　　爾弗的《佩法羅‧帕拉莫》，這是介紹拉美魔幻現實主義的開始。但是，拉美
　　　　文學真正引起關注，還是在 1982 年 10 月馬爾克斯獲諾貝爾文學獎以後。
〔註 60〕1964 年《哲學譯叢》第 11 期載有瑞士 J‧赫爾什的《卡爾‧雅斯貝爾斯及其
　　　　哲學》，1966 年第 3、4 期載有雅斯貝爾斯的《哲學的人生》（王玖興譯）、雅
　　　　斯貝爾斯的《集體與個人》（王玖興譯）、雅斯貝爾斯關於人性、自由、人道
　　　　主義的言論摘譯。

治立場和文化主張有相似之處，因此，他成了自建國後在中國譯介得最多的西方現代資產階級哲學家，〔註61〕因此，對薩特的介紹，在中國是比較充分的，儘管60年代薩特遭受了國內哲學界的批判。在「文革」後向西方尋求思想資源支撐的時候，薩特在西方現代哲學中可謂是一個最爲合適的人選。

　　相對於哲學界對薩特的冷淡，文學界的反響要積極得多。在「文革」後至80年代，對薩特哲學思想的接受，在文學界很是踊躍。1978年薩特的劇本《骯髒的手》在《外國文藝》創刊號上刊出，這一年的11月，柳鳴九在全國外國文學研究工作規劃大會上發言，滿懷激情地爲薩特、卡夫卡以及荒誕派戲劇辯解，以證明他們作爲現代文學經典的「合法性」：「不論從理論上、創作上和社會活動上，薩特都繼承了過去時代資產階級進步的思想傳統」；「在薩特的存在主義理論中也並不是沒有積極可取的成分，如『存在先於本質』論、『自由選擇』論，它強調了個體的自由創造性、主觀能動性，這就大大優越於命定論、宿命論；他把人的存在歸結爲這種自由的選擇和創造，這充實了人類存在的積極內容，大大優越於那種怠惰寄生的哲學和依靠神仙皇帝的消極處世態度；他把自主的選擇和創造作爲決定人的本質的條件，也有助於人爲獲得優秀的本質而作出主觀的努力，不失爲人生道路上一種可取的動力。如果用我們比較熟悉的概念來加以說明，也就是資產階級人道主義的個性自由論、個性解放論的一種新的形式。」薩特所說的「自由選擇」是「包含著善惡是非標準的」，「不會成爲一種惡的哲學、狼的哲學」。〔註62〕柳鳴九先生的這番話，目的是在爲薩特的存在主義理論辯護，他論述的出發點，針對的卻是「文革」後國內的思想現實，他說的「怠惰寄生的哲學和依靠神仙皇帝的消極處世態度」，以及「命定論、宿命論」這番話，明眼人一看便知是針對中國現實而發言的，在他看來，站在「人生」的意義上看，站在對人生的價值的角度衡量，薩特哲學實際上是能夠幫助我們解決人生問題的。柳鳴九先生避開了「資產階級」這道在當時還是難以跨越的門檻，更是越過了非理性的現代主義的雷區，直取薩特哲學中對於重建人生有積極意義的部分，這種爲我所用的誤讀，是比較有遠見的。在第一章中，我指出在80年代的薩

〔註61〕 50年代對待薩特是友好的，曾經放映過根據薩特的劇本《可尊敬的妓女》改編過的電影《被污辱與被迫害的人》。60年代初，對薩特哲學進行了批判，被指爲「反動哲學」。

〔註62〕 柳鳴九：《現當代資產階級文學評價的幾個問題》，《外國文學研究》1979年第1期。

特熱中，薩特的存在主義實際上被廣泛接受爲一種人生觀哲學，正是這種人生觀哲學，爲廣大的大學生和知識青年所厚愛。在哲學界爲如何評價薩特的存在主義而爭論不休，爲釐清薩特的人道主義與馬克思主義的關係、以及薩特存在主義的人道主義內涵問題而爭執不下的時候，薩特的文學作品已經在廣大的讀者那裡廣爲傳頌了，可以說，80 年代在場的，是一個文學的薩特，而哲學的薩特往往處在話語交鋒的晦暗不明的場域，雖然擺脫了 60 年代受批判的命運，但是往往受到持馬克思主義立場的研究者的排斥與指責〔註63〕。很顯然，中國哲學界的回應在 80 年代往往是遲鈍的，爭論的激烈掩蓋不住文學界發表、出版薩特作品的熱情，遮掩不住青年人閱讀的激情，畢竟是改革開放時代了，也正是這種如癡如狂的閱讀，使存在主義文學的接受在 80 年代成爲熱點。

第三節　80 年代中國思想文化語境與現代派文學的接受

在 70 年代末 80 年代初，中國本來面對的是一個人道主義復蘇的新啓蒙環境，爲什麼以非理性主義爲基礎的現代派文學會成爲接受的熱點？

從 1978 年名著重譯的書目可以看出，當時重印的是清一色的古典文學，其中又以 18、19 世紀現實主義文學爲主，宣揚的是人道主義和個性主義，當時出現的搶購場面，充分說明了讀者對這類小說的需求。80 年代的思想解放運動被一些人，如李澤厚等，描述成又一個「五四時代」的來臨：「一切都令人想起五四時代。人的啓蒙，人的覺醒，人道主義，人性復歸……都圍繞這

〔註63〕 80 年代有關薩特的哲學研究，可謂是一大熱點，文章很多，但是這些文章在爭辯中帶有很強的實用主義企圖，很少作深入的純哲學的學術研究，對於薩特的哲學思想，多數是持否定態度。譬如，中國社會科學院哲學研究所在 1982 年 6 月 28 日召開的存在主義研究座談會上，與會者指出了存在主義「反理性主義的、虛無主義的本質」，「存在主義的虛無的世界觀產生出它的荒謬的人生觀」；認爲存在主義的人道主義和傳統的人道主義存在著根本的區別：「海德格的自由是走向死亡的自由，而薩特的自由則是在每一個境況都要有所謀劃的自由，實際上，是使自由的命題變得毫無意義。總之，這種自由觀與啓蒙時期的自由觀之反對封建桎梏正好相反，它不是使人奮發向上，而是充滿了虛無絕望的情緒。存在主義的人道主義，其出發點和歸宿與近代史開端的人道主義（或人文主義）是完全相反的。」見冷然《存在主義研究座談會紀要》，《哲學譯叢》，1982 年第 6 期。

感性血肉的個體從作為理性異化的神的踐踏蹂躪下要求解放出來的主題旋轉。」〔註64〕李澤厚的判斷有他的深刻緣由，自 1979 年朱光潛的《關於人性、人道主義、人情味和共同美的問題》〔註65〕、汝信的《人道主義就是修正主義嗎？——對人道主義的再認識》以及王若水的《談談異化問題》發表以來，引發了一場有關人道主義的大討論，而「傷痕文學」、「反思文學」也通過大量的創作實績給這個討論提供源源不斷的話題資源。對於人道主義，國內思想文化界並不陌生，早在五四時期，人道主義是反封建的一個銳利武器，人道主義的討論在 50 年代的那場有關「文學是人學」的論爭中也涉及過。從國際思想史的範圍來看，人道主義和異化問題也是一個相當陳舊的話題，早在 60 年代，異化和人道主義就是社會主義、資本主義世界共同熱烈討論的時髦話題。由於當時中國和蘇聯交惡，國內譯介過一些有關這方面的資料，以作為研究和批判時的參考。〔註66〕可以說，80 年代有關人道主義、異化的論爭，沒有超出 60 年代這些翻譯過來的文章所涉及的範圍。這個時期的人道主義討論中，社會主義社會的異化問題因為觸及到了當時思想解放的「底線」，受到了高層的批評。有意思的是，這場論爭帶有很強的官方色彩，王若水、周揚、胡喬木等人，大都是意識形態領域的官員兼理論家，這決定了討論不可能是充分學術性的，也給這場論爭帶上了鮮明的意識形態色彩，與其說是一場學

〔註64〕 李澤厚：《中國現代思想史論》，東方出版社 1987 年版，第 209 頁。

〔註65〕 載《文藝研究》，1979 年第 3 期。

〔註66〕 《哲學譯叢》（內部發行）1964 年第 1 期是「異化問題專號」，刊載了 11 篇有關異化問題的譯文，如南斯拉夫 G.彼特羅維奇的《馬克思的異化理論》、蘇聯西特尼科夫的《社會主義和共產主義建設時期的異化問題》、美國 M.B.斯可特的《異化的社會根源》等。在該期編者前言中說：「近幾年來，蘇聯、民主德國、南斯拉夫、法國、美國等國的哲學界，有不少人一直在大談異化問題。許多修正主義者和資產階級哲學家，從異化問題著手，曲解馬克思的著作、特別是《經濟學——哲學手稿》一書，修正和攻擊馬克思主義，宣揚資產階級人道主義。」從這些文章可以看出，無論社會主義和資本主義，都在談論異化，只是對異化的討論的出發點和結論不同而已。
《哲學譯叢》1966 年 3～4 期合刊是「現代資產階級哲學家有關人道主義、人性論等問題的言論」專號。本期的編者說明指出：「為了徹底批判現代資產階級及其追隨者的意識形態的反動本質和欺騙手法，就必須首先揭露現代資產階級的人道主義、人性論以及關於自由、平等等問題的謬論。現代資產階級的政治思想家、教育家、文學家、哲學家關於人道主義、人性論以及自由、平等等問題寫了不少的東西。我們現在只從哲學的角度選輯現代資產階級哲學及各流派的主要代表人物的言論，……以供參考。」

術爭鳴，還不如說是意識形態官員之間的一場不同觀點的碰撞和交鋒。由於論爭者的身份所設定的「門檻」和「界限」的存在，注定了這場歷時近四年的論爭不會深入下去。這樣看來，李澤厚把這個時期描述成五四時期，不免帶有一個學者一廂情願、華美約言的性質，思想解放運動在多大程度上能夠回到五四，頗值得懷疑。

　　之所以不厭其煩地敘述這場論爭，我是想說明，80年代思想解放運動有很大的局限性，人道主義這種啟蒙話語始終沒有盡情展開。在此，我想追問的是，既然當時是一個呼喚人道主義的思想語境，為什麼宣揚個性解放、人性、人道主義的批判現實主義文學退居至次要地位，而以非理性主義為哲學基礎的西方現代派在中國受到了熱烈的接受呢？

　　一般認為，現代派在五十至七十年代的譯介基本上是空白，「文革」後的譯介，是進行「補課」。除了這一點，我認為還有以下原因：

　　一是，當時雖然是一個人道主義的需要啟蒙的語境，但是主流意識形態設計的思想解放是在堅持「四項基本原則」基礎上的解放，這說明思想解放一方面要破除因為極「左」政治設置的禁區，另一方面還要約束這種解放，在這種情況下，新啟蒙注定是一場夾生飯，因此，向國外尋求新的思想資源是在情理之中，正如我在第一章所論述的，存在主義、薩特、尼采等非理性主義的西方現代資產階級哲學在這種情況下加入了新啟蒙之中，當然是在激烈的話語交鋒中加入的。以這些哲學為基礎的現代派文學作品，自然成為接受的首選。

　　第二個原因是，「文革」給一代人造成的思想震盪不啻於一場大地震。「文革」造成了人與人、人與自己、人與社會、人與歷史全面的異化。父子反目、造反、武鬥、抄家、勞改、反革命、牛鬼蛇神……而這一切，都是在神聖的名義下進行的。在這種踐踏人的尊嚴、扭曲人的靈魂的非常歷史現象面前，人道主義的呼喚是亟需的，但是，18世紀資產階級上升時期的人道主義放在這裡是多麼蒼白無力。在人道主義討論中，莎士比亞在《哈姆雷特》中讚美人的一段話多次被引用：「人是一件多麼了不起的傑作！多麼高貴的理性！多麼偉大的力量！多麼優美的儀表！多麼文雅的舉動！在行動上多麼像一個天使！宇宙的精華！萬物的靈長！」可是，面對劫後餘生的現實，這種人文主義者的自信蕩然無存了。當原有的理性反過來釀成一場深重的災難，當激情歇斯底里地發作以後，理性的神話破滅了，留下的是幻滅、絕望、迷惘與深深的懷疑，人文

主義的天眞的光環退隱了。「卑鄙是卑鄙者的通行證，高尚是高尚者的墓誌銘」，「我不相信」，朦朧詩最早捕捉到了這種「時代意識」。一種信仰破滅後的懷疑意識、否定意識、迷惘的情懷，籠罩在青年人的心頭。「在 80 年代知識者的心目中，正是當代社會的某一階段造成了大面積的、大規模的思想『異化』，呈現出影響社會停滯的那種強烈的『存在』的『荒謬感』，因此，思想界的清算和反思，就應該由此開始。」〔註67〕在這樣一個「文革」後的民族精神狀況裏，引進現代派不是很自然的事情嗎？這和現代派文學的精神特徵有很多相似之處。如果說，非理性主義思潮作爲一種晦澀的異域哲學，與普通中國人的距離還很遙遠，文學就很容易普及了。因此，最初給國人震撼的，是荒誕派戲劇和卡夫卡的小說，荒誕派戲劇中對人的存在的荒誕感，對人的生存的體驗，在某種程度上，不就是「文革」後中國的恰切寫照嗎？

　　荒誕派戲劇進入中國最早的要數法國戲劇家尤奈斯庫的《禿頭歌女》〔註68〕了。1978 年《禿頭歌女》在北京上演，引起了轟動。這是一個具有象徵性的事件。因爲，舞臺藝術和觀眾的交流更爲直接。讀完《禿頭歌女》劇本，我十分驚異於劇本裏面描述的那個非理性的世界，我讀出了這個非理性的世界和「文革」後中國驚人的相似之處。劇本寫的是英國倫敦的史密斯夫婦和馬丁夫婦這兩個家庭的日常生活，劇情很簡單，沒有矛盾衝突、沒有明顯的情節，也沒有性格鮮明的人物，是一齣「反戲劇」。史密斯先生和夫人之間的對話，表面上看是具有生活氣息，實際上寫出了生存的瑣碎、無聊，裏面藏有深層的悲涼。馬丁夫婦在異地邂逅，有似曾相識之感，隨著談話的進一步加深，兩人發現彼此都是曼徹斯特人，都住在倫敦，同住在布隆菲爾特街十九號六層樓八號，接著又發現兩人同住在一間臥室裏，同睡在「一張蓋著綠色鴨絨被的床上」，到這時，馬丁先生仍然疑惑地說：「也許就是在那兒我們遇上了？」馬丁夫人也用不確定的語調說：「很可能」，「說不定就在昨天夜裏。親愛的先生，可我記不起來了」。兩人接著再求證，都說有一個叫愛麗絲的女兒，「兩歲，一隻白眼珠，一隻紅眼珠，她很漂亮」。他們又說了「說不定」、「很可能」之後，才語調平淡地承認是夫妻。陌生、隔膜、冷漠、健忘、麻木……這是一出普通的個體令人震驚的夢魘式生存場景。

〔註67〕 程光煒：《一個被重構的「西方」──從「現代西方學術文庫」看 80 年代的知識範式》，《當代文壇》2007 年第 4 期。

〔註68〕 《禿頭歌女》（高行健譯），載《荒誕派戲劇選》，外國文學出版社 1983 年版。

可是，隨後一個標準的後現代的「拆解」發生了：史密斯先生家的傭人瑪麗上場，對觀眾說，剛才他們說的女兒不是同一個女兒：「道納爾（馬丁先生）的孩子白眼珠在右邊，紅眼珠在左邊；伊麗莎白（馬丁夫人）的孩子紅眼珠在右邊，白眼珠在左邊。」因此，「兩人自己騙自己，空歡喜一場。究竟誰是真的道納爾，誰又是真的伊麗莎白？」這實際又否認了兩人的夫妻關係。劇情再往下進展，出現了這兩對夫婦會面的場景。一個消防隊長出現了，這個消防隊長總希望每天都有大火燃燒，這樣好拿到足夠的獎金。最後的一場劇如同夢魘，人物的語言語無倫次，動作乖戾，氣氛緊張，像有一種巨大的威脅即將到來，四個人物處在一種歇斯底里的狀態，狂暴地大喊大叫。時間在該劇中自始至終是錯亂的，時鐘不停地亂敲，有一次竟然敲到了二十九點，這預示著邏輯的瓦解和迷失。理性消失了，非理性充斥著整個世界，深入到人物的靈魂深處。不確定性、懷疑、冷淡、隔膜、荒謬、混亂……這就是荒誕派戲劇的世界，這是對二戰後的歐洲生存處境的存在主義式的寫照。

荒誕派另一個戲劇家貝克特的《等待戈多》，寫出了當代西方人的「等待」尷尬和焦灼的心理狀態。薩特的《禁閉》、加繆的《局外人》、品特的《房間》、《送菜升降機》等，也是表達荒誕性處境的著名劇作。這種生存的荒誕感，廣泛彌漫在現代派的作品裏，正如加繆在《西緒弗斯神話》中所歸納的：

> 一個能用理性方法加以解釋的世界，不論有多少毛病，總歸是一個親切的世界。可是一旦宇宙中間的幻覺和光明都消失了，人便自己覺得是個陌生人。他成了一個無法召回的流放者，因為他被剝奪了對於失去的家鄉的記憶，而同時也缺乏對未來世界的希望；這種人與他自己生活的分離、演員與舞臺的分離，真正構成了荒誕感。
> 〔註69〕

幾乎每一次人類的災難都有巨大的反思浪潮。「文革」期間中國大地上上演了多少活生生的荒誕派戲劇啊，在「文革」後的思想震盪期，這種荒誕感，不正是和當時整個民族的感受相符合嗎？

其三，荒誕派戲劇、卡夫卡的小說、存在主義小說、黑色幽默小說等這些現代派作品，在「文革」後的中國，不僅是只有文學新穎形式的意味，它們也在塑造著年輕一代的人生觀。我認為，在 70 年代末至 80 年代，在官方

〔註69〕 轉引自（英）艾斯林：《荒誕派之荒誕性》，陳梅譯，《外國戲劇》，1980 年第 1 期。

的傷痕、反思之外，還存在一個重建人生觀的民間運動：民間思想的解放。現代派文學成為這場重建人生觀運動的一個形象的教科書。

在第一章中，我寫道，80 年代的知識青年們寧願把薩特的存在主義當作一種人生觀哲學來看待，以此重構「文革」後被扭曲的人與人、人與社會、人與自己的關係，進行自我設計、自我選擇，強調自我的獨立，以脫離那個帶有父權制特徵的巨大的集體的掌控。尼采也被作為一種「人生哲學家」來接受。這是從哲學的角度來說的，從文學的角度來看，更是如此，現代派文學作品廣泛參與了現代青年的人生觀、世界觀的重塑過程。

「文革」是一副清醒劑，許多青年也經歷了「夢醒了無路可走」的心路歷程。畢竟，上山下鄉運動在 1978 年才正式被終止，而大量的知識青年還留在農村，為返城絞盡腦汁，對他們來說，返程的路途既遙遠又漫長〔註 70〕。迷惘的情緒在擴散，被「文革」「遺棄」的一代如何確立自己的位置？人生的路如何選擇？未來是什麼？問題多得像夏天的雨。1980 年《中國青年》雜誌組織了人生觀大討論，這標誌著中國年輕一代人生態度的轉折。1982 年《中國青年》雜誌又組織有關人生觀的討論，青年人的人生問題成為社會熱點〔註71〕。在 1982 年進行的一場針對蘭州地區青年的大型文藝調查中發現，「青年們根據個人的志趣和欣賞水準，分為三大派」，即「現代派」、「鄉土派」和「中間派」。「現代派」即讚賞現代派作品的，占調查人數的五分之三，這些人當中，「當年的紅衛兵占三分之一，『文化革命』的直接受害者和待業青年各占三分之一。深入瞭解發現，熱衷於西方現代派作品的，主要也是這些人。」〔註

〔註70〕知青問題並未隨著「文革」結束而及時得到解決。直到 1978 年 10 月，中央召開知青問題會議，才宣佈知青運動終結。由此至 1979、1980 年，迎來了知青返城的高潮。1979 年僅哈爾濱知青辦收到返城申請就有 5 麻袋。

〔註71〕1982 年《中國青年》組織的人生問題的討論，主要圍繞著三個中心進行。第一是圍繞電影《沙鷗》的討論：「沙鷗用一生拼一枚金牌值得嗎？」第二，圍繞第四軍醫大學空軍醫學系學生張華為救掉入糞池的農民犧牲是否值得這個話題進行的討論。第三，圍繞路遙的小說《人生》展開的討論。可以看出，《人生》是在人生觀討論中問世的一部趕時髦的社會問題小說，可以說是回鄉知青路遙用小說的形式參與了人生觀的討論。

〔註72〕西北師院中文系當代文藝調查組調查 黨鴻樞執筆《新時期文藝與青年——文藝思潮社會調查》，《當代文藝思潮》，1982 年第 3 期。該項文藝調查組成了67 人的社會調查組，以蘭州地區為重點，歷時三個月，走訪學校、機關、部隊、鄉村、廠礦企業等，採用問卷、訪談、座談等方式，涵蓋社會各個階層，調查對象達數千名青年。

72〕可以看出，這些人群都是「文革」的重災區，對「文革」的體驗最為「深刻」，是現代派文學的「隱含的讀者」，具備了接受現代派的期待視野。除了西方現代派，「他們也推崇茹志鵑、王蒙等人的意識流小說，顧城、舒婷的朦朧詩，也喜愛推理、怪誕小說和一些『不像戲的戲』。他們覺得這些作品新鮮，手法、構思和意境突破了傳統藝術形式的框框，時間空間沒有限制，很對心勁。所謂『心勁』，就是那種『文化大革命』劫後餘生的迷惘和孤獨感，那種隨著幻滅而來的憤懣和焦急的情緒。」〔註73〕從這個調查可以發現，80年代初，喜歡現代派作品的，受到「文革」的影響最為明顯，這部分人構成了青年的主流，占到五分之三。現實主義已經引不起他們的興趣，只有現代主義才對「心勁」，由此看來，「文革」後大部分青年的思想結構已經發生了「變異」，他們所需要的，早已不是18、19世紀的那種帶有明顯的理想性質的人道主義、個性主義，經歷了文化思想界的「劫難」，他們對理性主義已經發生了根本的懷疑，幻滅的情緒在彌漫，不管承認還是不承認，非理性主義思潮已經在他們的心智結構中佔據了主要地位，這也是為什麼他們熱衷於接受現代主義的最根本動因。

　　一代人的心智、思想的背後，是知識結構類型的變化，他們所從屬的知識譜系，已經是20世紀現代西方思想，人本主義思潮為代表的非理性主義思潮，是左右他們取捨的「動力」之源。當然，他們所接受的人本主義思潮，是被重構過的「現代西方學術譜系」，在這些青年那裡，「知識不僅僅是一種工具，不單為用於『現實干預』的思想武器，而是內在人格培養的一種東西。」〔註74〕正是對「文革」後青年的「內在人格」的培養，非理性主義實際上成為主導80年代文化現實的一個龐大的根本性的思潮。八十年代中後期出現的劉曉波的《與李澤厚對話》與陳燕谷的《劉再復現象批判》等文章，就是當時對五四以來啟蒙理性的顛覆與否定的激進的非理性思潮的典型體現，劉曉

　　　　調查中發現，「鄉土派」和「中間派」各占五分之一，「中間派」的構成「多為產業工人和青年農民」，中間派的閱讀動機是「以消遣為目的」；「鄉土派」的構成「都是與農村生活有密切關係的青工、軍人和學生」，喜歡中外帶有鄉土氣息的現實主義作品，比如「劉紹棠、周克芹、古華、何士光」等人的作品。

〔註73〕　西北師院中文系當代文藝調查組調查　黨鴻樞執筆《新時期文藝與青年——文藝思潮社會調查》，《當代文藝思潮》，1982年第3期。

〔註74〕　程光煒：《一個被重構的「西方」——從「現代西方學術文庫」看80年代的知識範式》，《當代文壇》，2007年第4期。

波以非理性的感性的解放來反對李澤厚的「積澱」說，否定五四以來所建構起來的一套啓蒙主義的理性話語，其思想根基和出發點，就是西方非理性主義思潮。這種激進的思潮，在 80 年代末期達到了頂峰。可以說，這一思想傾向，其實已經在 80 年代初已經露出端倪。另外，90 年代中期展開的人文主義討論爲什麼無果而終了，也可以從這個邏輯起點上得到解釋：知識類型已經發生了根本性的轉移，19 世紀的人文主義在 20 世紀西方哲學那裡早已成爲陳跡，接受了以非理性爲特徵的西方現代哲學思潮的青年一代，看待這場論爭有堂吉訶德大戰風車之滑稽，哪有激情來延續那場討論呢？

第三章　西方現代派文學接受中的論爭

有關西方現代派文學的論爭包含兩個層面，一是如何評價西方現代派文學，這主要是指在外國文學範圍內引發的討論，二是有關現代主義對中國當代文學影響的討論。這兩個層面，外國文學領域引發的論爭在前，中國文學領域的論爭是承接外國文學領域的問題而來，但是就影響和範圍而言，中國文學領域的現代派文學的論爭，就涉及的範圍和激烈程度而言，遠遠超過了外國文學領域的論爭，因為，這不僅涉及到「要不要」引進西方現代派，西方現代派「好不好」的問題〔註1〕，而是在社會主義現實主義創作方法之中，是否要容納現代主義，中國文學是否可以創造自己的「現代派」的問題。對西方現代派的論爭，實際上演化為一場中國文學發展道路的討論，這樣的討論，在十七年期間我們並不陌生。當然，畢竟是新時期了，討論基本上是在學術範圍內進行的，後來依靠行政命令推行的清污運動，使這場討論沒有深入下去。現代派的討論，實際上提出了社會主義現實主義的創作方法在新的歷史時期是否繼續有效的問題。因此，這次論爭，現在看來，是具有重要的歷史意義的。表面上看來，清污運動中依靠行政命令否定了社會主義文學不能走現代派的路子，將現代派視為「精神污染」，現代派的作用相當於特洛伊木馬，消解了經典的社會主義現實主義，使建國後社會主義文藝政策的領導者們苦心經營的「典型環境裏的典型人物」等社會主義現實主義的創作原則一下子變得陳舊、過時了，在現代主義／現實主義這一對子名下，潛含著先進／落後、先鋒／過時、西方／東方等一系列對立，實際上確立了一種以西方文學為參照的文學評價體系，一種進化論的文學發展觀。因而，被排斥了

〔註1〕「要不要」、「好不好」、「有沒有」是許子東對現代主義論爭的三個階段的概括，見《中國新時期文學理論大系‧現代主義與中國文學》分卷的導言。

30 年的現代派實質上參與了 80 年代中國文學的復興，論爭期間，一種具有現代派特色的文藝潮流在國內產生了，並直接引發了 1985 年中國文學的多元化傾向以及尋根文學和先鋒文學的發生。

第一節　從論爭文章統計看論爭呈現的幾個特點

在 80 年代的文學論爭中，就持續的時間長短和論爭的激烈程度而言，大概首先應該數現代派文學的論爭了。「文革」後對現代派的論爭，最先始於外國文學界，而後擴展到中國文學界。這場論爭的起止時間，從 1978 年始，一直延續到 80 年代末，持續的時間長達 10 多年。80 年代中後期有關「偽現代派」的爭論，也是承接現代派文學的論爭這一個大問題而來的，是對中國文學接納西方現代派文學的進一步反思，可以說是論爭的進一步深化，屬於現代主義對中國當代文學的影響這一範疇。值得關注的是，這個時期有關中國文學發展道路的論爭，和現代派文學的論爭糾纏在一起，中外文學將焦點集中在對現代派文學的評價上，呈現出和十七年文學截然不同的特徵。為了更好地討論這場論爭，下面的統計表格〔註2〕是至關重要的，從中我們可以看到這一論爭演進的軌跡，看出這場論爭在多大程度上介入了中國當代文學，並是如何一步步將中國當代文學納入到世界文學的評價體系中的。從實質上看，有關現代派文學的論爭，實際上是有關中國文學問題的論爭。

〔註 2〕　對於這個表格的說明：該表格參照了陳思和在《1978～1982：西方現代主義在中國的引進》（載《建設者》1988 年第 1 期）所列的現代主義思潮在 1978 年至 1982 年在中國被介紹的情況，並對陳思和所列的表格中的分類方式和統計數字作了修正和補充，並且增加了 1983 至 1985 年有關西方現代派文學論爭情況的統計。陳思和的統計是以人民文學出版社出版的《西方現代派文學問題論爭集》的附錄《關於西方現代派文學討論文章目錄索引》為基礎得出的，這個目錄索引現在看來有將「現代派」泛化之嫌，把原來不屬於現代派的一些流派如英國的「憤怒的青年」文學運動等劃入了現代派文學。本表格的統計數字，是在參照《西方現代派文學問題論爭集》的附錄《關於西方現代派文學討論文章目錄索引》以及復旦大學中文系資料室編《新時期文藝學論爭資料》中有關西方現代派文學的《文章索引》的基礎上，並依據上海圖書館編輯的《全國報刊索引（哲社版）》加以修訂、補充後得出的，涵蓋了當時正式出版的百餘種報刊。1985 年僅統計到上半年。因為本論文的論述範圍截止到 1985 年，1986 至 1989 年的未予統計。80 年代中後期有關現代派的論爭的關注點發生轉移，不再關注「流派」，而向具體作家轉移，比如福克納、米蘭·昆德拉、博爾赫斯、馬爾克斯等成為矚目的焦點，成為「追摹」的對象，對現代派的接受進入到以具體的作家作品為對象的實際操作層面。

流派名稱	討論文章發表的年代以及數量〔註3〕								
	1978	1979	1980	1981	1982	1983	1984	1985	小計
西方現代派文學概論〔註4〕		12	27	39	15	48	43	13	197
美國當代文學（包括迷惘的一代、南方文學）〔註5〕	2	11	8	9	11	1		9	51
英國當代文學		2	1	4	4				11
法國當代文學			3	2	4	1	2		12
拉美當代文學		1	2		2		2	9	16
存在主義（以薩特為主）		2	14	14	30	25	21	1	107
象徵主義(含意象派)		2	4	15	5	6	4	7	43
意識流			7	21	10	13	1	1	53
荒誕派戲劇	1	3	4	14	9	13	5	3	56
表現主義（主要是卡夫卡）		4	6	7	7	9	10	5	48
超現實主義			2	3	3	2	1		11
未來主義			5	4	9				18
法國新小說	1		5	7	7	2		6	28
魔幻現實主義		1	3	3	2	4	1	8	22
黑色幽默			6	7	5	2			20
垮掉的一代				3	1			3	7

〔註3〕統計數字來源於當時全國 100 餘種報刊，不包括譯著中譯者所寫的導言或者後記。需要說明的是，這個統計只是大致的。實際上，80 年代中國文學界有關創新、探索、實驗的話題，或多或少都和現代派有關。

〔註4〕包括有關後現代派的討論，如約翰‧巴思的《後現代派小說》之類。

〔註5〕美國、法國、英國、拉美當代文學，是指有關國別文學的綜述性文章，諸如《當代美國文學一瞥》、《六十、七十年代英國小說中的流派》、《20 世紀法國主要文學流派》、《1977 年拉丁美洲文學概況》之類，除特別注明外，不包括具體的談流派的文章。另外，還包括廣義的現代派作家，例如具有現代主義傾向的海明威、安德烈‧紀德、索爾‧貝婁等，他們分別歸屬不同的國別。

流派名稱	討論文章發表的年代以及數量〔註3〕								
	1978	1979	1980	1981	1982	1983	1984	1985	小計
心理分析、弗洛伊德學說				7	4	4	1	1	17
現代文論、現代小說理論		4	1	4	5	3	5	1	23
西方現代派對中國當代文學的影響討論			5	15	25	76	61	3	185
新潮批評〔註6〕						5	11	7	23
其它				1		3	3	1	8
總計	4	42	103	177	159	217	171	76	933

　　通過這個統計，可以看到這次論爭呈現出以下幾個特點：

　　一、從這個表格可以看出，現代派論爭出現的時間是 1978 年，高潮部分是在 1980 年至 1984 年，1985 年即迅速減少。有意味的是，有關現代派的文章在 1983、1984 年達到了高峰，分別是 217、171 篇。這說明，1983 年 9 月開始的清除精神污染運動，非但沒有將現代派這一污染源清除，反而在清污期間呈現出井噴現象，尤其是開始出現了大量討論現代派和我國新時期文學創作的比較性的論文，這在客觀上起到了為現代派張目的目的。可見，現代派文學的論爭，和所受到的意識形態的壓力密切相關，意識形態的過分關注，反而會在客觀上激發了現代派的傳播熱情。正如一位研究者所言：「在那個年代裏，爭鳴是最好的宣傳方式，而且毫無例外批評者會扮演一個適得其反的愚蠢角色。」〔註7〕由於在 1985 年中國出現了具有現代主義特色的作品，如劉索拉的《你別無選擇》、韓少功的《爸爸爸》、殘雪的《山上的小屋》、馬原的《崗底斯的誘惑》、扎西達娃的《繫在皮繩扣上的魂》等，現代主義已經成為一種事實的存在，有關現代主義的論爭減少了。

　　二、具體到論爭內容，可以看到，對於西方現代派文學，80 年代傾向於

〔註6〕是指當時出現的介紹和評價西方文學批評的文章，不同於當時流行的馬克思主義社會學批評，內容比較雜，包括結構主義批評、讀者反應批評、新批評等，可見，新潮批評在 1983 年即露出端倪，滯後於中國文學創作界的現代主義作品的出現，是引進西方現代文論和現代小說理論的必然結果。

〔註7〕陳思和：《七十年外來思潮影響通論》，《鴨綠江》，1992 年第 6 期。

作爲一個整體來討論，概述性的文章比較多，從 1979 年到 1985 年，文章有 197 篇，約占討論文章總數 933 篇的 21%。現代派是一個林林總總的諸多流派的統稱，尤其是新時期初期，西方現代派所涵蓋的內容是如此廣博，因此，對西方現代派作概述性的分析和介紹的文章，往往泛泛而談，不易作深入的體察，很容易流入空泛。論爭初期比較缺乏的是深入討論現代派這一總體框架下的具體流派、作家作品的文章，因此，1981 年《外國文學研究》組織的有關現代派第 2 次討論的編者按中，就呼籲道：「尤其是歡迎針對某一流派、作家、作品的討論文章。」當然，對現代派的瞭解，隨著時間的推移，也在逐步深入。從以上表格中可以看到，自 1981 年以後，深入討論現代派的文章明顯增多。1981 年，討論象徵主義的文章有 15 篇，討論意識流的文章有 21 篇，討論荒誕派戲劇的有 14 篇，討論法國新小說的有 7 篇，討論心理分析、弗洛伊德學說的有 7 篇，討論現代主義對中國當代文學的影響的文章有 15 篇，與 1980 年相比，上述研究顯然得到了大力推進，彌補了現代派研究中概述性文章的不足，對現代派的研究更爲深化和具體。

　　袁可嘉的有關西方現代派的文章，如他的《談談西方現代派文學作品》、他爲《外國現代派作品選》所作的「前言」以及《西方現代派文學三題》等，基本上代表了當時國內對現代派文學的看法，比如他對現代派思想特徵的判斷，認爲現代派在人與社會、人與人、人與自然、人與自我這些「人類賴以生存的四種基本關係」方面出現了「全面的異化」，「反映出現代資本主義世界的社會和精神的尖銳危機」。〔註 8〕他的這一看法，構成了當時許多介紹西方現代派思想內容的文章的基本觀點。

　　三、在國別文學中，美國文學、法國文學、英國文學佔據了大多數篇幅。在國別文學的概述部分，有關國別文學的文章，美國 51 篇，法國 12 篇，英國 11 篇。如果再把有關現代派諸流派的作家所屬的國別統計出來，我們可以看到，所謂的西方現代派文學，實際上主要就是指美國、法國、英國、德國的現代文學。據這個表格所統計，計有存在主義文學 107 篇，法國新小說 28 篇，荒誕派戲劇 56 篇，以上這 191 篇文章，絕大多數屬於法國文學的內容；意識流小說 53 篇、象徵主義 43 篇，黑色幽默 20 篇，以上這 116 篇文章大部分則屬於英美文學的範疇。因此，西方現代派文學的主體部分，是屬於第一

〔註 8〕　袁可嘉：《外國現代派作品選・前言》，《外國現代派作品選》（第一冊），上海文藝出版社 1980 年 10 月版，第 6～10 頁。

世界國家的。這些國家，同時也是改革開放的中國所重點面對的國家，是中國發展經濟實現現代化所倚重的「動力之源」。在經濟上向西方學習的同時，雖然在文化上設置了意識形態的過濾網，但是，最先進的生產力所產生的文學，對於倡導思想解放的中國文化界來說有著超強的吸引力，現代派在中國所受到的熱議、追捧、模仿，在這背後，有著「歐美中心論」的影子，其實這和五四時期胡適等人視歐洲文學爲「圭臬」，有著驚人的相似。

四、存在主義與文學

有關存在主義的討論文章共有 107 篇，占所有討論文章 933 篇的 11％，而有關未來主義、超現實主義、法國新小說、垮掉一代、黑色幽默這 5 種流派的討論文章，總共僅有 84 篇，可見，對存在主義文學的關注，是 80 年代的一大焦點。存在主義，無疑是當時爭議最爲熱烈的流派。前面已論述過，圍繞著存在主義的論爭，已經不單純是一個文學問題或者是哲學問題，而是和當時的主流意識形態話語、思想解放運動、人道主義論爭、以及青年思想界的人生觀大討論等緊密糾纏在一起，是屬於 80 年代特定的話語場的一部分。而有關象徵主義、未來主義、超現實主義、法國新小說、垮掉一代、黑色幽默這些現代派流派，基本上局限在文學觀念的層面，在思想觀念上對中國的衝擊不大，因此沒有產生像存在主義對文學那樣大的影響。

五、卡夫卡和荒誕派戲劇

有關表現主義和荒誕派戲劇的討論文章，一共有 104 篇，占討論文章總數的 11％。一個值得注意的現象是，有關表現主義（主要是卡夫卡）和荒誕派戲劇的討論文章，出現得較早。1978 年開始出現了討論現代派的文章，一共有 4 篇，在這 4 篇文章中，介紹荒誕派戲劇的有 1 篇，即朱虹的《荒誕派戲劇述評》〔註9〕。1979 年，有 7 篇，此後，每年都有超過 10 篇文章問世。卡夫卡是最早被譯介和探討的現代派作家之一。如果說，存在主義對中國人的人生觀、價值觀具有重塑作用的話，那麼，表現主義和荒誕派戲劇則是有助於人們對「文革」、對極「左」政治進行深刻反思。70 年代末、80 年代初思想文化界的異化、人道主義的討論，作爲當時思想解放運動的一部分，貫注著深刻的反省意識。而「異化」則是現代派的基本主題之一。表現異化觀念比較集中的，當屬表現主義和荒誕派戲劇了。因此，這是新時期伊始表現主義和荒誕派戲劇這麼快地被譯介到國內並且引起了熱烈爭議的最重要的原

〔註9〕載《世界文學》，1978 年第 2 期。

因。卡夫卡小說中充滿了令人震驚的「異化」，處於極端體制下的小人物過著戰戰兢兢而又無所適從的夢魘般生活，這種卡夫卡式的人物遭際，在劫後餘生的知識分子看來，在一定程度上是對「文革」夢魘的象徵性表述。這是新時期開始即已出現卡夫卡熱的潛在背景。荒誕派戲劇其實也是「文革」後人們心境的部分寫照。在某種意義上說，表現主義和荒誕派戲劇是流行於歐洲的「傷痕文學」和「反思文學」，是對席卷西方世界的經濟危機、資產階級文明所造成的異化等弊病，以及兩次世界大戰等對人類所造成的精神創傷的深刻反思。這一點與中國語境相類似，與中國文學界流行的傷痕文學和反思文學，二者在精神實質上存在著微妙的潛在對話。談論西方的表現主義和荒誕派戲劇，在一定程度上也就是談論中國式的「異化」與「荒誕」，這是卡夫卡和荒誕派戲劇在國內流行和受到熱議的動力之源。

六、意識流文學

有關意識流文學，一共有 53 篇，占討論文章總數的 5.9%。討論文章集中在 1980 年至 1983 年間，分別是 1980 年 7 篇，1981 年 21 篇，1982 年 10 篇，1983 年 13 篇，1984、1985 年急劇減少，分別僅為 1 篇。以上統計的是有關西方意識流小說的討論情況，沒有包括意識流對中國文學的影響的討論。而實際情況是，自 1979 年始，由於趙振開、王蒙、茹志鵑、諶容、李陀、李國文等作家在小說創作中採用了意識流的手法，有關意識流在中國的討論一度成為文壇熱點。如果將意識流對中國文學創作的影響包括在內，有關意識流的討論文章數量巨大，極有可能居於有關現代派諸流派討論的首位。

也許，從來沒有一種現代主義流派像意識流小說那樣對中國文學的寫作技巧產生實質性的影響。80 年代引進現代派時，「一分為二」對待，剝離其中的資產階級內容，對其藝術形式加以借鑒，幾乎是人們的共識。在現代主義諸流派中，最初為中國文壇成功接受、爭議頗小的應該屬意識流小說了。即使在當時保守派的言論中，對於意識流小說的看法也是相對寬容的：「我們指出意識流作為藝術觀的唯心主義色彩，這並不意味就要對它採取全盤否定的態度。我們不能去承襲它的唯心主義藝術觀體系，但意識流的某些具體藝術手法，卻不是不可以拿來利用的。」〔註 10〕現代主義旗下的絕大多數流派的引進和爭議是連著意識形態因素，和思想解放思潮糾結在一起的，意識流小說基本上是游離於「異化」、「人性」、「人道主義」、「存在主義」等當時被認

〔註10〕鄭伯農：《心理描寫和意識流的引進》，《文學評論》1981 年第 3 期。

爲具有「資產階級意識形態」內涵的字眼之外，在很大程度上，它是作爲一種小說技巧來接受的。這樣一來，就成功地規避了現代派所包含的「資產階級腐朽思想」的意識形態內容，把它降爲易於操作的純技術層面。本來，相對於其它流派，意識流小說能否作爲一個獨立的流派，在西方文學界向來就存有爭議。正是意識流小說本身技巧性較強、所包含的資產階級腐朽思想因素較弱，才成爲現代主義影響中國文學的突破口，並且在有關現代主義的論爭中得到了幾乎是一致的贊同。當然，意識流小說遠沒有這樣簡單，它所依據的哲學心理學基礎、對現實的認識、對人物內宇宙的開掘、對小說時間觀的認識，都是和傳統的現實主義判然有別的。

可以說，意識流小說充當了中國文學向現代派文學學習的急先鋒。在現實主義的框架下吸收意識流的表現手法，擯棄其中的「那種病態的、變態的、神秘的或者是孤獨的心理狀態」，過濾掉其中的「神秘主義、反理性主義」因素〔註 11〕，經過王蒙等革命作家「本土化」的改造，意識流眞正淪爲了一種寫作技巧，成爲社會主義現實主義文學的一種表現手段，從而與喬伊斯、伍爾芙、福克納等人的意識流小說有著天壤之別〔註 12〕。這樣一來，社會主義現實主義和意識流就成功地實現了嫁接，但是，正是這種廉價的移植，使得中國作家對意識流的理解僅僅停留在技巧層面上，並沒有在作品中營造一種實質意義上的「新現實」。之所以出現這樣的結果，原因比較複雜，其中的一個重要原因，我認爲是社會主義現實主義創作方法的維護者們一再撰文，不斷地對意識流創作加以「指導」，呼籲排斥意識流中的非理性因素，避免成爲「泥石流」，避免把現實寫得一片恍惚，使之成爲現實主義創作的「有益的補充」。實際上，這也是那些捍衛現實主義、反對現代派的論者所希望看到的。在思想解放的氛圍中，引進意識流而不導致非理性主義，這也是主流意識形態的維護者們所著意追求的效果。

七、拉美魔幻現實主義

魔幻現實主義是拉美文學的一支奇葩。有關魔幻現實主義的討論文章雖然數量不多，自 1978 年至 1985 年僅有 22 篇，占所有討論文章的 2.4%，但

〔註11〕 王蒙：《關於「意識流」的通信》，《鴨綠江》1980 年第 2 期。

〔註12〕 程光煒在《革命文學的激活——王蒙創作「自述」與小說〈布禮〉之間的複雜纏繞》一文中，指出 70 年代末 80 年代初王蒙的所謂意識流小說，實際上是借這種現代小說的形式實現革命文學的激活。該文載《海南師範學院學報》2006 年第 6 期。

是意義卻不可小覷，對中國文學創作的衝擊卻是巨大的。無論在現代文學三十年期間，還是在新時期初期，給中國文學以巨大影響的是歐美文學和俄蘇文學，在文學的等級秩序中，拉美文學一直是處在一個邊緣的地位。而自 1979年始，對拉美文學的關注度在增加。《外國文學動態》1979 年第 8 期刊載了兩則有關拉美當代文學的報導，一則是《1977 年拉丁美洲文學概況》，另一則是介紹墨西哥魔幻現實主義作家胡安・魯爾弗的小說《佩法羅・帕拉莫》。1980年，開始出現了介紹拉美魔幻現實主義流派的文章。如陳光孚的《「魔幻現實主義」評介》（《文藝研究》1980 年第 5 期）、朱景冬等的《魔術現實主義作家——阿斯圖里亞斯》（《外國文學研究》1980 年第 3 期）。拉美當代文學流派眾多，有魔幻現實主義、心理現實主義、結構現實主義等等，在新時期一開始，中國文壇對拉美當代文學的接受，主要是對魔幻現實主義情有獨鍾，從有關拉美當代文學的討論文章中可以清楚地看出這個趨勢來：1979 年至 1982 年討論文章的數量分別是 2、5、3、4 篇，共計 14 篇，其中屬於魔幻現實主義的分別是 1、3、3、2 篇，共計 9 篇，而討論結構現實主義的僅有 1 篇，即陳光孚的《「結構現實主義」述評》（《文藝研究》1982 年第 1 期），其它多為介紹拉美當代文學創作情況的概述性文章。1982 年是魔幻現實主義在中國的影響力的轉折點。1982 年 10 月，魔幻現實主義代表作家加西亞・馬爾克斯獲得了諾貝爾文學獎，把馬爾克斯第一次推到了中國作家面前。在這之前，對有關魔幻現實主義作家作品的評述重點，放在胡安・魯爾弗和阿斯圖里亞斯這兩個作家身上。此後，對馬爾克斯的關注，成為熱點，林一安的《拉丁美洲的魔幻現實主義及其代表作〈百年孤獨〉》（《世界文學》1982 年第 6 期）是新時期出現的第一篇研究馬爾克斯的文章。

魔幻現實主義在最初翻譯到中國時，譯名並不統一，也譯作「魔術現實主義」（《魔術現實主義作家——阿斯圖里亞斯》朱景冬 孔令森《外國文學研究》1980 年第 3 期）。1983 年以後，譯名最終統一到魔幻現實主義上來。但是，「魔幻」一詞的翻譯並不夠確切，magico 一詞，源於古拉丁文，在西班牙語中，該詞的基本意義是「神奇」、「機巧」，並沒有虛幻、幻想的成分，翻譯成「魔幻」是不准確的，而「幻」的本意就是「沒有現實根據的；不真實的」，因此，「魔幻」和「現實主義」結合在一起，本身就是矛盾的。而「realismo magico」本意是「神奇現實主義」，而且，馬爾克斯所說的神奇現實，都是「以事實為根據的」，魔幻現實主義所強調的，有神奇、神秘的一面，因此，有研究者認為，翻譯成「神奇現實主義」或者「神秘現實主義」要更為確切一些。

　　從魔幻現實主義的漢譯可以看出，魔幻現實主義在中國的接受其實經受了一次極大的變形。文化過濾之後，不可避免地打上了「中國烙印」，從中文內涵上講，「魔術」、「魔幻」和「神奇」一詞的差距何止一點。此魔幻早已非彼魔幻。

　　隨著對魔幻現實主義作品的翻譯和評述的升溫，魔幻現實主義對當代中國作家產生了實質性的影響。1984 年興起的尋根文學，是與拉美魔幻現實主義的影響和啓發密不可分的，這是中國文學試圖擺脫歐美文學的影響所做的一次自發性的努力。

八、現代主義對中國當代文學的影響討論

　　可以說，現代主義對中國當代文學的影響討論佔據了一個十分重要的地位。翻譯文學在譯入語文學中，激起了巨大的反響，這種激蕩的狀態，堪與五四時期對翻譯文學的熱中相媲美。現代派作爲爭議的焦點，更是在譯入語文學中成爲爭議的對象。有關現代主義對中國當代文學的影響，討論文章共有 185 篇，占所有討論文章 933 篇的 20%。最早出現的討論文章始於 1980 年，如沐陽的《話說「意識流」和現實主義──從當前的一種文學現象談起》（《解放軍報》1980 年 10 月 11 日）、李陀的《現實主義和「意識流」──從兩篇小說運用的藝術手法談起》（《十月》1980 年第 4 期）、閻綱的《小說出現新寫法──讀王蒙近作》（《北京師院學報》1980 年第 4 期）等。討論文章的數量呈現逐年增多的趨勢，1980 年 5 篇，1981 年 15 篇，1982 年 25 篇，1983 年 76 篇，1984 年 61 篇。可以看出，1983 年、1984 年討論的文章迅速增多。這個時期有關現代派的討論，一般都和中國語境相關，純客觀的知識性介紹已經很少見，許多文章，如《應當正確看待西方現代派文藝》、《如何看待西方現代派文藝》、《試談應該如何對待西方現代派文學藝術》、《我國將出現現代派文藝嗎？》（任福初《綿陽師專教學與研究》1983 年第 2 期），單從標題就可以看出，這些文章反映了一種焦慮感，焦點集中在中國文學和現代主義之間的關係、在現代主義的衝擊下中國文學如何發展這類問題上，特別是集中在如何看待中國文學界出現的具有現代主義傾向的作品上，由此引發了當代中國文學發展道路的論爭。

　　如果說，以上有關西方現代派文學論爭的特點，基本上是局限在外國文學範圍內，而現代主義對中國當代文學的影響討論，則突破了單純把現代主義作爲西方文學來品評的模式，眞正實現了當初引進現代主義的目的：爲我

所用。特別是當代中國作家的創作中出現了現代主義因素，如王蒙等人開風氣之先的意識流創作，強調感覺、意象、重象徵色彩的朦朧詩，高行健等人的探索話劇，以及 80 年代中後期出現的尋根小說、先鋒小說、第三代詩歌等，毫無疑問，中國式的現代主義已經對正統的社會主義現實主義產生了強烈的衝擊，因此，有關西方現代派的論爭，在 1982 年以後，實際上已經演化爲如何看待中國文學中的現代主義的問題了，而這一問題，比如何認識西方現代派更爲重要，因爲這關係到中國文學的發展道路這一帶有政治意識形態色彩的問題。在下一節，我將對此作重點論述，此處不贅。

　　另外，現代主義對中國文學的影響的討論，所透露出的一個信息不可忽視：在許多年輕的新潮批評家那裡，文學的評價標準已經多元化了。社會主義現實主義的評價標準，如典型性、反映生活的本質方面，已經讓位於西方現代主義的評價標準，這背後反映的是一種知識譜系的變遷，世界文學，尤其是西方現代派文學，是評價 80 年代中國文學的潛在標準，將原來的俄蘇文學傳統標準置換掉了。因此，可以說，80 年代中國文學是處於重返世界文學的過程中，處於掙脫趨於僵化的社會主義現實主義教條的束縛，納入到世界文學的評價體系中的曲折歷程。

　　九、後現代主義

　　需要加以說明的是，在這個表格中，「西方現代派文學概論」這一欄統計的 197 篇文章，包含有關後現代主義的討論。這是由於在 80 年代前期，後現代主義是隸屬於西方現代派這一名下，並未從含混的「現代派」這一包羅萬象的術語中分離出來。但是，這並不意味著「後現代主義」這一術語沒有被及時譯介過來。80 年代伊始，後現代主義即已譯介到中國。1980 年，美國後現代小說家兼評論家約翰·巴思在《大西洋月刊》第 1 期發表了《補充文學——後現代派小說》，而在同一年，國內即已將此文摘譯出來〔註13〕。當時對

〔註13〕題目爲《後現代派小說》，載《外國文學報導》1980 年第 3 期，曹風軍摘譯。
　　　約翰·巴思在這篇文章中寫道：「『後現代派』這個詞迄今還沒有收入我們的
　　　標準詞典和百科全書。但是，自從第二次世界大戰結束以來，特別是在六十
　　　年代後期和七十年代的美國，『後現代派』已相當盛行，這一點在我們的當代
　　　小說中尤爲突出。」約翰·巴思開列了一長串聚攏在這一旗下的作家名單，
　　　裏面有荒誕派戲劇、法國新小說這些流派，作家有納博科夫、博爾赫斯、馬
　　　爾克斯、卡爾維諾。他對後現代派的概念以及後現代派與現代派的內涵作了
　　　一定程度的區別。

於國外文學，一方面是在補課，把西方五十年代以來的文學，尤其是被隔絕太久的現代主義加以介紹，另一方面是開始追蹤最新的文學創作，這其中包括許多後現代主義作家。

1980 年，董鼎山在《讀書》第 12 期發表了《所謂「後現代派」小說》。

1982 年，袁可嘉在《國外社會科學》第 11 期發表了《關於「後現代主義」思潮》一文，將目光投向現代主義之後的西方思潮，可以說是一篇對西方有關後現代主義研究的綜述性文章，「『後現代主義』是六七十年代以來美國文化思想界、理論批評界討論得最熱烈的話題之一。如果開列一個有關的書目，可以達到近百種」；「『後現代主義』作為一個評論六十年代以來美國和西方某些文化、文學傾向的總概念，顯然還有待充實和定型化。」此外，介紹西方後現代主義的文章還有：《展望後期現代主義》（〔英〕阿·羅德曼 著 湯永寬譯《外國文藝》1981 年第 6 期）、《當代美國詩與後期現代派》（馮辰 整理《外國文學動態》1982 年第 3 期）、《從現代派到後現代派》（〔美〕約翰·羅素著 徐斌 等譯《當代文藝思潮》1983 年第 2 期）、《現代主義與後現代主義》（伊哈布·哈桑 著 冉德樂 等譯《現代美國文學研究》1983 年第 2 期）、《現代主義、反現代主義、後現代主義》（〔英〕戴·洛奇 著 侯維瑞 譯《外國文學報導》1983 年第 3 期）、《歐美現代文學的演變和爭論──兼談美國後現代派的兩篇作品》（施咸榮《十月》1983 年第 3 期）、《六十年代以來的美國小說──「後現代主義」及其它》（董鼎山《讀書》1983 年第 10 期）、《關於後現代主義之淺見》（王逢振《外國文學動態》1984 年第 3 期）、《後現代主義概述》（舢人《外國文學報導》1984 年第 6 期）、《西方現代派文學的邊界線》（袁可嘉《讀書》1984 年第 10、11 期）。

自 1980 至 1985 年，有關後現代派的討論文章有 13 篇。後現代主義當時在西方也是尚未定型，處在探討之中。這些文章，有的是國外學者的研究成果，有的是國內學者撰寫的，雖然僅占西方現代派文學概論文章總數 197 篇的 6.6%，就它們所提出的後現代主義的定義而言還比較模糊，甚至自相矛盾，並沒有在較大範圍內得到學界的承認，但是其意義不可小覷。這表明，國內研究界開始追蹤西方文學理論界的最新動態，並及時予以介紹和回應。這十來篇文章，也部分釐清了現代主義和後現代主義的部分邊界，並為 80 年代中後期、90 年代對後現代主義相對確切的界定埋下了伏筆。

第二節　如何看待這個「陌生而混亂的世界」：論爭歷程的簡要回顧

正如我在第二章所指出的，有關現代派的討論其實早在 50 年代即已存在，茅盾的《夜讀偶記》就是當時對現代派的權威性論述，袁可嘉等外國文學研究者也發表了一些批判現代派的文章，當時是出於純化社會主義現實主義的目的，在借鑒外國文學資源以建設新中國文學上向蘇聯文學一邊倒，將歐美現代文學排斥在外。當時的論爭，實際上是大批判，此後愈演愈烈，學術性的爭鳴銷聲匿跡。

對禁區的突破和空白的填補，是十一屆三中全會以來國內文學界的一大特點。但是，在外國文學界，堅冰依然尚未消融。「介紹外國文學的工作已經進入了禁區，特別是對西方文學中的禁區突破得較快。雖然如此，衝破禁區的精神仍然不夠，特別是在研究和文藝理論方面就更顯得不足，衝破得不多，這是我們當前外國文學工作中的一個弱點。」〔註 14〕正如上一章所論述的，對西方當代文學的譯介自 1978 年後急遽上升。而對現代派的評介，則相對滯後。1978 年，僅有研究性的文章 4 篇，1979 年上升為 42 篇。

對現代派的評介滯後的原因，和乍暖還寒的政治氣候緊密相關。1976 至1978 年可以稱作是「前新時期」〔註 15〕，文學界的「文藝黑線專政」並未隨著「文革」的結束而煙消雲散〔註 16〕。「由於思想上的障礙，如對當代文學，

〔註 14〕 姚見：《對外國文學工作中一些問題的看法》，《外國文學研究》1981 年第 1 期。

〔註 15〕 王堯：《「文革文學」紀事》，《中國當代作家面面觀——漢語寫作與世界文學》林建法 喬陽主編，春風文藝出版社 2006 年 1 月版，第 547 頁。

〔註 16〕 1979 年 3 月 26 日，總政治部請示黨中央、中央軍委，建議撤銷《紀要》這一文件。1979 年 5 月 3 日，中央下文正式撤消中發〔66〕211 號文件，即中央下發的「1966 年 2 月部隊文藝工作座談會紀要」。總政治部建議撤銷這一文件的理由是：《紀要》提出的『文藝黑線專政』論」「在『破除迷信』和『徹底革命』的旗號下，排斥一切中外古典文學的優秀遺產」，「貫徹《紀要》的結果，文學藝術上的百花齊放完全沒有了。文藝創作在思想上陷入了僵化和虛假的絕境；在藝術上日趨貧乏、單調和模式化，把社會主義的文學藝術引進了一條死胡同，實際上取消了無產階級文學藝術。」「粉碎『四人幫』以後，全軍、全國批判了反動的『文藝黑線專政』論，許多文藝工作者的冤案、錯案、假案也得到了平反昭雪。但是，由於《紀要》當時作為中央文件下發，至今沒有宣佈撤銷，對一些文藝工作者還是一種精神枷鎖，在組織上對一些冤案、錯案、假案的徹底平反還有一定的影響。」見《中共中央批轉總政治部〈關於建議撤銷一九六六年二月部隊文藝工作座談會紀要的請示〉的通

總想等上面的規定、政策、意見，缺乏獨立思考，怕擔風險，左的餘悸未消，人們畏懼依存」。﹝註17﹞研究現狀的滯後，也和思想界受到長期的禁錮有關，激情早已被「規訓」，長期的文化封閉，對異域文化產生了本能的反對，不同思想觀念的交鋒，在當時是十分激烈的，有一個例子，頗能說明這個問題：「有一個地區在召開的縣委書記會議上，當談及文藝問題時，一位縣委書記拿出了兩幅裸體畫（一幅是法國安格爾的名畫《泉》，以神話為題材，描繪一少女洗澡的情景；一幅是北京機場的『潑水節』，描繪少數民族婦女的）時說：『如果再這樣搞下去，我們農民就再也不種棉花了。』（大意）另一位縣委書記則反駁說：『由此不種棉花，那我們每個人洗澡時也都得穿著褲子了』（大意）。」﹝註18﹞裸體油畫問題竟然成為基層縣委書記會議的議題，並且由裸體油畫聯繫到物質生產（種棉花）和日常生活方式（洗澡時穿褲子）。西方現代派也提供了一個供人聯想的空間。正如我在前面所分析的，現代派很對經歷過文革的青年的「心勁」，而同時又遭受恪守革命文藝的保守者的攻擊，在這樣的語境裏，現代派注定擺脫不了受爭議的宿命。

「文革」後在向外國文學尋求資源以建設本土文學上，應該如何看待和評價作為代表西方最新潮流的西方現代派，看待這一屬於資產階級陣營的文學，很快成為一個焦點問題。真正發生質變的是 1980 年，這一年有關現代派的研究文章驟然增至 103 篇，是 1978 年的 25 倍。因此，有的學者認為，1981 年是「文藝界關於現代主義文學論爭開始的一年」，﹝註19﹞這個判斷是不准確的，應該是開始於 1980 年。

知》，《三中全會以來重要文獻選編》（內部發行），人民出版社 1982 年 8 月出版，第 148～151 頁。

﹝註17﹞ 姚見：《對外國文學工作中一些問題的看法》，《外國文學研究》1981 年第 1 期。

﹝註18﹞ 姚見：《對外國文學工作中一些問題的看法》，《外國文學研究》1981 年第 1 期。

﹝註19﹞ 陳思和：《1978～1982：西方現代主義在中國的引進》，《建設者》1988 年第 1 期。從第一節的表格可以看出，1978、1979 年，有關現代派的討論文章絕大多數屬於介紹性質，是資料性的，自 1980 年開始，討論文章數量由 1978 年的 4 篇、1979 年的 42 篇，猛增到 1980 年的 103 篇，同時，資料性質的文章在減少，論爭文章增多，如《怎樣看待西方現代派文學》（葉永義《外國文學研究》1980 年第 3 期）這類文章，同時，現代派對中國文學影響的論爭開始出現。此後，現代派資料性的文章逐漸減少，論爭的文章，尤其是現代派對中國文學的影響的文章逐漸增多，西方現代派文學對 80 年代中國文學的影響在日益加深。

毋庸置疑的是，中國社會科學院外國文學研究所的學者們得風氣之先，較早進行了西方現代派文學的譯介和研究工作。而 1978 年的 4 篇有關現代派的論文，有 3 篇出自外文所的學者朱虹、湯永寬、施咸榮之手〔註 20〕。1978年夏秋之間，外文所的學者們以「外國現當代資產階級評價問題」為題舉行了筆談，將如何看待這些現代派文藝這個在當時還很敏感的話題提出來加以探討。這年的 11 月，柳鳴九在「全國外國文學研究工作規劃會議」上的發言〔註 21〕具有突破性，對現當代資產階級文學的狀況、思想基礎、藝術特點，以及現當代資產階級文學的評價標準，做了充分的論述。1980 年 10 月，袁可嘉等人著手主持編寫《現代派作品選》（第一冊）出版後，掀起了閱讀現代派作品的熱潮。袁可嘉在書前所作的長篇序言，是一篇系統地評述現代派的重要文章。更值得我們重視的是陳焜先生的一系列文章，從具體流派和作品入手，從如何更新人們的思維模式的角度，提出了令人信服的結論。1980 年底，當時唯一的外國文學研究刊物《外國文學研究》季刊在第四期開闢了「西方現代派文學專題討論」，以後每期一輯，直到 1982 年春天第 1 期止，以徐遲的文章《現代化與現代派》暫告結束，共載有相關文章 33 篇。

現代派的論爭原先只是外國文學領域的事情。至 1980 年，論爭便延伸到中國文學界。這是因為，與理論界的滯後形成鮮明對比的是，創作界的現代主義運動早已萌生。其中的朦朧詩潮，最早可以追溯到「文革」時期的「白洋淀詩派」。1979 年，王蒙的具有意識流色彩的小說《夜的眼》發表，就有大學生讀者來信說：「有許多人喜歡您的這篇小說，也有些人說看不甚懂，不知主題是什麼。」並且指出，引起爭議的原因是作者「有意識地運用了外國文學中這一現代派的表現手法」〔註 22〕。該文寫於 1979 年 11～12 月間，等發表出來已經是 1980 年了。由此可見，有關中國文學借鑒西方現代派的討論，具有深厚的創作實績來作基礎，並非是空穴來風。而且，外國文學領域有關西方現代派文學的討論迅速向中國文學領域傾斜，論爭的內容急劇轉向，核心已經轉到了中國要不要現代派上了。有的文章主張中國需要「馬克思主義

〔註 20〕即朱虹的《荒誕派戲劇述評》、施咸榮譯的《薩羅特談「新小說派」》、湯永寬譯的索爾・貝婁的《略論當代美國小說》。
〔註 21〕柳鳴九：《現當代資產階級文學評價的幾個問題》，《外國文學研究》1979 年第 1 期。
〔註 22〕王蒙：《關於「意識流」的通信》，《鴨綠江》1980 年第 2 期。

的現代主義」〔註 23〕，有的認為，「創作方法必須百花齊放」，社會主義文藝應該包括「現實主義、浪漫主義、現代主義」。〔註 24〕這類言論關係到我國文學發展道路的問題，引起了文藝政策制定者們的關注。有關現代派的討論的進一步展開，也與主流意識形態的「關注」和「引導」密不可分。時任中宣部副部長的賀敬之曾經這樣「建議」：「目前探討現代派問題，可以多開幾次會，範圍可以擴大些，還可以搞些講座。工作不要簡單化，討論應當是民主的、平等的，但又是有傾向的。在做法上，不要一哄而起，可考慮先在《文藝報》進行討論，其它報刊以後再說。」〔註 25〕可以說，這是一次主流意識形態對現代主義討論的「具體指導」和「戰略部署」。於是，《文藝報》根據讀者的要求，於 1982 年 11 月開闢專欄，進一步展開討論，並連續召開作家、評論家座談會，對此進行熱烈的研討〔註 26〕。另外，許多省市召開了有關現代主義的討論會。當時，有關現代派的討論，已經演化為一場轟轟烈烈的全國性的運動，全國大部分文藝刊物、中央以及地方報紙，都參與了這場討論。此後，1983 年的清污運動，雖然主流意識形態的本意是阻止西方現代派向中國文學創作界蔓延，但是事與願違。至 1985 年，創作界也開始有一批青年作家（劉索拉、徐星、殘雪等）不像王蒙等中年作家那樣，僅僅滿足於技巧的借鑒，創作出了具有現代主義特色的重要作品。至此，像原來的現代派好不好、要不要這類討論基本上不見了，有關現代派的討論已經泛化，實際上已經深入到到尋根文學、第三代詩歌、先鋒小說這些流派中，深入到具有現代主義特色的具體作品中。而到了 80 年代後期，又出現了中國文學界的「偽現代派」的討論。可見，有關西方現代派的討論，在很大程度上，是一場有關中國文學發展道路、中國文學怎樣對待現代派的討論。

有關這場討論，80 年代即已出現了一些綜述性的文章〔註 27〕，本章的重

〔註 23〕 徐遲：《現代化與現代派》，《外國文學研究》1982 年第 1 期。

〔註 24〕 毛時安：《現實主義的局限和現代主義的崛起──關於創作方法「百花齊放」的探討》，《華東師範大學學報》〔哲學社會科學〕1981 年第 1 期。

〔註 25〕 賀敬之：《當前文藝思想的幾個問題》（一九八二年十月二十八日），《文藝報》1983 年第 10 期。

〔註 26〕 1982 年 11 月，在《文藝報》開始現代派討論的編者按中說，是應「讀者的要求」展開討論的，隱去了中宣部的指示。並且，賀敬之的講話在時隔一年以後，才在《文藝報》上發表。

〔註 27〕 這類文章主要有：詹述仕《關於西方現代派文學討論情況綜述》，《學術界動態》，1983 年第 41 期；薛智整理《關於現代派問題討論概述》，《飛天》，1983

點不在於還原當時論爭的現場，不在于歸納論爭雙方的具體分歧與相同之處，也不在於對論爭雙方對西方現代派本身作出評價上，並且對何謂現代派文學、如何看待評價現代派文學這種主要是外國文學領域內的論爭，也基本上很少觸及，而是將重點放在現代派對中國文學的影響上，從文學史的角度，剖析在論爭中體現的中國文學發展道路的論爭，透視論爭背後所凸現的意識形態因素。

第三節　現代主義還是現實主義：中國文學發展道路的論爭

　　有關文學發展道路的論爭，五四文學革命以來就沒有停止過。五四時期文學研究會與創造社的論爭，三十年代左翼文學與其它文學思潮的論爭，四十年代國統區文學與解放區文學的摩擦與交鋒，等等。建國以後，對這個問題的討論染上了強烈的政治色彩，遠遠超出了文學範圍，和國家的命運前途這類宏大的問題聯繫在一起。往往是在主流意識形態的主導下，強行推行一種代表國家意志的創作方法，同時也就意味著對大一統的追求，對多樣性的質疑、責難和排斥。50～70 年代文學，是左翼文學運動合乎邏輯的演進和發展。新中國建立伊始，對建國前各種創作方法進行了清算，依據毛澤東的《講話》，在照搬蘇聯模式的基礎上，確立了社會主義現實主義的創作方法，同時以運動的方式對左翼文學的另一個分支——胡風所主張的主觀戰鬥精神的現實主義進行了激烈的排斥。50 年代初，在蘇聯、東歐社會主義國家出現了政治、思想的「解凍」潮流，1956 年毛澤東提出了「雙百方針」，以此爲契機，1956～1957 年間，出現了主張「寫眞實」、「干預生活」的創作口號，以期望校正趨於公式化、概念化的社會主義現實主義。但是，這場熱烈的討論，在隨後而來的反右鬥爭中化爲烏有。此後，通過運動的鬥爭方式，一步步將社會主義現實主義「純化」，激進的文學思潮在《紀要》中達到了頂峰。

年第 5 期；孟潛《關於西方現代派文藝的討論》，《作品與爭鳴》，1983 年第 5 期；姜淩《近年來國內關於西方現代派文學討論情況綜述》，《文學研究動態》，1983 年第 6 期；《王慶璠《近幾年來關於西方現代派文學討論管窺》，《文藝界通訊》，1983 年第 7 期；范際燕《「現代派」討論鳥瞰》，《文譚》，1983 年第 8 期；何理《〈文藝報〉等報刊關於西方現代派文學與我國文學發展方向問題的討論》，《人民日報》，1983 年 9 月 13 日；《關於如何借鑒西方現代派文學的討論綜述》，《文藝情況》，1983 年第 11 期；懷安《近年來關於現代派文學的論爭》，《語文導報》，1985 年第 5 期。

　　回顧 50～70 年代文學發展道路的論爭歷程，我們看到，論爭的重點不僅體現在要採取什麼樣的現實主義創作方法，還體現在如何繼承中外文學遺產上。在十七年文學中，蘇聯式的社會主義現實主義，植根在五四新文學的啓蒙立場和 19 世紀法、俄文學基礎上的主觀戰鬥精神的現實主義，對待外國文學遺產的態度是不同的。茅盾的《夜讀偶記》，是當時系統闡述如何繼承外國文學以建設社會主義新文學的代表性論述。「文革」文學對待外國文學是持虛無主義態度的。西方現代派文學，在 50～70 年代，是被排除在社會主義現實主義文學可資借鑒的資源之外的，對於這一點，我在第二章中已經作了詳細論述。

　　80 年代這場有關現代派文學的論爭，基本上是延續了 50～70 年代文學發展道路的論爭。只是論爭的方式發生了變化，不再採取那種運動的方式，實行「三不主義」，基本上將論爭局限在學術範圍內。50～70 年代文學發展道路的論爭，都是圍繞著現實主義創作方法而展開的。80 年代對文學發展道路的探討依然局限在社會主義現實主義上，對現實主義以外的創作方法的探討，大多數文章的出發點還是現實主義。第四次文代會提出的「描寫和培養社會主義新人」，與《講話》一起，很大程度上構築了 80 年代主流意識形態對文藝指引和規約的總體框架。

　　在中國文學與現代派的討論中，核心的問題是社會主義現實主義和現代主義的關係問題，由這個問題引發了中國文學發展道路這個老問題。80 年代對中國文學發展道路的論爭，是由西方現代派文學的論爭引起的，而不是像 50～70 年代那樣，由主流意識形態所發動和掌控的，但是，當論爭的一方向社會主義現實主義的挑戰達到一定的程度，最終作出裁判的，還是主流意識形態本身。由此可見，80 年代文學和 50～70 年代文學，就文學的性質和發展方向這種帶有全局性的問題而言，二者還是具有很強的承繼性和相似性。

　　在 50～70 年代文學中，現實主義與現代主義是對立的兩極，這種二元對立模式在 80 年代的這場論爭中遭到了質疑。

　　有意思的是，對將社會主義現實主義定爲一尊的質疑的聲音，最早是來自外國文學研究界。這體現在陳焜、柳鳴九等學者的文章中。陳焜先生雖然談的是西方現代派文學問題，矛頭所指卻是中國文學創作和文學評論的現狀：「我們一向是提倡現實主義的，粉碎『四人幫』之後，很多同志提出，要回到現實主義傳統上來。對於這種提法，我有些想不通。」當時中國文學界

對現實主義創作方法一直是鍾情有加的，無論是作家還是批評家，都在津津
樂道於突破了「文革」文學模式，實現了現實主義的復歸。無論是「傷痕文
學」、「反思文學」，還是「改革文學」，仍然是在現實主義的層面上滑行。而
陳焜則從世界文學的角度，宣告了傳統現實主義已經過時，「實際上，我們這
些年是把反現實主義當作一個可怕的罪名提出來的，不論什麼作品，只要說
他是反現實主義的，這個作品就完了⋯⋯這種觀點實際上都是前些年從蘇聯
那裡搬過來的，連蘇聯現在都不是這樣看了，我們就需要再考慮一下。」〔註
28〕他認為，「把真實和現實主義等同起來，這種提法在理論上是站不住腳的，
因為反映不反映現實是一個文學的本質的問題，怎麼反映不過是表現方法問
題。如果你承認文學的本質是要反映生活的真實，那麼各種形式的文學，不
管它是什麼主義，只要符合這個文學的基本本質，就應該有生存的權利。」
陳焜對於一切從現實主義出發來評價文學作品的觀念，進行了大膽質疑〔註
29〕，他認為，「複雜性」〔註30〕是現代文學的中心特徵，「現代派有一些文學
觀念是發展得更加複雜了，一般地講，這種複雜化不是歪曲而是更加接近了
生活的真實。」「複雜性」「無論對外國文學還是對中國文學，這都是一個帶

〔註28〕陳焜：《漫評西方現代派文學》，《春風譯叢》1981 年第 4 期。

〔註29〕陳焜認為，現代文學中人的形象已經發生了革命性的變化，「人已經非英雄化
　　　了，散文化了，他不是一個純粹的英雄，也不是一個純粹的歹徒，而是一個
　　　充滿了矛盾的人。」見《漫評西方現代派文學》，《春風譯叢》1981 年第 4 期。

〔註30〕陳焜這樣定義「複雜性」內涵：「一層是說，世界、人類社會和人本身是非常
　　　複雜的，用一種非常簡單的條理化的觀點或情節是不能把握世界的，用一種
　　　道德化的善惡觀念把世界和人看得好就是好，壞就是壞，這也是脫離實際的，
　　　世界和人都比我們想像得複雜。許多事情都不是很清楚，而是混亂的，但是
　　　在混亂的事態中又存在著某種規律性的東西；人對自己的認識總是容易與實
　　　際脫節，其中包含著許多人不能自知的情況，而且人往往面臨自相矛盾的困
　　　境，做了許多事與願違的事情，他的許多高尚的自我意識往往變成可笑的東
　　　西，甚至顯得有些荒謬，但是，他在挫折之中堅持著的努力又保持著一種尊
　　　嚴。而且生活對人的諷刺總是應該注意到的，這就需要有一種站得高一點的
　　　眼光來瞭解人類喜劇。另一層意思是說，人的審美意識也要能把握世界的複
　　　雜性。人不應該滿足於把世界表現為一種道德化的觀念所瞭解的樣子，他要
　　　有一種比較發展的意識來更加深入地瞭解世界和人的複雜性，瞭解那些既存
　　　在又不存在的複雜聯繫和不斷變化的特徵，瞭解那些善惡是非的複雜組合，
　　　瞭解生活經驗中所包含的那些喜、怒、哀、樂的複雜結構，瞭解人類戲劇中
　　　的那些正劇、喜劇、悲劇、悲喜劇、史詩和散文氣息等各種因素的複雜交織。
　　　這樣，文學審美意識的複雜性才能和世界的複雜性相稱，才能真正擺脫那種
　　　簡單化和公式化的東西，真正激發人的認識活動和審美活動。」見《漫評西
　　　方現代派文學》，《春風譯叢》，1981 年第 4 期。

根本性的問題。」「到底怎麼理解現實？我們對現實的那些解釋是否眞的把握了現實的複雜性？我們的審美意識是否複雜到能夠再現世界的複雜性？」「我們在情節、人物、善惡和表現方法這樣一些基本的文學觀念上，大體上是比較接近十九世紀的現實主義的。」「複雜性」是陳焜對現代派文學的概括，也是對「過於簡單」的中國文學的期許，它隱藏著這樣一個邏輯前提：不能將現實主義定爲一尊，無論對外國文學的評價，以及對中國文學的建設，都應該超越現實主義還是現代主義的二元對立模式，採用新的評價方法。這種質疑，已經意味著對現實主義定爲一尊的創作方法的否定。

在 80 年代初，敢於對「現實主義傳統」提出大膽質疑的學者，可謂鳳毛麟角。而陳焜先生對於文學「複雜性」的論述，是我讀到的 80 年代初期有關中國文學的論述文字中最爲深刻獨到的。20 年後的今天，仍然使我們耳目一新。今天的文學，仍然不是過於「簡單」嗎？遺憾的是，他所提出的以「複雜性」爲核心的中國文學標準，直至今天仍尙未達到。

毫無疑問的是，1976～1985 年間，中國文學的主潮是社會主義現實主義。但是，對現代派將如何評價？建設新文學究竟需要不需要現代派的參與？西方現代派能否指導我們的社會主義文學創作？如何看待具有現代主義萌芽因素的「朦朧詩」、「意識流小說」、「探索戲劇」？這些文學創作領域的「異端」、「另類」對社會主義現實主義來說意味著什麼？毫無疑問，在原先的社會主義現實主義框架內，已經無法圓滿回答這些問題了。

對現實主義定爲一尊的維護或者質疑，往往和文學發展道路這個具有意識形態戰略內涵的問題聯繫在一起。文學的各種創作方法的等級秩序，在左翼文學、50～70 年代文學中，一直是一個帶有意識形態內涵的重要問題，是從屬於文學發展道路這個具有戰略意圖的大問題之上的。肯定現代派的一方，從文藝「進化論」的角度，在文學的等級秩序評定中，將現代派置於現實主義之上，認爲現代派代表著世界文藝的最高形態。在這裡，我們看到，1958 年茅盾在《夜讀偶記》裏所否定的由秉持歐洲中心主義的學者歸納出的古典主義、浪漫主義、批判現實主義、現代派的文學進化公式，在 80 年代以肯定的形式出現了。現代派已經成爲一種「先進」的文學形式。

反駁中國出現現代派的一方，往往從意識形態的角度，強調現代派的階級歸屬，將文學發展道路的問題置換成現實主義和現代主義對立的兩極，進行非此即彼的選擇，目的是維護社會主義現實主義創作方法的純潔性，實質

上，這種思維方式，還是停留在十七年文學對現代主義和現實主義關係的認識水平上。可以說，對現代派應該進行引進，對現代派的藝術形式應該加以借鑒，這是論爭的雙方都承認的前提，「拿來主義」是雙方的共識。

在小說創作領域，王蒙雖然較早地運用意識流手法，來改造瀕於僵化的社會主義現實主義小說，可是他在承認在創作前「讀了些外國的『意識流』小說」〔註31〕的同時，又給自己的借鑒找到了魯迅、李商隱等「中國傳統」，並且申明自己寫的只是一種「感覺」，沒有「接受和照搬」外國意識流的「那種病態的、變態的、神秘的或者是孤獨的心理狀態」，而是捨棄了其中的「神秘主義、反理性主義」。〔註32〕王蒙在現實主義框架內，有意模糊意識流的西方現代派的屬性，這裡面包含了這樣一種敘述策略：在社會主義現實主義的基礎上對藝術手法的借鑒。從王蒙的文章中，讀不到對社會主義現實主義的質疑，他只是用現代派的表現手法對現實主義加以局部修補而已。王蒙等人的意識流小說，當時引起了熱烈的討論，有人斥之爲「泥石流」，但是，很快反對者發現，看似舶來品的意識流，其實在中國古已有之，並且，在王蒙等人的作品中，並沒有描寫潛意識、下意識、直覺、幻覺，更沒有描寫性意識，非理性、非邏輯的因素並不明顯，只是把原先的情節因素稀釋了，強調了人物內心活動而已。一個代表主流意識形態的反對者也承認，「像電影《苦惱人的笑》、《小花》，小說《月蝕》、《蝴蝶》等等，吸取了意識流的某些手法，但基本上還是現實主義的。」〔註33〕意識流成爲一個引進和借鑒現代派的樣板。因此，運用意識流手法的一些作品，獲得了由主流意識形態頒發的重要獎項。可以說，對意識流手法的引進，可以看作是社會現實主義創作方法的一次成功調整。之所以沒有引起原則性的爭議，根本原因在於，它對文學發展道路並沒有實質性的影響。

與王蒙的小心謹慎、自我辯解相比，戴厚英要大膽得多。中國文學領域最早對現實主義創作方法提出質疑的可能是戴厚英。1980 年 8 月，她在《人啊，人！》後記中，表達了對人道主義的熱烈呼喚。在戴厚英看來，表現人道主義這個帶有啓蒙性質的主題，顯然，「古典」的現實主義已經過時了：「現實主義的方法——按生活的原來樣子去反映生活，當然是表現作家對生活的

〔註31〕王蒙：《關於「意識流」的通信》，《鴨綠江》1980 年第 2 期。
〔註32〕王蒙：《關於「意識流」的通信》，《鴨綠江》1980 年第 2 期。
〔註33〕鄭伯農：《心理描寫和意識流的引進》，《文學評論》1981 年第 3 期。

認識和態度的一種方法。但絕對不是唯一的方法，甚至也不是最好的方法。」
她認為，現代主義與現實主義既是一種對抗關係，也是進化論式的取代關係，
「在西方，在現實主義思潮之後，興起了現代派藝術。所謂現代派，派別繁
多，見解殊異。但採取較為抽象的、荒誕的方法去對抗現實主義的方法，則
是它們的主要傾向或基本傾向……嚴肅的現代派藝術家也在追求藝術的真
實，他們正是感到現實主義方法束縛了他們對真實的追求，才在藝術上進行
革新的。他們要充分地表現自己對世界的真實的主觀感覺和認識，而現實主
義的方法卻強調『客觀性』，強調作家把自己隱藏起來……瑣細的客觀吞沒了
或壓抑了作家的主觀，作家當然是要反抗的。所以，單從藝術上說，現代派
藝術的興起，也有它的必然性，它既是現代派作家對現實主義的否定，也是
現實主義藝術自己對自己的否定。」戴厚英的上述認識，鮮明地代表了 80 年
代一些在藝術上探索試驗的作家的認識邏輯：「表現自我」、「主觀」是現代派
的屬性，「客觀」是現實主義的特徵。現代派與現實主義的關係是一種被取代
的關係，二者有高下之分，先進落後之分，時髦過時之分，現代派代表的是
一種現代化的文藝生產方法，必然要取代落後陳舊的現實主義的創作方法。
她認為，一些探索作品的出現，說明「一部分同志已經感到現實主義的傳統
方法不足以表現自己的思想感情，因而也不足以表現我們的時代了。」「會不
會形成一個中國的、現代的文學流派呢？我看如果不遇到意外的風暴，是很
有可能的。」〔註34〕戴厚英的這篇文章引發了激烈的討論。有一篇文章，以
《現代派怎樣和現實主義「對抗」》作題目，認為戴厚英是在用現代派來「對
抗」現實主義。認為她「率直地表述了她所認為的現代派以現實主義為不共
戴天的對頭的理由」。〔註35〕可以看出這樣一個線索，在新時期恢復和重建現
實主義傳統的同時，現代派也存在著反思、質疑社會主義現實主義在新時期
是否仍然有效的聲音，現代派就是在這種質疑的背景下崛起的。

　　1981 年初，有一篇不為人所關注的文章，即《現實主義的局限和現代主
義的崛起》，我認為具有特別的意義。該文認為，伴隨著「題材和風格的百花
齊放」，「而創作方法，則似乎只有現實主義，並不存在百花齊放的問題。其
實，沒有創作方法的百花齊放，題材和風格的多樣性都將是不充分的。」該

〔註34〕以上引文，見戴厚英：《〈人啊，人！〉後記》，《人啊，人！》，由花城出版社，
　　　　1980 年出版。
〔註35〕耿庸：《現代派怎樣和現實主義「對抗」──這裏也不能不涉及某種現實主義
　　　　理論現象》，《社會科學》（上海）1982 年第 9 期。

文詳細探討了現實主義的局限性以及現代主義崛起的必然性，從而提出「創作方法必須百花齊放」，「既然『百花齊放』，就應不僅有大多數人喜愛的現實主義之『花』，而且有少數人觀賞的現代主義之『花』。總之，現實主義、浪漫主義、現代主義和今後可能出現的其它創作方法，都應該在社會主義文藝園地有生存、開放的權利。現實主義可以是主要的『花』，但畢竟只是一類『花』。」〔註36〕

　　徐遲在 1982 年初寫的《現代化與現代派》一文，另闢蹊徑，從社會物質生活對現代派產生的決定性影響的角度，認為由於「我們還沒有全面開始四個現代化的建設」，因此「坊間也並沒有多少現代派的文藝作品」。矛盾的是，作者隨即又否定了自己對中國現代派的判斷：「但可以肯定的是，在我國沒有實現現代化建設之時，我們不可能有現代派的文藝。」在徐遲這裡，現代化和現代派是相對應的，現代派代表著文學進化論中的較高級形態。他進而認為，「在我們這裡，很不少人仍然欣賞古琴、花鳥、古詩、崑曲之類，迷戀於過去，是過去派。另一些人還不能區別那嚴重污染環境的近代化與高度發展的思維空間的現代化的差別，他們其實是近代派。都不是現代派。」中國作為不發達的第三世界國家，「過去派」、「近代派」都是向「現代派」的過渡形態，在文學進化論的等級秩序中處於較低級的形態。徐遲的這種文學的經濟決定論，遭到了不少人的質疑，爭議更大的是他所作的預言：「不久將來我國必然要出現社會主義的現代化建設，最終仍將給我們帶來建立在革命的現實主義和革命的浪漫主義的兩結合基礎上的現代派文藝。」〔註37〕這個對文藝發展道路的設計，顯然偏離了主流意識形態規定的「社會主義現實主義」軌道。對此，有人質疑道：「從創作方法上講，『現代派』本是西方那些與現實主義背道而馳的文藝流派的總稱，現代派代表作家都公開表明是反現實主義傳統的，因而他們也是與積極浪漫主義南轅北轍的。在革命的現實主義的基礎上，在『兩結合』的基礎上，怎麼會長出現代派文藝？」〔註38〕還有人這樣質疑道：現代派是「資產階級的藝術思潮和流派，它的內容和性質是十分確定的，它同馬克思主義是

〔註36〕毛時安：《現實主義的局限和現代主義的崛起——關於創作方法「百花齊放」的探討》，《華東師範大學學報》（哲學社會科學）1981 年第 1 期。

〔註37〕徐遲：《現代化與現代派》，《外國文學研究》1982 年第 1 期。

〔註38〕李準：《現代化與現代派有著必然聯繫嗎？》，《文藝報》1983 年第 2 期。

根本不同的兩種思想體系和世界觀……提倡『馬克思主義的現代主義』，實際上還不過是提倡西方現代主義文藝罷了。」〔註39〕

徐遲的這篇文章本來是對《外國文學研究》一年來對現代派所作的專題研討的一個總結，沒想到引起了更大範圍的討論。該文的意義在於，徐遲將外國文學領域對現代派的討論擴展到中國文學領域，從物質決定論這個唯物主義角度出發，對中國將要出現的現代派做出預言，並依照外國文學的標準，委婉地批評了中國文學的落後狀態，回答了現代主義在未來中國出現的可能性問題，對文學發展道路作了預言性回答。而做出這樣的論斷，在當時是需要勇氣的。雖然徐遲的這篇文章以經濟決定論談論文學，存在著明顯的疏漏。

當時，對現代派給中國文學造成的影響的討論，還有一些熱點，一是由於高行健的《現代小說技巧初探》一書引發的討論。馮驥才、李陀、劉心武、王蒙等人，圍繞高行健的《現代小說技巧初探》展開的討論，現在看來，帶有很強的策略性。他們避開現代主義和現實主義的關係，避開在中國提倡現代主義的風險，只是從形式和技巧入手，強調中國文學要吸收現代派的藝術形式，創造出本土的「現代小說」。這是一種相當聰明的提法，他們對於中國文學的規劃，強調小說的「現代因素」，有意忽略「古典因素」，對小說「內向性」的推崇，對非情節化的強調，對小說怎樣寫的探討，顯然偏移了社會主義現實主義的軌道。明眼人一眼可以看出，他們提倡的是以西方現代主義為藍本的現代小說。只不過是他們沒有像其它現代主義的提倡者那樣，對文學發展道路作非此即彼的選擇，對現代主義與現實主義的關係沒有做對抗性的理解。因而，他們也沒有招致大的質疑。事實證明，這種穩妥地以現代派做藍本，呼籲推進本土現代小說的做法，對80年代文學產生了巨大的影響。1985年的文學多元化、尋根文學、先鋒小說，都與此有著密切聯繫。正是在創作界這種不動聲色向著現代主義的偏移中，避免了理論層面論爭的空泛性，最終現實主義定為一尊的局面被打破了。

二是對朦朧詩的論爭。在現代派對中國文學的影響上，朦朧詩的論爭發生得是比較早的。一般認為，朦朧詩受到了西方象徵主義、意象派詩歌的影響，也有人認為受到中國古典詩歌的一定影響。朦朧詩在「文革」後期即已萌芽，有資料顯示，在白洋淀的知青部落，食指、多多、根子等人，在西方

〔註39〕理迪：《〈現代化與現代派〉一文質疑》，《文藝報》1982年第11期。

現代派的影響下寫下了最初的現代詩篇〔註 40〕。朦朧詩在「文革」後，最初是作爲地下詩歌而存在，作爲主流詩歌的對立面而存在。謝冕、孫紹振、徐敬亞先後撰文，爲朦朧詩的崛起吶喊，引起了對朦朧詩的廣泛論爭，論爭的結果，朦朧詩獲得了應有的地位，與現實主義詩歌一道成爲中國詩歌的組成部分。

　　謝冕的《在新的崛起面前》以五四時期新詩出現「多流派多風格的大繁榮」作參照，從檢討建國後詩歌創作道路越來越狹窄這一宏觀視角入手，呼籲要對不同於現實主義的「古怪」詩寬容。孫紹振則是從新詩潮本身所體現出來的特徵入手，鼓勵新詩潮「革新者」勇於打破「保守」的「權威和傳統」，進行「探險」。他認爲，新詩潮實質上是一種新的美學原則在崛起：「一種新的美學境界在發現，沒有這種發現，總是像小農經濟進行簡單再生產、那樣用傳統的藝術手段創作，我們的藝術只能是永遠不斷地作鐘擺式單純的重複。」「傳統的詩歌理論中『抒人民之情』得到高度的讚揚，而詩人的『自我表現』則被視爲離經叛道，革新者要把這二者之間的鴻溝填平。」〔註 41〕孫紹振在「革新與守舊、傳統與現代、習慣於陌生化、社會政治標準與無功利的美學標準」的層面上定位新詩潮，其宣揚的這種美學原則，帶有鮮明的十九世紀啓蒙主義、個性主義色彩，其中的現代主義的影子倒是很難覓到的。

　　與謝冕、孫紹振相比，徐敬亞年輕氣盛，文章充滿論辯的火藥味。他的《崛起的詩群》堪稱是朦朧詩的宣言〔註 42〕，雖然寫於正值朦朧詩紅火的 1981年 1 月，卻到了 1983 年春天才正式發表，其時朦朧詩已經退潮，但還是引發了軒然大波。該文不愧爲出自年輕作者之手，衝勁十足，銳氣四射，頗具預言性、前瞻性：「我鄭重地請詩人和評論家們記住 1980 年（如同應該請社會

〔註40〕　《沉淪的聖殿——中國 20 世紀 70 年代地下詩歌遺照》，廖亦武主編，新疆青　　　　少年出版社 1999 年版。

〔註41〕　孫紹振：《新的美學原則在崛起》，《詩刊》1981 年第 3 期。

〔註42〕　徐敬亞：《崛起的詩群——評我國詩歌的現代傾向》，《當代文藝思潮》1983　　　　年第 1 期。該文是作者在吉林大學就讀期間的學年論文，寫於 1981 年 1 月，　　　　最早刊於遼寧師院的學生刊物《新葉》1982 年第 8 期，刪改於 1982 年 9 月。　　　　1984 年 3 月 5 日，《人民日報》發表了徐敬亞的《時刻牢記社會主義的文藝方　　　　向》的自我批評，徐敬亞承認自己「在一段時間裏思想上和藝術觀上出現了　　　　混亂和迷惘」，「對當時紛至沓來的諸如『存在主義』、『直覺主義』、『精神分　　　　析學說』等西方現代資產階級哲學、美學、心理學的理論不加分析地視爲珍　　　　奇。」

學家記住 1979 年的思想解放運動一樣）……在這一年，帶著強烈現代主義文學特色的新詩潮正式出現在中國詩壇。」同其它倡導現代主義的論者一致的是，該文對現代主義的鼓吹同樣也是通過極力鼓吹文學的進化論來實現的，而本土文學，總是在進化論中處於「落後」狀態，需要向高級形態躍進，而現代主義，就是躍進的目標，「中國人哼了幾千年詰屈聲牙的古調子，而世界上大多數先進國家很早就先後脫離了古典主義邁向現代藝術領域」。這種「落後」狀態轉化成了一種焦慮的情緒：「我們今天才發現，詩歌的道路竟那麼眾多！而我們新詩的足跡總是單線條。」「我們嚴重地忽視了詩的藝術規律幾乎使所有詩人都沉溺在『古典＋民歌』的小生產者的汪洋大海之中。可以說，三十年來的詩歌藝術基本上重複地走在西方十七世紀古典主義和十九世紀浪漫主義的老路上。」更爲尖銳的，該文直接對現實主義提出了質疑，認爲：「現代詩歌，將在一定程度上排斥所謂的『現實主義』創作方法。」「現實主義，不可能是人類藝術創作方法的天涯海角！現實主義不可能作爲目前我國文藝創作的唯一原則。詩，尤是！」最後，作者指出了中國新詩的發展道路：「中國新詩的未來主流，是五四新詩的傳統（主要是四十年代以前的）加現代表現手法，並注重與外國詩歌的交流，在這個基礎上建立多元化的新詩總體結構。」徐敬亞認爲，新詩潮的內容是複雜的：「一部分詩體現出了西方資本主義上升時期一些人文主義的要求和個性解放的色彩；一部分詩則與世紀初和一、二次大戰後英法詩歌中反映複雜心理的作品相共鳴。」〔註 43〕這個判斷是基本正確的。徐敬亞堅持的是西化的標準，新詩潮更多的是和外國現代詩歌相應和，但是並不是說新詩潮和西方現代主義之間可以明確地畫上等號，他看到了新詩潮的駁雜和不純。在徐敬亞設計的詩歌發展道路中，推崇「五四」和外國詩歌傳統，實際上是排斥了社會主義現實主義詩歌的，這也就否定了《講話》所規定的解放區詩歌和「左翼」詩歌傳統。顯然，這樣對詩歌發展道路的設計與《講話》傳統可謂南轅北轍。

反對新詩潮的一方，抓住了孫紹振《新的美學原則在崛起》中的「自我表現」、「個體的人的覺醒」、「追求生活溶解在心靈中的秘密」等字句，將「新的美學原則」歸結到西方現代主義。有的文章認爲，孫紹振所宣揚的「根本不是什麼『新的美學原則』」，而是在以下方面「步了現代主義的腳跡」：「第

〔註43〕徐敬亞：《崛起的詩群——評我國詩歌的現代傾向》，《當代文藝思潮》1983年第 1 期。

一，西方現代主義的文學家、藝術家幾乎都把他們的『自我』當做唯一的表現對象，說得具體一點，把文藝作爲表現他們資產階級、小資產階級個人主義及無政府主義思想（即否定理性）的唯一手段」；「第二，他們總是天馬行空似的力圖通過象徵、意象、潛意識以至於夢幻來表現他們的『自我』……它們著意表現的不是現實，而是作家、藝術家頭腦裏的個人的主觀意識。所以，朦朧、荒誕、荒誕、晦澀，幾乎成了西方現代主義文藝的一個共同的特點」。〔註44〕而另一篇反駁的文章，也持類似的觀點，認爲「今天被某些同志當做『新的美學原則』來大加宣揚的文藝是『自我表現』的主張，根本不是什麼『新』的發明創造。實際上，它不過是拾了某些美學理論和文藝思潮的牙慧，『舊調重彈』罷了。」「這和當前西方美學和文藝理論中某些人否認現實主義傳統，認爲現實主義已經過時了，不再適合今天時代的需要了之類的論調，在思想上倒是合拍的。」〔註45〕有的論者，認爲「新的美學原則」「實際上是現代資產階級的一系列文藝觀點，特別是從本世紀初興起的現代主義文藝觀點的承襲」，「實際上與西方現代派理論有許多相通之處，而且在一些基本觀點上是那樣驚人地相似。」〔註46〕

　　反對的一方，對於徐敬亞的反駁，也是集中在他對新詩發展道路的設計上，認爲徐敬亞所說的要繼承的「五四新詩的傳統」，是指要繼承「從二十年代西方現代主義文學潮流中引進的『當年新詩中出現的現代萌芽』，即那一度被『中斷了』的『新月派』、『現代派』的腳步。」他所說的「注重與外國詩歌的交流」，「實際上就是主張排斥民族傳統、排斥現實主義的全盤西化」，「他否定的是現實主義的、革命現實主義的、積極浪漫主義的傳統，而對現代派的、現實主義的文學傳統始終是重視的，是要繼承和發揚。」該文進一步認爲，徐敬亞所倡導的新詩發展方向背離了「革命現實主義的道路」，提倡新詩要走「現代主義道路」，「走的是同五四以來中國新詩六十年來所走的道路『迥然相異』的另外一條道路。」〔註47〕總之，反駁的一方，將新詩潮定位爲西

〔註44〕程代熙：《評〈新的美學原則在崛起〉——與孫紹振同志商榷》，《詩刊》1981年第 3 期。

〔註45〕彭立勳：《從西方美學和文藝思潮看「自我表現」說》，《文藝研究》1982 年第 1 期。

〔註46〕洪明：《論一種藝術思潮》，《文藝報》1982 年第 10 期。

〔註47〕曉雪：《我們應當舉什麼旗，走什麼路？——同徐敬亞同志討論幾個問題》，《當代文藝思潮》1983 年第 4 期。

方現代文藝思潮的翻版，是對社會主義現實主義創作原則的對抗，在新詩發展道路上主張用現代主義來排斥現實主義。

值得一提的是，如果仔細分析 80 年代的文學主體性論爭，也可以看出與現代派的論爭有著一定的關聯。劉再復在《論文學的主體性》的結束部分，概述了文學反映論的基本發展輪廓以及文學主體性不斷強化的歷史，將主體論具體落實到創作方法上，表達了對文學發展道路的看法。我認為，這是該文的核心部分，可惜許多研究者並沒有注意到這一點。劉再復認為，主體論不滿足於建立在「機械反映論」之上的、「以法國的巴爾扎克、福樓拜和左拉為代表」的早期現實主義和自然主義，因為「其主要傾向是一種『純客觀』的主張」，主體的作用受到了抑制。在早期現實主義和自然主義之後，文學反映論依次經歷了四個階段，即批判現實主義、超現實主義、社會主義現實主義和革命現實主義、歷史地開放的社會主義現實主義。在他看來，這些文學形態除了開放的現實主義之外，都不夠「主體性」，他尤其認為超現實主義貌似在肯定主體性，但是由於取消了客觀，在精神實質上背離了主體性：「文學反映論受當時哲學界非理性主義潮流的推動，把再現的對象由社會現實逐漸轉向人的深層意識活動……超現實主義僅僅靠作家揭示人的深層心理來改造社會，畢竟也是軟弱和狹隘的。」他認為，超現實主義走向了神秘主義，而「神秘主義把人的精神看作不可解釋和理喻的彼岸，不利於啟發主體力量，而是模糊和混沌了精神世界的內在機制」。而開放的現實主義是遠離機械反映論的，受到了劉再復的青睞。但是，劉再復認為它還是存在著缺憾，需要用主體論對開放的現實主義之中的「反映論」進行「超越和補充」。可以看出，劉再復是在主體、客體的反映論框架中討論文學的創作方法的，始終是圍繞著「反映論」這個軸心來立論，只是對主體、客體這一對子，強調了二者能動的互動而已。因而，劉再復構建的理想的創作模式，是在開放的現實主義基礎上並賦予主體以「超越性」地位，這種創作方法不是超現實主義，不是現代派文學，而是用主體精神加以補充和改造的現實主義。這說明，他所主張的開放的現實主義，還是在理性主義的框架之內的。劉再復的文學的主體性，是在現代派的論爭落潮後提出的，雖然他也提到巴爾扎克式的批判現實主義已經過時，並且有意模糊了現實主義的意識形態屬性和階級歸屬，但是他的文學觀還是局限在現實主義的範疇內，只是對現實主義作了有限的補充，因此，文學的主體性所持的文學觀念是比較保守的，相對於提倡現代派

的一方，顯得過於小心翼翼了。早在 1956 年，何直就提出過「現實主義──廣闊的道路」的提法，劉再復只是在此基礎上往前邁了一小步而已。

另外，劉再復舉了魔幻現實主義的例子，來印證他心目中的理想的現實主義：「五十年代以來，在拉丁美洲文學興起的魔幻現實主義取得的世界性聲譽，證明了『開放』的姿態是煥發現實主義文學觀的生命力的明智選擇。魔幻現實主義把現實主義傳統與現代派文學的主體精神結合在一起，用奇特、怪誕、虛幻的形式表現重大社會主題取得的成功，說明了與現實相比，作家的主體能動性的發揮可以賦予文學反映論以豐富多變的色彩。」〔註48〕可是，矛盾的是，熟悉魔幻現實主義的人都知道，這個流派強調的是「神奇現實」，這個現實是將誇張、荒誕、變形、神話傳說因素以及拉美古代文化鎔鑄在一起的混雜物，現實的「客觀」早已模糊不清，主體與客體之間的斷裂早已溢出了正常範圍，一般是把這個流派劃入「非理性主義」哲學範疇的。這明顯是與他在理性主義框架內主張的具有客觀基礎的現實主義不符。這說明，劉再復在主體性的有限與無限之間，並沒有劃定一個清晰的界限，存在著自相牴牾之處。

客觀地說，支持現代派的一方，除了極個別的，如徐敬亞，認為未來的中國文學是以現代主義為主流之外，大多數是很溫和和低調的，並非是要用現代派來取代現實主義，而是呼籲對現代派要採取寬容的態度，主張用西方現代派來彌補現實主義的不足，以實現中國文學的多樣性。而反駁的一方，嗅覺極為敏銳，往往上綱上線，將其看作是在提倡現實主義取代現代主義這樣一個文學發展道路的問題，進而歸結到提倡資產階級自由化這樣的政治問題上來。1983 年至 1984 年間，批判性的意見佔據了主導地位，特別是清污運動，主流意識形態強行介入，將現代派作為清污的對象，使這場爭論暫時告一段落〔註49〕。從論爭過程來觀察，可以看到，1979 年十一屆三中全會提出

〔註48〕劉再復：《論文學的主體性》，《文學評論》1985 年第 6 期。
〔註49〕反對的一方，表面上看是贏得了勝利，但是，並不意味著這就是最終結論。
80 年代的複雜性在於，主流意識形態內部，對文化思想的具體走向在認識上存在著分歧，這從周揚、王若水與胡喬木之間對異化和人道主義的看法可以見出一斑。但是，畢竟是思想解放的氛圍下，因此，對不同意見的「處理」也是採取讓其邊緣化，驅逐出話語中心的方式，而不像是 50～70 年代對不同意見者採取運動批判的「清洗模式」。並且，80 年代是一個富於變化、思想激蕩的年代，清污之後，1985 年至 1989 年，在運動中受到批判的人道主義、異化、現代派以及非理性主義思潮等，實際上以一種比以往更加「合法」的方式重返了話語場。

的思想政治生活中的「三不主義」，眞正實施起來難度很大，這是因爲，80 年代文化環境還帶有對抗性的特點，還是在一定程度上延續了 50～70 年代那種組織大規模「運動」的方式〔註 50〕。這說明，80 年代初的這場論爭，帶有很強的意識形態味道，其運作邏輯、話語方式、語詞系統，和 50～70 年代文學的論爭有著很大的一致性。

第四節　論爭背後的意識形態因素

在論爭中，有的論者認爲，「新潮流的大多數提倡者，和西方現代派有著本質的不同，他們種種創新的嘗試和探索，基本上都沒有突破革命現實主義的範圍，而形成一種什麼新的主義。」〔註 51〕還有人認爲，「現實主義在中國新文學的力量是強大的，影響是深遠的，也是輕易不可搖動的。客觀地說，迄今爲止，還沒有哪一種創作方法和文學流派有足夠的力量向它發起挑戰……（目前）不僅所謂的西方化的危機不存在，甚至現代派的嚴重挑戰也是被誇大了的。」〔註 52〕這些判斷基本上是客觀公允的。既然現代派的影響十分有限，爲什麼許多反對者那麼在維護現代派的文章中尋章摘句、急切地捍衛現實主義？爲什麼雙方對中國文學發展道路問題這樣敏感，一定要在現代派和現實主義之間作一個非此即彼的選擇？

把這場論爭放到 80 年代思想場域中，可以清楚地看到，論爭的背後，其實是不同性質的話語之間摩擦、交鋒的結果。

對於 80 年代中國文學的話語資源，有的論者認爲，「人道主義、主體性等，成爲 80 年代『新啓蒙』思潮的主要『武器』，是進行現實批判、推動文學觀念更新的最主要的『話語資源』。」〔註 53〕我認爲，這個判斷不夠確切。正如我在第一章中所說，在 80 年代思想場域中，起著形塑作用的，有三種話語形態：即主流意識形態話語、啓蒙主義話語、西方人本主義哲學話語，主

〔註 50〕對白樺（《苦戀》）、徐敬亞（《崛起的詩群》）等「越軌」的當事人的處理，採取了公開在報紙上發表思想檢查的「認錯」方式。當然，與 50～70 年代對「越軌」者的處理相比，有了巨大的進步。

〔註 51〕張明廉：《也談我國文學的發展方向問題》，《當代文藝思潮》1983 年第 3 期。

〔註 52〕謝晃：《通往成熟的道路》，《文藝報》1983 年第 5 期。

〔註 53〕洪子誠：《中國當代文學史》（修訂版），北京大學出版社 2007 年 6 月第 2 版，第 203 頁。

流意識形態話語和啓蒙主義話語屬於理性主義範疇，西方人本主義哲學話語屬於非理性主義範疇。它們共處於一個思想文化場域內，三者之間的交鋒、摩擦，構成了 80 年代複雜多變的思想文化地形圖。人道主義、主體性，是屬於啓蒙主義話語。劉再復所主張的文學的主體性，是在反思機械反映論的基礎上形成的，將人的主體性置於中心地位：「文藝創作強調主體性，包括兩層基本內涵：一是把人放到歷史運動中的實踐主體的地位上，即把實踐的人看作歷史運動的軸心，把人看作人。二是要特別注意人的精神主體性，注意人的精神世界的能動性、自主性和創造性。」〔註 54〕可見，主體性以馬克思主義的能動反映論作基礎，包含著人道主義內容，本質上是屬於理性主義範疇的。並且，主體性的提出，是在 1985 年，而有關主體性的論爭是在 1986 年才開始展開，而 80 年代初期文學的變革，顯然和主體性沒有關聯。主體性只是對以前文學觀念變化的一個總結，而不是造成文學觀念變化的原因。因此，我認爲，80 年代文學最主要的話語資源，除了人道主義、主體性之外，還有西方非理性主義思潮或者說是西方人本主義思潮，恰恰正是後者，與以它爲哲學基礎、譯介到中國的西方現代派文學，成爲推動 80 年代文學變革的最主要的動力，推動著文學觀念衝破趨於教條的現實主義的束縛，使本土文學實現了多樣化，產生了具有現代主義特色的文學樣式。

　　近距離觀察這場論爭，我們可以清楚地看到主流意識形態話語、啓蒙主義話語、西方人本主義哲學話語這三種話語形態在其中的投影，它們構成了論爭雙方觀點分歧的根基。正如我在第一章所論述的，非理性主義思潮話語的廣泛傳播和接受，成爲 80 年代重要的思想資源。在哲學領域，有關非理性主義哲學的論爭，也是十分激烈的。比如，西方人本主義哲學方面，如何對待存在主義，如何對待尼采哲學，如何對待弗洛伊德精神分析學說，等等。這些非理性主義思潮，也是建國後一直遭到激烈排斥和否定的。對人道主義、異化這些啓蒙主義話語的爭論，以及在社會學層面對青年人人生觀、世界觀的討論，是同時進行的。思想界三種話語之間的摩擦、妥協、交鋒，與文學領域展開的西方現代派論爭息息相關，它們構成了現代派論爭的深刻背景。

　　現代派文學流行的背後，是非理性主義思潮的蔓延。正如我在第一章

〔註 54〕劉再復：《論文學的主體性》，《文學評論》1985 年第 6 期。

所論述的，非理性主義哲學有幾個熱點，存在主義、尼采哲學、弗洛伊德精神分析學說等。非理性主義思潮在經歷了「文革」的青年人之間引發了強烈共鳴，如薩特的「自我設計」、「自我奮鬥」、「自我實現」，尼采的「價值重估」、「意志自由」、「成爲你自己」，弗洛伊德的「潛意識」「自我、本我、超我」，等等，這些在主流意識形態看來，和社會主義宣揚的人生觀、世界觀、哲學觀是格格不入的。因此，加以引導和說服，就成爲意識形態戰線的一項重要的政治任務。80 年代團中央主辦的《中國青年》發起的「人生觀」大討論，就是出於這種戰略考慮的。對這些非理性主義思潮，在階級歸屬上，還是延續了 50～70 年代的說法，將他們歸入資產階級現代哲學。在排斥性的批判中，往往把它定性爲「西方資產階級思潮」，視爲對主流意識形態的威脅。

現代派文學的論爭本質上是理性主義和非理性主義之間的較量。反對的一方往往從對方的文章中辨認出提倡「非理性主義」的蛛絲馬蹟，而後予以抨擊。現在看來，複雜的是，這種較量並不是說支持的一方都主張非理性主義。支持現代派的一方，他們所依據的知識譜系，可以分爲兩大類：一是五四以來的啓蒙主義標準，這可以劃歸理性主義範疇；二是西方現代人本主義思潮的標準，屬於非理性主義範疇。

比如，王蒙接受的意識流，就是在理性的範圍內，他在《春之聲》等小說中，有意識地對西方意識流小說中的潛意識、下意識、性意識進行了剔除，用符合當時意識形態規範的意識的流動來理性反映世界，還是屬於理性主義範疇。王蒙的「準意識流」小說持的是五四啓蒙主義標準，當然裏面還有強烈的「少共」情結。更能說明問題的是有關朦朧詩的論爭。就支持朦朧詩的「三個崛起」來說，謝冕從新詩史的角度呼籲對正在崛起的「古怪」詩的寬容，堅持的是五四啓蒙主義標準。孫紹振主張的是個體的「自我表現」，強調由政治的人、集體的人轉變成個體的人之後，通過自己的心靈對生活的把握，「不是直接讚美生活，而是追求生活溶解在心靈中的秘密。」〔註 55〕強調新詩潮的「內向性」、「主觀性」。可以看到，孫紹振所說的「自我」並不是存在主義的脫離了社會內容的抽象的「自我」，他所謂的「自我表現」的落腳點仍然是經過自我心靈淘洗的生活。他持有的是個性主義、人道主義的五四啓蒙

〔註 55〕孫紹振：《新的美學原則在崛起》，《詩刊》1981 年第 3 期。

主義標準，屬於理性主義的範疇。而徐敬亞更多的是從西方現代主義的角度，強調西方現代詩歌與新詩潮的關聯：「在藝術手法上，它們與西方現代詩歌有相當程度的契合。」〔註 56〕他認爲，新詩潮追求「意象直覺感」、「潛意識的衝動」、「純個人感受」、「反理性」，具有鮮明的「現代主義文學特色」，這說明他所依據的是源於西方的知識譜系，是西方現代文學的標準，屬於非理性主義的範疇。還有一種較複雜的情況，呈現出理性和非理性混雜的情形。如戴厚英在《〈人啊，人！〉後記》中，她呼籲現代派的出現，聲稱自己也使用現代派的手法：「我吸收了『意識流』的某些表現方法，如寫人物的感覺、幻想、聯想和夢境。」從這裡看，她是主張非理性主義的。但隨後她又否定說：「我並不是非理性的崇拜者，我還是努力在看來跳躍無常的心理活動中體現出內在的邏輯來。」〔註 57〕戴厚英歌頌的是「大寫的人」，爲古典人道主義吶喊，運用的卻是現代派的技巧，她的小說就是在這樣一個張力場中完成人道主義的啓蒙敘事的。用號稱是現代派的寫作手法來表現 19 世紀式的批判現實主義生活理想，這是當時許多主張文學的革新者所描繪的帶有「荒誕」特色的「中國敘事」。

反對的一方，強調現代派不同於社會主義文學的特質：「總的講，它們在哲學思想上是唯心主義的，在政治觀點上是反對一切社會組織即無政府主義的，在人生觀上是以個人主義爲中心，而且大多是悲觀厭世的，在創作方法上是反對現實主義傳統，搞非理性化、非性格化、非情節化的。」「現代派不只是個創作方法的問題，它的整個性質、任務、功能、對象與社會主義文藝都有著原則的差別，它屬於資產階級文藝的範疇。」〔註 58〕他們要用社會主義現實主義來排斥現代派，用革命的理性主義，來阻止非理性主義的蔓延。在他們看來，中國文學中出現的「朦朧」、「荒誕」、「恍惚」、「晦澀」、「自我表現」、「內向性」，等等，都是西方現代派的症候，宣揚的是西方非理性主義。非理性主義挑戰了社會主義意識形態的底線，離開了革命的理想、人生觀、世界觀，這當然是主流意識形態所不能容忍的。自思想解放運動以來，主流意識形態一直在試圖構建一個以集體主義思想爲核心的共產主義思想體系，

〔註 56〕徐敬亞：《崛起的詩群——評我國詩歌的現代傾向》，《當代文藝思潮》1983
　　　　年第 1 期。
〔註 57〕戴厚英：《〈人啊，人！〉後記》，《人啊，人！》由花城出版社 1980 年出版。
〔註 58〕李準：《現代化與現代派有著必然聯繫嗎？》，《文藝報》1983 年第 2 期。

來替代 50～70 年代形成的以階級論爲框架的思想體系，從而對民衆進行規訓。非理性主義，毫無疑問是對這些清規戒律的挑戰。主流意識形態以及啓蒙主義思潮，在致力於建立現代化國家，推動現代性的形成方面，有著一致性。它們在與現代派的論爭中，基本上是站在一起的，共同阻止反現代性的非理性主義的蔓延。在清污運動中，非理性主義思潮、現代派文學都被作爲精神污染加以清除，就可以看出現代派、非理性主義與主流意識形態之間的緊張關係。不可否認的事，反對的一方，許多文章比較簡單粗暴，所運用的思想資源，往往是教條的馬列主義，再加上毛澤東的《講話》，以及盧卡契、別林斯基、車爾尼雪夫斯基等的文論。知識譜系的單一和陳舊，使得許多文章比較膚淺，缺乏深度，也就沒有多少說服力。

需要澄清的一個事實是，反對現代派的一方並非是反對引進現代派，而是反對中國文學出現現代派特色的作品。他們對現代派的認識，也並非是毫無道理的。因爲「文革」後的環境是一個人道主義復蘇的環境，「新啓蒙」佔據了主要地位，本來是要接續五四傳統，清算由於封建蒙昧而造成的民族悲劇，文學最需要的是恢復現實主義，以便更好地完成啓蒙的任務，接續由於 50～70 年代極「左」思潮造成的中斷的現代性，但是，反現代性的現代主義迅速闖進了文壇，打亂了文學啓蒙的步伐。有人這樣描述當時的「文學期待」：「文革」後「從血泊裏方才又站起來的文藝界，在激動的亢奮中『心有餘悸』，然而從中有一個清醒而莊嚴的呼聲發出來了，那就是『恢復現實主義傳統』。可是就在『恢復現實主義傳統』的呼聲才剛得到最初的點滴響應，就有由一陣嘻嘻嘻嘻伴奏的言詞從斜刺裏傳出來了，說是：人家都已經說的是卡夫卡、貝婁、辛格了，你們還在講什麼巴爾扎克和托爾斯泰。」〔註 59〕因此，反對中國文學出現現代派的一方，並不是像許多論者認爲的那樣，只是出於守舊、落後的心態，只是爲了維護社會主義現實主義的「合法性」和「純潔性」。我認爲，他們還有另一個文化訴求，這就是維護「五四」的啓蒙傳統。須知，現代派是建立在非理性主義基礎之上的，對原先構成整個現代性根基的啓蒙理性產生了深刻的懷疑，在具體的文本中對傳統理性的顛覆、反叛意識極爲明顯，世界的無意義、人類生存的虛無感與荒誕處境、工具理性造成的無所不在的異化……現代派作家筆下的世界，不是一個由於對人的本質力量的肯

〔註 59〕耿庸：《現代派怎樣和現實主義「對抗」──這裏也不能不涉及某種現實主義理論現象》，《社會科學》（上海）1982 年第 9 期。

定而帶來的充滿光明的理性世界，而是一個充滿了懷疑意識、偶然性、不確定性的危機四伏的非理性世界。也許，加繆的這段話更能說明現代派文學中「人」的處境：「在這個驟然被剝奪了幻想與光明的世界，人感到自己是一個局外人。這是一個得不到解救的流放，因為人被剝奪了對失去的故土的記憶和對福地樂土的希望。這種人與生活，演員與布景的分離，正是荒誕的感覺。」〔註60〕因此，現代派所宣揚的，和新啓蒙的內涵可謂南轅北轍。因此，不能簡單地將反對現代派的一方斥之為極「左」或者保守。在最需要啓蒙理性的年代，維護尚未完全恢復的現實主義傳統，這未嘗不可說是一種合理的行為。在許多人對意識流歡呼的時候，一位論者清醒地指出，意識流本質上是「反理性主義」的：「意識流的特點在於不把人的精神活動看成是理性和感性、思想和情感的統一，而是竭力強調非理性、超理性的東西。所以，它所著重反映的，是潛意識、下意識、直覺、幻覺。」「意識流包括具體的手法和技巧，但不僅僅是手法和技巧。它是一種創作流派，一種描寫生活的方法。它之所以專門在人的意識活動上做文章，與其說是注重心理描寫的結果，不如說是某種特定創作思想指導的結果。」如果「靠直覺去創作」，就會「把生活寫得一片恍惚」。〔註61〕因此，從這個角度來說，我們就可以理解，為什麼現代派論爭過後，即使站在新思潮前沿的劉再復依舊那麼「保守」，並不贊成中國文學走現代派的路子，而是推崇一種開放的現實主義，因為，在劉再復的心目中，對於正在進行現代化的中國來說，重建啓蒙理性遠比宣揚非理性主義更為重要和迫切。

現代派的論爭和人道主義的討論糾結在一起，人道主義的語境是討論現代派的大背景。毫無疑問的是，「理性重建」、「價值重構」是 80 年代的主流意識形態話語和新啓蒙話語所共同致力的，儘管二者的方向、目的並不完全一致。在這個追求現代性的宏大敘事下討論反現代性的現代派這個話題，討論非理性主義，明顯地存在著「話語錯位」，其論爭的激烈，在中國自五四以來的文學史中都是罕見的。正如一位論者所言：「西方文藝復興、啓蒙運動之後，工具理性的日益擴張，使得人逐漸為自己的創造物所窒息，人所構造的意義世界也日益分崩離析，這導致了人道主義的破產，產生了反人道主義的

〔註60〕〔法〕加謬：《西西弗的神話》，杜小眞譯，天津人民出版社 2007 年 6 月版，第 12 頁。

〔註61〕鄭伯農：《心理描寫和意識流的引進》，《文學評論》1981 年第 3 期。

現代主義。中國新時期所需要的人的主體意識、個性解放等人道主義概念，其實正是現代主義所否定的東西。」〔註62〕這個話語錯位，是歷史造成的，但正是這種錯位，使中國文學對現代派的誤讀、挪用有了極大的自由度，1985年文學的多元化、尋根文學，以及此後的先鋒小說、第三代詩歌，產生於這種話語錯位的裂谷地帶，由此，中國文學才有了新的話語生長點。

〔註62〕趙稀方：《翻譯與新時期話語實踐》，中國社會科學出版社 2003 年 8 月版，第 32 頁。

第四章　1976～1985 中國文學對西方現代派文學的接受

　　本章主要是論述 1976～1985 年間，中國文學對西方現代派文學的接受。有的論者認為，「現實主義的出現和命名，不是抽象了詩歌創作的經驗提出的，主要是對小說敘事性文學樣式創作方法的總結……嚴格說，詩歌創作中似乎從來不存在標準的現實主義原則。」〔註1〕這話說得雖然有些偏頗，卻也道出了詩歌這種文學樣式的特殊性。小說以敘事為主，技術性特徵比較強，受眾面比較廣，是社會主義現實主義文學的主要承受者。鑒於此，本章主要是從小說入手，探討中國文學在 1976～1985 年間接受西方現代派文學過程中出現的一些重要問題。

第一節　現代派接受中的技術主義傾向

一、「當前創作的焦點是形式問題」

　　對文學作品的內容的重視，一直是 50～70 年代文學所著力強化的。從塑造工農兵形象，到高大全的人物，一步步在強化內容，對形式的探討十分薄弱。題材、人物塑造、主題這些內容要素，一直是文學的中心問題。內容決定形式，一直是文學的「成規」。傷痕文學、反思文學、改革文學，從某種意義上說，依然是遵命文學，它們配合的是「深入揭批四人幫」、「反思極『左』

〔註 1〕徐敬亞：《崛起的詩群——評我國詩歌的現代傾向》，《當代文藝思潮》1983
　　　　年第 1 期。

路線」、「歌頌改革開放」、「塑造社會主義新人」這樣的宏大敘事，是在一步步實踐著黨的文藝政策。雖然這些作品中有人道主義的呼喚，有對極「左」政治的深刻反思，不可否認的是，和主流意識形態的合謀卻是不爭的事實。這樣的結果，形成了新的公式化、概念化，表面繁榮的文學創作其實潛伏著危機。

一篇調查報告的數據顯示：

> 各類情況證實，近年來文藝與群眾的關係發生了一些變化，來自（西北師院）三個圖書館和七個閱覽室的情況是：比起前幾年，當代文藝刊物借閱率下降了 51.3％，而且還有繼續下降的趨勢，一些著名的期刊無人問津。究其原因，主要有二：第一，對近期文藝創作感到不滿。在調查對象中，當問到「目前文藝界出現了一些傾向，您認為哪些是主要的？」回答的情況是：「自由化」：205 人；「歐化」：164 人；「公式化、概念化」：647 人；「脫離群眾」：172 人；「愛情題材庸俗化」：872 人；「個人化、朦朧化」：192 人；「商品化」：384 人。〔註2〕

可以看出，當代文藝作品的「愛情題材庸俗化」、「公式化、概念化」是讀者不滿的主要原因。這一文藝現實，說明當時的文學創作出現了一些問題。文學創作形成新的模式化、概念化〔註3〕，以及題材和內容的重複，促使「文藝熱」降溫。大學生讀者對中國作品不滿，轉向了外國作品，主要是西方現代派文學作品：「第二，當代作品不能滿足群眾日益增長的藝術需求，追求中心發生變異。」某大學的一個理科系的情況是這樣的：

〔註2〕 西北師院中文系當代文藝調查組調查 黨鴻樞執筆《新時期文藝與青年——文藝思潮社會調查》，《當代文藝思潮》1982 年第 3 期。作為對比，前兩年（1980、1981）「文藝熱」的時候，「據西北師範學院圖書館統計，館內共訂文藝刊物七十九種，文學刊物二百四十種，在 1980 年的 4 月的六天內，兩類刊物共出借一千四百二十六種，占館內借閱率的 53.2％。其中，理科學生三百七十四次，占 26.2％，文科學生一千二百二十八人次，占 85.5％。館裏人員反映，真是盛況空前。」

〔註3〕 以傷痕文學為例，有論者撰文稱，反映「文革」長篇小說，在 1976～1982 年間的長篇小說中佔據了很大的比例，即使是其中的優秀之作，仍然存在著「簡單化、模式化以至漫畫化的情況。如以搞『文化大革命』為嗜好、為職業、死心塌地『要把文化大革命進行到底』的人物，不是早有嚴重政治歷史問題的壞傢夥，就是在這場『大革命』到來之前變成了品質惡劣的跳梁小丑。」楊桂欣：《長篇小說中的「文化大革命」》，《文藝報》1982 年第 7 期。

　　（流行）兩種熱門刊物——《譯林》、《外國文藝》；三部傳看書：
《外國現代派作品選》、《薩特研究》、《日本當代短篇小說選》；四位
現當代西方作家的作品：奧地利現代派作家卡夫卡的小說《地洞》、
《變形記》、《審判》；法國存在主義作家薩特的小說《噁心》、話劇
《蒼蠅》和《可尊敬的妓女》；法國荒誕派作家貝克特的《等待戈多》；
美國黑色幽默派作家約瑟夫・海勒的《第二十二條軍規》，等等。比
較一致的反應是，這些作品「深刻」、「有爆炸力」。

　　讚賞現代派的約占調查對象的五分之三……這些人也推崇茹志
鵑、王蒙等人的意識流小說，顧城、舒婷的朦朧詩，也喜愛推理、
怪誕小說和一些「不像戲的戲」。他們覺得這些作品新鮮，手法、構
思和意境突破了傳統藝術形式的框框，時間空間沒有限制，很對心
勁。〔註4〕

這說明，在 1982 年，確實發生了審美的變異，以知識青年爲主體的許多讀者，
閱讀趣味已經由現實主義轉向現代主義，由中國文學轉向外國文學。閱讀中
心的位移，給中國文學造成了很大的壓力。這種審美的變化，給我們提供了
一個重要的參照，這就是爲什麼在 1982 年前後會掀起一個小小的討論文學形
式熱潮的深層動因。以往我們只是強調那是少數鼓吹形式變革的「先行者」
自發的舉動，忽略了當時廣大讀者的審美興趣、閱讀期待的變化，而後者，
是形式研討的大背景和前提。

　　當然，1982 年掀起的文學形式討論的熱潮，除了讀者因素這個大背景，
主要還是由於文學創作的推動。雖然 1980 年意識流小說發表的並不多，只有
屈指可數的幾篇，但是，1980 年，在小說創作中以運用意識流手法爲時髦，
已經是一個不爭的事實，比如，王元化先生在 1980 年 10 月寫的一篇文章中
說：「我在上海召開的短篇小說座談會上聽說，《人民文學》來稿的三分之一
都是意識流式的。《上海文學》編輯部說，他們收到的也大多是這樣的稿件。」
〔註5〕可見，當時創作界對藝術形式探索的熱情之高。這表明，社會主義現實
主義已經遭到了許多小說作者的質疑，他們渴望採用更爲新穎的創作方法，
而可資借鑒的，就是作爲現實主義對立面的西方現代派的藝術方法。而意識
流手法，就是一個最佳的突破口。

〔註4〕　西北師院中文系當代文藝調查組調查　黨鴻樞執筆《新時期文藝與青年——文
　　　　藝思潮社會調查》，《當代文藝思潮》1982 年第 3 期。
〔註5〕　王元化：《和新形式探索者對話》，《文藝報》1981 年第 1 期。

　　80 年代文學這種對形式的追求，最早可以追溯到「文革」後期。趙振開的中篇小說《波動》〔註6〕堪稱是一個代表。趙振開的探索是十分超前的，裏面運用了意識流手法，採用多角度敘述，彌漫著一股深刻的懷疑意識，對人生的不信任感、自我流放感、生存的荒誕感交織在一起。不僅在形式上，而且在內容上，《波動》都是一個充分現代派的作品，應該比徐星、劉索拉還要「現代」，但是出現的時間要比徐星、劉索拉早十多年，可惜該文並沒有受到文學史家的足夠重視。一般研究者把中國意識流小說出現的時間認定為王蒙1979 年 10 月 21 日在《光明日報》上發表的小說《夜的眼》。其實，在 1979年 2 月，茹志鵑的小說《剪輯錯了的故事》即已發表。《波動》更是創作於「文革」後期，所以，從現有的資料來看，趙振開是建國後第一個運用意識流手法創作小說的作家，而中國正式發表的第一篇意識流小說很可能是《剪輯錯了的故事》，而不是《夜的眼》。而王蒙在 1980 年又連續推出了幾篇意識流小說，並且參與了有關意識流的討論，這就給人以始作俑者的印象。1979 年宗璞也開始了藝術探索，在春天即寫出了《我是誰》，但是發表出來已經是 12月份了〔註7〕，就寫作時間而言，很有可能在王蒙的《夜的眼》之前。可以看出，1979 年是中國小說文體意識初步覺醒的年份，而文體意識的萌動，與西方現代派文學息息相關。

　　毫無疑問的是，80 年代文學對形式的探討，西方現代派文學的刺激是一個重要的誘因。確切地說，是由於意識流小說的出現，引發了對小說形式的關注。而借鑒現代派的手法，一直是「文革」後主張引進現代派的論者所著力主張的。早在 1979 年初，柳鳴九就認為現代派文學的一部分創新是有藝術價值的。他列舉了五種有價值的表現方式，即：「其一，荒誕派戲劇的表現方法。這種荒誕的表現方法，其實就是一種對事物加以極端誇張的手法。」「這種手法也可以與現實主義的手法結合起來，瑞士當代資產階級作家杜侖馬特的著名劇本《老婦還鄉》就提供了一個範例」，這個例子說明了「荒誕的手法與進步的主題思想結合起來，完全可以產生出優秀的作品」。「其二，意識流手法的合理運用。」「意識流小說家發現了開闢了對意識流、潛意識的表現領

─────────────────────

〔註 6〕《波動》創作於 1974 年 11 月，1976 年 6 月、1979 年 4 月先後經過了兩次修改，發表的係修改稿。先是於 1979 年發表在民刊《今天》上（第 4、5、6 期連載），署名艾珊；正式發表於《長江》1981 年第 1 期，署名趙振開。

〔註 7〕宗璞：《廣收博採，推陳出新》，見「文學表現手法筆談」，《文藝報》，1980年第 9 期。《我是誰》發表在《長春》1979 年第 12 期。

域，但他們違反了藝術創作的規律，否定了作家在描寫中應對雜亂的潛意識加以分析、概括和選擇，因而也就破壞了藝術中現實生活存在的基本形式，反倒使作品喪失了真實反映人的心理活動的功能。但如果既承認意識流、潛意識這一類心理活動，又在藝術的創作中，對雜亂的意識流、潛意識加以分析、區別、取捨，也就是說對意識流的手法合理地加以運用，作家是能夠擴大心理描寫的領域並取得良好的結果的。」「其三，象徵主義對形象的強調。」象徵主義的「神秘主義當然是不可取的」，但優點是「形象的豐富，而甚少抽象的觀念和感情」。「其四，表現主義形象化的表現手法。」〔註8〕柳鳴九歸納的這四種方法，事實證明是80年代中國文學比較常用的表現手法。有意思的是，他對意識流的見解十分到位，中國的意識流文學就是按照這一「預先規劃」來發展的。由此，我們看到，對現代派文學中的非理性成分的否定，對其某些「有用」的形式的「剝離」，幾乎是與對現代派的譯介和重新評價同時進行的。

　　與柳鳴九持類似的謹慎看法的還有袁可嘉。1980年，他在《外國現代派作品選》（第一冊）前言中說：「三十年代西方許多現實主義作家在傾向上和現代派很不一致，但卻是採用現代派的某些寫作技巧，收到了好的效果。這個事實說明，現代主義與現實主義，作為兩種不同的創作方法，並不總是對立的，它們也有相通的一面，也有取長補短的餘地。」〔註9〕

　　與外國文學界對現代派藝術手法的借鑒「閃爍其辭」相比，中國文學界要理直氣壯得多。面對茹志鵑、王蒙、宗璞等人的探索，以及新詩潮的崛起，1980年，《文藝報》很敏銳地應對了這些新的藝術探索，在這一年的6月25日和7月14日，分別在北京、石家莊召開了座談會，專門探討文學表現手法的探索問題。可以看出，當時是非常鼓勵創新的。與會者的談論，集中在如何看待取自現代派的意識流等表現手法上。反對者與贊成者均有。有人認為，「看了王蒙的《春之聲》，好像太異想天開了。『泥石流』，連泥帶水都流下來了。沒有人物，也沒有細節，能算小說嗎？有的同志說，這小說包括內容多，

〔註8〕柳鳴九：《現當代資產階級文學評價的幾個問題》，《外國文學研究》1979年第1期。文章寫於1978年10月，發表時有改動。柳鳴九並未直接說他所列舉的這四種手法適用於中國文學，但是就他行文的方式，明顯是針對中國文學的。

〔註9〕見袁可嘉為《外國現代派作品選》（第一冊）所寫的前言，文末注明的寫作時間是1979年12月。該書由上海文藝出版社1980年10月出版。

跳躍大，我看是一鍋粥都弄來了，讓人家吃不了兜著走。」〔註10〕值得注意的是，這次座談會上，最爲推崇文學形式的是集作家、批評家、文學編輯三種角色於一身的年輕人李陀。他認爲：「目前，我國文藝各領域爭論的焦點集中在藝術形式上。比如電影界關於電影語言現代化的探討，文學界關於王蒙小說看得懂看不懂的爭論，等等，都是形式問題。這不是偶然的，它的合理性在於新的社會生活要求文學藝術家探索新的表現形式。」至於如何進行新形式的探索，李陀認爲，「在文學變革的時期不要過多強調繼承」，「大膽地打破傳統，大膽地吸收西方現代文學有益的營養，對於我們文學藝術的發展，是完全必要的。」〔註11〕討論文學新的形式探索，實際上就是討論如何借鑒西方現代派文學。在現代派文學的論爭中，主張對西方現代派文學在藝術形式上加以借鑒，是論爭雙方都主張的「共識」。強調形式，意味著對現代派內容的拋棄，也就意味著對現代派非理性成分的祛除。如何將西方現代派的藝術手法運用於中國文學的實踐？社會主義現實主義如何和現代派的藝術手法實現成功嫁接？我們看到，在1980年，這實際上已經轉化成一個頗具有焦慮感的話題。

二、對現代派文學形式的「剝離」

　　正是在這種對形式探索風氣的鼓勵下，高行健機敏地抓住了這一時機，在1980年10月〔註12〕即已著手寫作一系列探討小說技巧的文章，其中的一部分先是在《隨筆》連載，然後結集成《現代小說技巧初探》一書。這本現在看來不無幼稚的小書出版後，引起了不小反響。《初探》緊扣「現代」二字，講的是不同於現實主義的現代小說觀念：「小說不一定要講個故事」，「不一定要有情節」，「不一定非去塑造人物的性格不可」；「還可以免去慣常對人物和環境的描寫，而代之以別的手法」。他講述了現代小說的諸種技巧：人稱的轉換、意識流、怪誕與非邏輯、象徵、藝術的抽象、時間與空間、現代文學語言等。表面上看來，這些現代小說技巧，並非專指從現代派小說中「剝離」

〔註10〕 《藝術創新和民族傳統——河北部分作家、業餘作者在座談會上的發言》，《文學表現手法探索筆談》，《文藝報》，1980年第9期。

〔註11〕 李陀：《打破傳統手法》，《文藝報》1980年第9期。

〔註12〕 《現代小說技巧初探》一書的末尾注明該書的寫作時間是1980年10月至1981年3月。

出來的技巧，而是指不同於古典小說的現代小說技巧。至於古典小說，在書中指的是「巴爾扎克式的小說」，即歐洲批判現實主義小說。這裡提到的作爲與古典對照的「現代」，雖然作者並未挑明，其實也是指的現代主義。有意味的是，《初探》沒有提到社會主義現實主義，顯然，作者認爲這不屬於現代小說的範疇。《初探》在多處提到了法國新小說，舉了不少現代派作品作爲例子。涉及的現代派作家主要有川端康成、海明威、卡夫卡、約瑟夫・海勒、尤奈斯庫、普魯斯特、羅伯－格里耶、貝克特、格拉斯等人。可以看出，作者實際上是借「現代小說」置換掉飽受爭議的「現代派小說」，目的是要借現代派小說的技巧來改變中國小說落後的現狀，打造中國帶有現代主義色彩的「現代小說」。明眼人可以看出，作者實際上還是在提倡現代主義的，只不過用了曲筆而已。由於作者措詞的曖昧性，讀者在解讀上發生了分歧，馮驥才把它讀解爲「中國文學需要現代派」，而李陀讀解爲構建中國的「現代小說」。我認爲，這在實質上是一回事，二者在背離被指稱爲「古典」、「落後」的社會主義現實主義方面，是殊途同歸的。

與現代主義在技巧上的豐富性相比，現實主義成爲一個技巧單一、落後的代名詞。《初探》暗含了這樣一個進化論的邏輯。而此類文學進化論，一直是貫穿著整個 80 年代文學的。由於現代派的引進和刺激，一種擺脫文學上的落後狀態，走向世界文學的衝動，在 80 年代初即已露出端倪：「我們現在的欣賞趣味，根據我們所出版的一些外國作品及其印數看，似乎是仍停留在蒸汽時代。我們欣賞歐洲十九世紀的作品，如巴爾扎克和狄更斯的作品，甚至更早的《基督山恩仇記》，超過現代的作品。至於本國作品，現在還有一個奇特現象，即我們欣賞《七俠五義》，超過了任何現代中國作家的作品——如果新華書店的定貨能作爲判斷一部作品的欣賞價值的話。這種『欣賞』趣味恐怕還大有封建時代的味道。」〔註13〕強調第三世界國家文學欣賞趣味的落後，這裡面隱含著的是一種文化上的自卑感，這種自卑感在 80 年代是一步步被放大著的。徐遲所說的「過去派」、「近代派」，也是從這個角度著筆的。在一些新銳的青年批評家眼裏，這種「落後」狀態轉化成爲一種焦慮的情緒：「中國人哼了幾千年詰屈聱牙的古調子，而世界上大多數先進國家很早就先後脫離

〔註13〕葉君健：《〈現代小說技巧初探〉序》，載高行健《現代小說技巧初探》，花城出版社 1981 年 9 月第 1 版。

了古典主義邁向現代藝術領域」。「人類的藝術，要不要千秋萬代地圍限在現實主義與浪漫主義之中？要不要，或者可不可能，逐步地脫離『具象藝術』走向『抽象藝術』？再退一步說，允不允許出現一點『抽象藝術』──這不僅是對世界藝術的估價問題，也關係到我國文藝發展道路，關係到如何認識當前作品中已經出現的現象。」〔註14〕

《初探》還透露出一個不容忽視的跡象，那就是對創作方法的「技術性」的強調。作者以創作技巧的「超階級、超民族」爲論述前提，「成功」規避了其中的意識形態因素。譬如，作者說：「把第二人稱運用到敘述語言中去，這是一種新技術。」談到技巧的獨立性時，作者認爲：「在不贊同該（文學）流派的政治觀點、哲學觀乃至藝術觀的時候，不必把某種藝術技法也一棍子砸爛，正如資本主義產生的罪惡不必牽罪於機器，藝術技巧雖然派生於文學流派的美學思想，一旦出世，便具有相當大的獨立性，可以爲後世持全然不同的政治觀點和美學見解的作家使用。」〔註15〕「反動、頹廢、腐朽、唯心，如此等等，可以作爲對文學作品的思想內容的評價，並不能成爲衡量藝術手法的標準。」因此，「現代小說創作中普遍採用的許多手法，諸如敘述角度的選擇和多重的敘述角度的運用、意識流、怪誕與非邏輯、象徵、藝術的抽象、對語言規範必要的突破和新的語言手段的創造、造成真實感和距離感的種種手段、結構和時間與空間的有機組合，等等」，〔註16〕這些就理所當然地成爲中國文學所要借鑒的小說技巧了。

就是單純出於技術性的考慮，作者對現代派文學中的非理性成分保持著警惕。其取捨標準，是某一流派是否有可資借鑒的表現手法。比如，對於存在主義文學，作者認爲「主要是一種社會哲學思潮在文學上的反映，並無獨特的藝術手法」〔註17〕。因此，介紹存在主義只是用了不到 300 字。但是，無論對於西方現代派文學，還是對於 80 年代中國文學來說，存在主義文學確實是影響很大的文學流派。

《初探》出來以後，1982 年初，李陀等人認爲要支持一下，於是就有了

〔註14〕徐敬亞：《崛起的詩群──評我國詩歌的現代傾向》，《當代文藝思潮》1983年第 1 期。
〔註15〕高行健：《現代小說技巧初探》，花城出版社 1981 年 9 月版，第 117 頁。
〔註16〕高行健：《現代小說技巧初探》，花城出版社 1981 年 9 月版，第 118 頁。
〔註17〕高行健：《現代小說技巧初探》，花城出版社 1981 年 9 月版，第 108 頁。

因爲這本書而放飛的「四隻小風箏」。這是一齣雙簧戲〔註18〕。馮驥才在給李
陀的信中將這本書解讀爲「中國文學需要現代派」。讀到這本書，「我像喝了
一大杯味醇的通化葡萄酒那樣」，「在目前『現代小說』這塊園地還很少有人
涉足的情況下，好像在空曠寂寞的天空，忽然放上去一隻漂漂亮亮的風箏，
多麼叫人高興！」馮驥才強調了形式的相對獨立性，並認爲藝術形式也如同
「各種應用物品的樣式」，或者類似「汽車的外型」，追求的是時代感，是求
新求異的。這種類比明顯帶有「技術主義」的特色。〔註19〕李陀在給劉心武
的信中，不同意馮驥才的觀點，將《初探》解讀爲中國文學需要的是「現代
小說」，而非「現代派」：「《初探》這本小冊子並不是在對西方現代派文學進
行『初探』，而是對『現代小說』進行『初探』」；「現代小說和西方現代派小
說有某種聯繫，或者應該有某種聯繫。就我們中國現代小說來說，就是注意
吸收、借鑒西方現代派小說中有益的技巧因素或美學因素。」〔註20〕這表現
了李陀可貴的「本土意識」，一種在吸納現代派文學的表現形式的基礎上重鑄
本土文學的雄心和自信，「我們可以吸收、借鑒西方現代派小說中的許多技巧
因素，創造出一種和西方現代派完全不同的現代小說」。後來的實踐證明，現
代小說確乎是按照這一預先的設計在發展著，可是，李陀當初沒有預料到的
是，對現代派只是強調技術主義的形式借鑒，結果造成了文學創作中的形式
主義傾向。李陀認爲，《初探》「實際上是有所揚棄的。它好像做了某種剝離
的工作」。對於《初探》把形式從內容中「剝離」出來的行爲，李陀感到頗有
難度：「西方現代派文學的表現技巧是很複雜的一個體系」，「形式和內容往往
有著密切的聯繫，一定的形式又是爲一定的內容服務的。例如卡夫卡對現實
進行變形的表現手段，是和他對西方文明的危機、荒誕以及所造成的對人的
異化這一認識分不開的。又如，尤奈斯庫等人戲劇中的抽象和超現實的表現

〔註18〕 李陀曾回憶道：「我記得好像最早是我和劉心武商量，說這個咱們得支持一下
　　　　高行健，找馮驥才，我們仁是不是搞一個通信，支持一下。」於是就有了三
　　　　封信，即馮驥才《中國文學需要「現代派」！——給李陀的信》、李陀《「現
　　　　代小說」不等於「現代派」！——給劉心武的信》、劉心武《需要冷靜地思考
　　　　——給馮驥才的信》。詳見《上海文學》1982 年第 8 期。
〔註19〕 馮驥才：《中國文學需要「現代派」！——給李陀的信》，《上海文學》1982
　　　　年第 8 期。
〔註20〕 李陀：《「現代小說」不等於「現代派」！——給劉心武的信》，《上海文學》
　　　　1982 年第 8 期。

手法，是和他們對世界和人生的絕望感分不開的。那麼，這些表現技巧中哪些因素有可能和它們特定的內容分離開來，成為我們吸收、借鑒的營養呢？這不能不是一個需要謹慎對待的問題。」〔註 21〕劉心武也以比較審慎的態度對待這種「剝離」：《初探》「似乎是盡量把那形式美拆卸為諸種技巧元素，加以考察，這樣就讓人覺得他是學到了斯大林研究語言學的啓發……現代小說技巧（不是整個形式本身）也應當看作是沒有階級性的，因而對於任何一個國家、民族的任何政治信仰和美學趣味的作家來說，他都無妨懂得更多的現代技巧，從而在儲藏最豐的武器庫中從容選擇最新的優良武器，去豐富和發展他征服讀者的魅力。」進而，他對這種「拆卸」、「剝離」表示了審慎的樂觀：「當然，小說的形式美在多大程度上與內容相聯繫，這形式美應『拆卸』為多少種『技巧元素』，『拆卸』到什麼程度這『技巧元素』方具有一種超意識形態的功能，等等，都還有待於進一步研討。」〔註 22〕有意思的是，在劉心武看來，形式並不等於技巧，現代派的形式是具有意識形態因素的，形式可以「拆卸」為多種「技巧元素」，從而可以徹底消弭技巧的「意識形態因素」。可以看到，這種探討具有強烈的技術主義傾向。當李陀說出「當前文學創新的焦點是形式問題」，實際上是提出了對現實主義創作範式的突破問題，他所說的突破並不是從內容上，而是從形式上著手進行，不是從現代藝術精神、文學的現代性內涵上進行突破，而是從模仿現代派的某些可以「拆卸」、「剝離」、并且不含有意識形態的技巧入手進行。可以看出，這是一種對西方現代派文學創作技巧的崇拜。這種崇拜是在形式／內容二分法的框架內進行的，是先將內容消解掉，然後將形式提到前所未有的地位。但是，任何一種解構行為都是建構。對形式的無限張揚，勢必會在創作上造成追求形式的風氣。

當時，對現代派藝術形式的借鑒，有人提出了質疑：「現代派的『創新』是為了表達自己的思想內容。說實話，離開內容而借鑒其藝術，除了個別藝術手法之外，確實是難乎其難的。」文章認為，卡夫卡或薩特「其表現手法基本上是現實主義的，所以在藝術上（不是思想上）很難說有很多『新』的東西」；「法國的『反』戲劇（荒誕派戲劇）和『反』小說（『新小說』）……涉及的還是內容問題。這些『反』文學的『創新』，我看，與其說是在形式，

〔註21〕李陀：《「現代小說」不等於「現代派」！——給劉心武的信》，《上海文學》1982 年第 8 期。
〔註22〕劉心武：《需要冷靜地思考——給馮驥才的信》，《上海文學》1982 年第 8 期。

毋寧說更多的在於創作意圖和思想內容。」〔註 23〕「形式和技巧在確定現代派性質上，只有十分相對的意義……我們在運用了一些似乎『新穎』的手法以後，大可不必先匆忙地宣佈為對現代派的借鑒。思想觀念如果不是現代派的，必欲把手法稱曰現代，是十分奇怪的。」〔註 24〕

　　對於如何使現代派的藝術形式技巧從思想觀念上剝離，也有人提出質疑：「一般來說，揚棄觀念，吸取技巧，當然不失為借鑒之一途。但對現代派來說，它的思想本質和藝術形式，實際上並不像通常設想的那樣容易剝離。」原因就是「有些現代派作品的『新穎』，與其說取決於它形式技巧的獨特，不如說更多的是決定於它的思想觀念」。難於剝離的另一個因素，是由於現代派文學主張「藝術本體論」，「形式已經不止是藝術表現的手段，很大程度上成了藝術本體的構成部分。」〔註 25〕

　　我們看到，類似的質疑，早在 50 年代茅盾就提出過。茅盾認為，反對社會主義現實主義者「往往把創作方法看成是表現手法（換言之，即屬於形式方面和技巧方面的一切技術性的問題），並且把表現手法看成純粹技術問題，認為它和思想方法沒有關係」，但是，「任何表現手法（包括純技術性的技法，如格律、結構、章法、句法等等）都是服從於思想方法的」〔註 26〕，因此，形式技巧本身也是負載著意識形態的。茅盾把現代派界定為「非理性的」形式主義、「抽象的」形式主義，這樣一來，如何成功「剝離」，確乎是難上加難的。不過，茅盾還是客觀地認為，「形式主義文藝的有些技巧，也還是有用的，問題在於我們怎樣處理。但尤其重要的，在於我們用什麼觀點對待這些技巧。」〔註 27〕值得注意的是，「文革」後中國文學如何對待現代派，基本上還是延續了茅盾的這一主張。歷史驚人的相似，30 年後，大體相同的問題又擺在中國文學面前。由於政治運動的頻仍，茅盾的主張當時不過是一個看法而已，而在 80 年代，已經演化為中國文學創作從形式技巧開始，向西方現代派大規模學習的文學模仿運動。

〔註 23〕陳燊：《也談現代派文學》，《文藝報》1983 年第 9 期。

〔註 24〕夏仲翼：《談現代派藝術形式和技巧的借鑒》，《文藝報》1984 年第 6 期。

〔註 25〕夏仲翼：《談現代派藝術形式和技巧的借鑒》，《文藝報》1984 年第 6 期。

〔註 26〕茅盾：《夜讀偶記》，百花文藝出版社 1979 年 5 月第 3 版，第 61～63 頁。

〔註 27〕茅盾：《夜讀偶記》，百花文藝出版社 1979 年 5 月第 3 版，第 64 頁。

三、對社會主義現實主義創作方法的偏離與小說文體熱

我在第一章論述過，「文革」以後中國的思想文化環境比較複雜，一方面是追求現代性，反封建，提倡人道主義，重建理性秩序，令人想起了五四時期；另一方面是反現代性思潮的湧入，非理性主義哲學的迅速傳播，衝擊著正在恢復的古典理性。這是一個建構與解構同時進行的時代。思想文化都是處於這樣一個關鍵點上。文學也是如此。在恢復現實主義傳統的同時，為什麼作家沒有追循十七年文學的寫法，不約而同地偏離了經典的社會主義現實主義文學？這其中的緣由是非常複雜的，不可否認的是，對西方現代派文學的譯介和接受，是一個重要的誘因。西方現代派文學成為作家擺脫已經教條化的社會主義現實主義的有效參照系。特別是通過聲勢浩大的現代派的論爭，對現代派的內容進行揚棄，對其中的資產階級意識形態進行剔除，對非理性成分作了規避，從內容中「剝離」出形式因素，「成功」地將現代派的創作技巧移植到中國文學中來，基本上解決了如何接受現代派的難題。於是，自 1979 年起，我們看到，文學創作一方面是現實主義傳統的恢復和深化，另一方面是以現代派為參照對現實主義的偏離。這看似矛盾的現象，構成了 1985 年文學變局之前的基本格局。

以往我們只是將視線盯住王蒙的意識流小說，馬原、莫言、韓少功、扎西達娃等具有現代主義特色的探索作品，忽略了其實在新時期文學伊始，即已開始了一個巨大的偏離社會主義現實主義的革新運動，向著代表著世界文學的最新創作方法──西方現代派文學靠攏。許多現實主義小說改頭換面，在語言、結構模式、敘述視角等方面求新求變，呈現出「主觀性」、「內向性」、「非情節化」等，其中偏離現實主義小說最遠的，就成了我們常說的具有「現代主義」色彩的小說。在現實主義與現代主義之間，原沒有截然分明的界限，二者的領域存在著許多模糊的地帶。現代派的藝術形式和技巧的具體內涵是什麼？有的論者認為，對這個問題的回答是十分含混的。一般認為，「凡是在風格上具有象徵、隱喻、荒誕、變形、脫略客觀表象、側重心理意識流程的；在手段上使用時序顛倒、時空交錯、夢境幻覺、主觀視角以至自由剪輯的；在結構上強調非情節、非邏輯、非典型、無結局，或者著意使小說散文化，戲劇生活化，詩歌朦朧化的創作傾向，現在或多或少都被看作帶有現代派的特徵。」〔註28〕這是一種十分寬泛的界定，也是 80 年代對現代派特徵的具體

〔註28〕夏仲翼：《談現代派藝術形式和技巧的借鑒》，《文藝報》1984 年第 6 期。

理解。按照這種將現代派「泛化」的理解，80 年代的許多帶有探索性特徵的作品，都可以認爲具有現代派的藝術特徵。這樣一來，有「無邊的現代主義」之嫌。

李陀在 1982 年的一篇文章裏，已敏銳地意識到，小說出現了新寫法：一直支配中國作家的「巴爾扎克模式」，正在迅速發生變化。這種變化自 1978 年劉心武發表《班主任》即已開始，《班主任》以及劉心武此後的一些小說，「故事性不強」是共同特點。其它許多中青年作家，如張潔和王蒙的作品，也是要麼故事性不強，要麼根本沒有故事。李陀反問道：「爲什麼會出現這樣的文學現象？這種現象的出現是偶然的、不合理的、不必要的？是獵奇、是模仿、是節外生枝嗎？還是對小說的發展帶有一定的必然性？」他認爲這種創作上的探索，「不是我們通常在小說創作中所習見的那些探討，諸如怎樣確定主題、塑造典型、安排情節、剪裁素材、形成風格，等等。而是探索小說藝術的根本問題：什麼是小說？應該怎樣寫小說？」〔註 29〕李陀的這句概括比較重要，對 80 年代進行探索性寫作的作家，尤其是 80 年代中期出現的先鋒小說家來說，「寫什麼」已經不是注意的焦點、而「怎樣寫」才是值得關注的核心問題。由於故事的弱化，帶來了小說的「內向性」。張潔 1979 年發表的《愛，是不能忘記的》，不注意講述故事，而是細緻描繪主人公的內心生活。這是一種新的寫法，「強調表現人的內心生活，把讀者的視線集中到人物的意識屏幕上，並透過意識屏幕反映客觀現實」。此後，茹志鵑的小說《剪輯錯了的故事》打亂時序進行重新組合，以產生不同的意義。王蒙的意識流小說，也著意表現內心生活。「這種強調通過表現人的內心生活的反映客觀現實的寫作方法，是當代世界小說發展中的一個值得注意的趨勢」；「這種小說把人的意識和潛意識，人的內心活動和外部活動，人的精神生活和社會生活，人的過去經驗和現實經驗，都放在相互矛盾又相互聯繫的關係中去表現，從而在對人和世界的理解上顯示出複雜的層次。」〔註 30〕李陀的這個概括是很到位的，這說明，80 年代文學從一開始就具有強烈的「現代」傾向，有走向世界文學的衝動。

對現實主義創作方法的偏離趨勢，不僅表現在由故事情節模式演變爲「內心生活模式」，也表現在敘述方式的變化上。無論現實主義小說，還是具有探

〔註29〕李陀：《論「各式各樣的小說」》，《十月》1982 年第 6 期。
〔註30〕李陀：《論「各式各樣的小說」》，《十月》1982 年第 6 期。

索色彩的小說，都十分注重敘述，不再採用全知全能視角，有限視角受到作家的青睞。有許多現實主義小說，如諶容的《人到中年》、韋君宜的《洗禮》、張承志的《北方的河》等，都講究敘述角度的轉換。探索色彩濃厚的小說，更是把敘述視角的頻繁轉換，作為小說創新的一大特色。如趙振開的中篇小說《波動》，分別是從楊訊、蕭凌、林東平、林媛媛、白華五個人的視角，敘述了他們之間複雜的糾葛，展現了他們眼中不同的「文革」世界：傷痕累累、混亂、荒誕、無奈的現實場景。高行健的中篇小說《有隻鴿子叫紅唇兒》的敘述視角更為複雜多變，小說主人公的角度、敘述者的角度、敘述者和主人公的對話的角度穿插在一起，有限視角和全知全能視角交融在一起，而小說講述的還是一個傳統的「文革」故事。在 80 年代初期，「技巧崇拜」或曰「技術主義」的觀念已經形成了。許多作家爭相在自己的作品中「試驗」現代派的技巧。社會主義現實主義文學內部，已經出現了裂變。戴厚英說：「在寫《詩人之死》的時候，我比較嚴謹地遵循著現實主義的方法。一位朋友客氣地說：『你的方法是古典的。』我懂得，他的意思是說，我的方法是陳舊的。在寫這部小說的時候，我就有意識地進行一些突破了。我不再追求情節的連貫和縝密，描繪的具體和細膩。也不再煞費苦心地去為每一個人物編造一部歷史，以揭示他們性格的成因……我吸收了『意識流』的某些表現方法，如寫人物的感覺、幻想、聯想和夢境。」〔註 31〕在當時的革新者看來，這種敘述試驗具有超越內容的至上意義：「選擇一個適當的敘述角度，並使它貫穿於全篇是多麼重要，這簡直成了小說成敗的關鍵。」〔註 32〕甚至還有人這樣認為，小說的「第一句話如此重要，以至於許多人說第一句話寫好了，小說就成功了一半。」〔註 33〕

80 年代初是題材和主題熱的時代，小說的文體意識還很薄弱。高行健曾呼籲：「如果一部小說有十篇文學評論，這十篇都以十分之八九的篇幅來談作品的思想性，餘下之一二籠統地提一提藝術技巧之得失，還不如用八九篇來談思想性，一兩篇來談藝術。」「我們多麼希望文藝評論刊物上每期有那麼一兩篇藝術談，以代替十個十分之一二。」〔註 34〕80 年代初對意識流、對小說

〔註 31〕戴厚英：《人啊，人！》後記，花城出版社 1980 年版。
〔註 32〕李陀：《論「各式各樣的小說」》，《十月》1982 年第 6 期。
〔註 33〕程德培：《受指與能指的雙重角色──關於小說的敘述者》，載《小說文體研究》，中國社會科學出版社文學編輯室編，1988 年 8 月版，第 188 頁。
〔註 34〕高行健：《現代小說技巧初探》，花城出版社 1981 年 9 月版，第 9 頁。

技巧的粗淺研討，在文學界引起了較大反響。而 1984 年、1985 年小說創作中出現了一批在小說觀念形態上更加新穎的探索作品，和傳統小說的差異更加明顯，自 1986 年起，掀起了一個研究小說文體的熱潮，大有和與小說內容相關的系統研究平分天下之勢，這股熱潮一直持續到 80 年代末。就 1986、1987 兩年來說，「據不完全統計，兩年來有關小說文體的論文有 70 多篇。」〔註35〕這些文章，比 80 年代初的探討更為深入，涉及到小說文體的諸方面，如小說的結構方式和結構形態、敘事觀念和敘事技巧、語言功能和語言風格等，自建國以來，「小說怎麼寫」第一次成為一個重要的理論問題。

　　我們看到，這股以探索、創新為特色的「文體熱」，是由對現實主義創作方法的偏離帶來的，其背後的直接動力是西方現代派文學的推動。眾所周知，80 年代文學存在著一個走向世界文學的巨大幻覺，尤其是在哥倫比亞作家馬爾克斯 1982 年獲得諾貝爾文學獎以後。當時的所謂世界文學，實際上指的就是以西方現代派文學為主體的世界文學。中國作家對西方現代派文學的接受，主要是從文體開始的，或者按照當時的內容、形式的二分法，是從形式開始的：「海明威、福克納、馬爾克斯、伍爾芙、薩特，他們的文體使我們的小說家注意到自己的文體問題。這不是一件小事，這標誌著我們的小說走進一個新的境界。這也可能作一個真正的標誌，即文體家的出現標誌著我們小說的藝術高度。」〔註36〕

　　這股文體熱潮，既和文學創作的現狀緊密相關，也和形式主義、新批評、結構主義、符號學等文論流派的引入息息相關，是利用西方批評的知識譜系對中國經驗的闡釋。面對新的創作形式，原來的社會學批評在一夜之間失效了，批評的困惑由此而生。於是，年輕的批評家吸納異域的理論，文體批評應運而生。如孟悅、季紅真的《敘事方法——形式化的小說審美特性》，程德培的《受指與能指的雙重角色——關於小說的敘述者》，就是運用西方敘事學理論分析探索小說的。敘事學理論，主要針對的是西方現代派文學，熱奈特的《敘事學分析》所依據的文本就是意識流小說的經典作品——普魯斯特的《追憶似水年華》。同樣，文體熱所評介的文本，大多數是具有「現代」色彩

〔註35〕《小說文體研究・編者前言》，中國社會科學出版社文學編輯室編，1988 年 8 月版。

〔註36〕李國濤：《小說文體的自覺》，載《小說文體研究》，中國社會科學出版社文學編輯室編，1988 年 8 月版，第 49 頁。

的探索作品，如王蒙、馬原、殘雪、扎西達娃、劉索拉、莫言等作家的小說。文體問題進而被強調到一個新的高度：「文體不是小說的一個局部，而是它的全部。小說的一切都在文體之中。」〔註37〕在有的論者那裡，文學形式更是具有本體的意味，在內容和形式上，形式本身具有了超越內容之上的意義：「敘述者的心理眞實替代了以往所謂敘述對象的客觀眞實，描述一間房子不再非要像巴爾扎克那樣細緻得連一個繡鐵釘都不放過，即便這印象主觀到『那是一片紅色』或『那是一片綠色』也不失其眞實性。於是，被傳統奉爲圭臬的寫什麼一下子變得不怎麼重要了，而怎麼寫則具有了相當的意義。對自然的摹寫因爲摹寫者的主觀印象而從摹寫什麼變成了怎麼摹寫，對社會的反映因爲反映者的主觀印象而從反映什麼變成了怎麼反映，對生活的觀照因爲觀照者的主觀視角而從觀照什麼變成了怎麼觀照；如此等等。」〔註38〕將小說的形式提高到支配地位，是進行現代主義寫作試驗的作家孜孜以求的，也是當時新潮批評所熱衷的。

有的論者在 1986 年這樣概括 1976～1986 年小說的變化：「倘若我們把《班主任》和《爸爸爸》放在一起閱讀，把《天雲山傳奇》和《你別無選擇》並陳案頭分析，就不能不發現，中國新時期小說作爲新的文學造山運動的主幹，其變化的節奏之快，範圍之廣，種類之多。我們可以毫不誇張地斷定，小說領域發生了一場非比尋常的藝術革命。正是這場悄悄的革命，使新時期小說幾乎將西方小說一百多年的路程壓縮在十年中走完了，一百年的時間差就這樣被拉平了。」〔註39〕今天看來，這個「一百年的時間差就這樣被拉平了」的說法過於樂觀了。平心而論，80 年代以花樣繁多的創新爲標誌、轟轟烈烈的小說試驗背後，能夠成爲「經典」的文本，屈指可數。在文本中沒有一種現代藝術精神的貫徹與照耀，只忙於追摹現代派的技巧，一心在文體上下工夫，所產生的文本，在「經典」性上難免要大打折扣。

小說文體熱體現了對技術主義至上的追求。如何看待 80 年代文學的技術主義傾向呢？技術主義確實給 80 年代中國文學突破意識形態壁壘、接受西方現代派提供了一個極好的突破口，可以說，在實現中國文學的多元化方面，

〔註37〕李國濤：《小說文體的自覺》，《小說評論》1987 年第 1 期。
〔註38〕李劼：《試論文學形式的本體意味》，《上海文學》1987 年第 3 期。
〔註39〕毛時安：《小說的選擇——新時期小說發展的一個側面速寫》，《當代作家評論》1986 年第 6 期。

技術主義功不可沒。但是，80 年代的現代主義寫作，還是局限在「內容／形式」機械的二元對立思維模式內，無論「內容決定形式」，還是「形式就是一切」，都是機械思維的產物。內容和形式是有機的整體，只單純強調任何一方都是偏頗的。50～70 年代文學過分強調政治與 80 年代的現代主義探索過分強調形式，其實質都是一樣的。因爲，所強調的內容是經過政治意識形態充分過濾的「內容」，而所追求的形式是運用辯證唯物理性把西方現代派文學形式中的非理性因素加以過濾的「形式」，其結果都是會損害文學作品的自然形態。但是，歷史是不能苛求的。80 年代文學對形式的關注，是當時的政治思想環境、現代派文學的非理性主義、社會主義現實主義文學的困境等因素綜合作用的結果。一度形式至上，是對內容至上、將文學政治意識形態化的反撥，從文學史發展歷程上看，也是正常的現象。而進入 90 年代以來，「怎麼寫」雖然還是重要，「寫什麼」也同樣重要，文學，經過漫長的 40 多年的曲折，終於回到了相對正常的狀態。

有意思的是，當初極力主張中國文學的現代派傾向的李陀，在新世紀卻屢屢進行反思：「我現在寧願把 80 年代文學看作一段技術主義如何取得優勢的歷史」；「由於鬥爭事先被內容和形式這兩分法規定，『勝利』一方的成果也非常有限，裏邊有很多值得檢討和批評的負面的東西。這不但對 80 年代後期文學發展有負面作用，從那時候形成的對形式和技術的崇拜，至今還嚴重影響著文學寫作。」〔註 40〕在《漫說「純文學」》一文中，他認爲「整個 20 世紀我們的文學受『西方中心論』的影響太深，資源太單一太貧乏了」；「20 世紀現代派創造的另外一套小說修辭系統，其中包括喬伊斯、普魯斯特、卡夫卡等人的種種嘗試和貢獻，但畢竟都是小說技巧的一個分支，沒準還是一種極端的特例。如果這種修辭傳統成爲今天純文學的普遍傾向，那麼無疑會是文學的災難。」李陀認爲，80 年代在追慕西方現代派過程中形成的純文學，在今天需要重新定位，我們不僅需要現代主義，還需要 18、19 世紀西方古典小說傳統和中國古典小說傳統，甚至還要「重視借鑒那些在中外通俗小說裏積澱了二、三百年的經驗。〔註 41〕」

〔註 40〕查建英：《八十年代訪談錄》，生活・讀書・新知三聯書店 2006 年 5 月版，第 280 頁。

〔註 41〕李陀、李靜：《漫說「純文學」——李陀訪談錄》，《上海文學》2003 年第 3 期。

很明顯，李陀談的是「去現代主義中心化」，是對 80 年代形成的對現代主義技術崇拜的修正。但是，李陀的這一看法應者寥寥，顯得不合時宜，這是因為，90 年代以來，在接受西方現代派基礎上形成的純文學，實際上早已式微，哪裏會形成什麼「現代主義中心化」？既然近 20 年的文學沒有形成「現代主義中心化」，又何談「去現代主義中心化」？實際上，進入新世紀以來，隨著消費主義的興起，文學愈來愈邊緣化，愈來愈市場化，網絡文學、青春寫作大行其道。即使殘存的純文學本身也早已不純，甚至又過於蕪雜了，除極少數寫作者，如殘雪外，絕大多數寫作者，如余華、格非等，已經完成了「去現代主義中心化」，盡力吸收各種「修辭傳統」，在堅守文學理想和增加可讀性以取悅市場之間，尋找一個微妙的平衡。我倒是認為，新世紀文學的市場化、娛樂化、媚俗化，解構了原先的文學精英意識，我們的文學又太貼近我們這個喧囂的時代了，從內容到形式充滿了流行腔。在這個每年產生長篇小說上千部的時代，表面的繁榮預示著深刻的危機。最突出的一點就是：文學的探索和試驗失去了動力。既然現代主義複雜化了現代小說的表達經驗，是對現實主義的超越和發展，我們的一些有精英意識的作家為什麼不能在文本中表達複雜的感受呢？為什麼不能將現代小說技巧充分發揮呢？從這個意義上說，提倡現代主義中心化也許是當前創作的當務之急。

第二節　對荒誕存在的反諷式表達

對西方現代派藝術形式的接受，毫無疑問是 80 年代中國文學的熱點，對於現代派精神內涵的接納，卻頗為冷清。其中的原因，一是由於現代派的思想基礎是非理性主義思潮，非理性主義在當時的中國哲學界基本上是被否定的；二是因為現代派的內容被指認為表現了西方現代資本主義社會「人與社會、人與人、人與自然（包括大自然、人性和物質世界）和人與自我四種基本關繫上」「全面的扭曲和嚴重的異化」，「以及由之產生的精神創傷和變態心理，悲觀絕望的情緒和虛無主義思想。」〔註 42〕可以看出，80 年代對現代派精神內涵的接受，帶有鮮明的意識形態色彩。

相對於 80 年代的非理性主義熱和西方現代派文學熱，中國作家在創作上

〔註 42〕袁可嘉：《西方現代派作品選（第一冊）‧前言》，上海文藝出版社 1980 年 10 月版。

的接受則顯得遲緩和謹慎。他們先是把現代派作為一種創作方法來接受，對其中的非理性主義是排斥的。朦朧詩受到「意象派」詩歌和象徵主義詩派的影響，但是卻剔除了其中的「象徵的森林」所特有的神秘的應和，側重表達的是個性主義、人道主義等啓蒙話語形態。如前所述，小說在吸收意識流文學的表現手法上，更是樹立了借鑒現代派的「典範」，非理性的潛意識、性意識，被過濾掉，只剩下在理性支配下人物的內心活動，這與喬伊斯、伍爾芙、福克納等作家創作的意識流小說南轅北轍。這種借鑒的「功利主義」，解決了橫亙在現代派流派和中國文學之間的意識形態難題，但是也阻止了中國小說向人性深處作更深的探索。高行健借鑒荒誕派戲劇創作了《車站》，而《車站》「等待」的主題卻與《等待戈多》的形而上內涵有雲泥之別。兩相比較，這種摹仿顯得滑稽、膚淺。宗璞的《我是誰》直接借鑒了卡夫卡的《變形記》，同樣是人變蟲，卡夫卡那裡呈現出來的寓言式反現代性的「異化」主題，在《我是誰》中演化成對「文革」的控訴，對人的尊嚴、人道主義的呼喚。用辯證唯物主義理性來過濾非理性因素，這是70年代末80年代初期接受現代派文學的重要特徵。

　　本節主要是以小說為例，分析1976至1985年間中國作家對西方現代派文學的接受。意識流、黑色幽默、存在主義、魔幻現實主義、象徵主義、意象派、新小說、表現主義等，都在中國文學中留下了它們或深或淺的足跡。由於本書的側重點是從思潮史的角度分析現代派文學的接受，為了防止論述流於空疏和泛化，以便更為細緻地分析對西方現代派文學的「接受」在文本中留下的「痕跡」，本節主要是通過分析1976～1985年間對中國文學影響較大的存在主義文學的接受並以1985年的兩篇有代表性的現代主義小說為例證，以文本細讀的方式，以期辨認、分析中國文學對西方現代派文學接受中出現的帶有普遍性的現象以及存在的問題。

一、存在主義覓蹤

　　西方現代派文學當中，在內容上較有理由移植進中國文學的當數存在主義文學了。因為，在80年代進入國內的非理性主義思潮中，薩特的存在主義受到追捧。「存在先於本質」、「自我選擇」、「自我承擔」、「他人即是地獄」等存在主義的教義深入人心。特別在許多青年那裡，存在主義是作為一種人生觀哲學來接受的。但是，由於80年代主流意識形態對存在主義總體上持批判

態度，也由於存在主義文學主要是表達哲學觀念，在形式上基本沒有可資借鑒的新穎技巧，並沒有受到熱衷於接納現代派文學的作家過分的青睞。到底怎樣判定文學作品中是否具有存在主義？這是一個模糊的問題，並沒有一定之規。我們看到，80 年代初，往往有將存在主義泛化的傾向。小說《沙鷗》、《南方的岸》、《赤橙黃綠青藍紫》中的主要人物身上，曾被指認為有存在主義傾向〔註43〕，這顯然是不對的。沒有明確的判斷標準，並不意味著漫無邊際。有一些作品，雖然在創作方法上還是現實主義的，但在內容上顯然偏離了當時的主流敘事，也和人道主義、主體性等啓蒙話語產生了裂隙，當時一度被指認為其具有「存在主義傾向」。具體說來，80 年代中國文學中的存在主義，體現在以下兩個方面：

第一，以「文革」為背景的人生問題小說，試圖對社會、人生問題給予不同於主流意識形態的新的解決方案。這一類作品，往往被視為「異端」，被指認出具有「存在主義傾向」，主要有《公開的情書》、《晚霞消失的時候》、《波動》〔註44〕等。

80 年代初期，熱衷於「扣帽子」、「打棍子」的批評者，往往借助存在主義這頂非理性的帽子，打壓有爭議的「越軌」作品。有的論者由中篇小說《公開的情書》、《晚霞消失的時候》、《波動》，推論「一個以存在主義為指導思想的文學流派，已在社會上（主要是青年中）的存在主義思潮的影響下出現了」；「這些文學作品的一個共同特點是以現實是荒謬的、人是自由的這樣的哲學思想為指導思想，對客觀世界採取虛無主義態度，對內心世界主張人性的自我完善，企圖用普遍的人性和人道主義來代替馬克思主義的世界觀。」〔註45〕該文預言出現存在主義文學流派的說法是失實的。

就思想價值和精神向度上，同樣是處理「文革」題材，《公開的情書》、《晚霞消失的時候》、《波動》這三部作品均超出了當時的「傷痕文學」、「反思文

〔註43〕陳駿濤：《關於存在主義與我國當前的文學創作》，《小說界》1983 年第 1 期。陳駿濤在該文中認為，許多人認為《沙鷗》、《南方的岸》、《赤橙黃綠青藍紫》有存在主義傾向，這是不對的。因為「存在主義是一個特定範圍內的特定概念」，「畢竟是屬於資產階級思想體系的東西」，而上述作品，雖然提到了他們的「個人奮鬥」，但在本質上則是塑造了「先進的思想品格和獨特的性格光輝的青年新人形象」，這些社會主義新人當然不是存在主義式的。

〔註44〕靳凡：《公開的情書》，《十月》1979 年第 1 期；禮平：《霞消失的時候》，《十月》1981 年第 1 期。

〔註45〕易言：《評〈波動〉及其他》，《文藝報》1982 年第 4 期。

學」的思考範圍，都不約而同地提出了知識青年人生道路的問題。這和 1980 年的人生觀大討論類似，揭示了「文革」前後知識青年「迷惘的一代」對現實、歷史的思考。《公開的情書》表達的是對現實和人生的思考與探索，《晚霞消失的時候》則試圖超越意識形態之爭，從野蠻和文明的更替式循環中，思考人類歷史的走向，從宗教的角度思考人生觀，尋求關於歷史和人生的答案。這兩篇小說，除了依稀可以辨認的「自我選擇」之外，很難說具有存在主義色彩。而存在主義文學，主要是根植於日常生活中，是對人的生存境遇的本體性思考，而不是關於「人生道路」、「歷史走向」這樣宏觀的帶有鮮明的社會歷史價值向度的「理性主義」追問。

相比之下，《波動》倒是具有一定的存在主義色彩。今天讀《波動》，還是令人感到震撼的。可以說，《波動》是「文革」後出現的第一篇真正具有現代主義特質的小說。這不僅體現在形式上，小說採用多視角的敘述方式，運用了意識流手法，更重要的是小說具有「現代意識」，和現代主義精神具有相通之處。小說中彌漫著深刻的懷疑意識：「我們只是在接受一種既成事實，卻不去想像這些和我們的生活融為一體的東西是否還有些價值？」小說中的女主角叫蕭凌，她的父親被整死，母親憤而自殺，因而心靈滿是傷痕。她問楊訊：「在你的生活中，有什麼是值得相信的呢？」楊訊回答：「比如：祖國。」蕭凌則回應道：「哼，過了時的小調」；「謝謝，這個祖國不是我的！我沒有祖國，沒有……」蕭凌這樣決絕的質問與回答，早已經突破了當時傷痕文學的底線。作者這樣寫蕭凌「局外人」的感覺：「我離開這個世界很遠了。我默默地走出去。我不知道哪是歸宿。有時，當我回頭看看這個世界的時候，內心感到一種快樂。這不是幸災樂禍，不是的，更不是留戀和嚮往，而似乎僅僅是由於距離，由於距離的分隔和連結而產生的一種發現的快樂。」小說這樣敘述信仰崩潰的感覺：「一種情緒，一種由微小的觸動所引起的無止境的崩潰。這崩潰卻不同於往常，異樣地寧靜，寧靜得有點悲哀，彷彿一座大山由於地下河的流動而慢慢地陷落……」小說這樣對時代進行哲理性點評：「偉大的二十世紀，瘋狂、混亂，毫無理性的世紀，沒有信仰的世紀……」當然，《波動》雖然認為現實是荒謬的、人生是虛無的，具有存在主義傾向，但在本質上還是一篇反思「文革」給青年人的社會觀、人生觀、價值觀帶來顛覆性影響的作品，裏面除了存在主義，更多的是啟蒙主義、個性主義。對蕭凌這個人物，作者賦予了民族苦難化身的「先知」色彩，比如，她朗誦的一首詩：「天空是美好的，／海水是寧靜的，／而我只看到黑暗和血泊……」這種先知先

覺、我不下地獄誰下地獄的「英雄主義」，顯然屬於啓蒙主義範疇。也就是說，對於「文革」後文學來說，其思想資源是混雜的，受到的西方文學的影響也是多元的，文本更多地呈現出互文性。就《波動》來說，裏面可以看到凱魯亞克《在路上》的流浪意識和放蕩不羈的影子，也可以看到《麥田裏的守望者》中對現實充滿了嘲弄的滿口「他媽的」霍爾頓式人物──白華，〔註46〕還可以看到艾倫堡《人‧歲月‧生活》中的俄羅斯式的憂鬱、冷峻和深刻。〔註47〕也就是說，在中國，沒有哪個現代主義作家或者哪篇現代主義作品只受到外國某種現代主義流派或者某個作家的影響，這種接受的混雜性，是 80 年代中國作家接受現代派文學的基本特點。

另外，徐軍的小說《近的雲》，張聚寧的小說《萬花筒》〔註48〕，也被指認爲具有存在主義傾向。這兩篇作品並不是以「文革」爲背景的，主要表達的是當代知識青年對人生、現實的「另類」思考。《近的雲》主人公石棱被認爲是「近年來文學創作中較爲突出的一個存在主義的靈魂形象」；「不論是在《近的雲》中還是在《晚霞消失的時候》等作品中，存在主義的靈魂形象幾乎都是以年輕的『探索者』的面貌出現的。」〔註49〕這個概括是大體正確的。

〔註46〕《波動》中的白華是一個值得我們重視的人物，這個類型的人物在當代文學史上可能是第一次出現。白華由於在大饑餓時期反對交公糧而被作爲政治犯投入監獄，出獄後成爲盲流，放蕩不羈，整日買醉，和同夥爭流裏流氣的女人，靠偷盜維生，蔑視嘲弄一切，玩世不恭，但是又愛憎分明，講究義氣，譬如：救助被後母遺棄的小女孩，幫助落難的蕭凌，等等。墮落者和英雄主義，在他身上竟然奇特地結合在一起。80 年代的評論常常把它指認爲「流氓」，這是偏頗的，實際上他是一個撒旦式的反抗者，以看似墮落的方式來反抗「文革」混亂的現實。而在許多作品裏，這樣的人物常常被描繪成一個敢於反抗荒謬體制、救民於水火的正面英雄形象，而《波動》沒有簡單化，寫出了人物本身所具有複雜的內心世界。

〔註47〕《波動》最初創作於 1974 年。《在路上》、《麥田裏的守望者》、《人‧歲月‧生活》在 60 年代初即已作爲「內部讀物」譯介到國內。這些地下讀物，成了「白洋澱詩歌群落」以及許多北京知青在那個精神荒蕪的年代的精神食糧。這些文學類「地下讀物」，有批判現實主義，也有現代主義、後現代主義，北島的詩歌和小說，很明顯受到了這一批「禁書」的影響，在裏面留下的痕跡很重，與同時代人的作品相比，顯得早熟而「深刻」，在內涵上呈現出啓蒙主義、個性主義、存在主義等交互混雜的狀態。

〔註48〕徐軍：《近的雲》，載《四川文學》1982 年第 1 期；張聚寧：《萬花筒》，載《星火》1981 年第 12 期。

〔註49〕曹廷華：《〈近的雲〉及其它──存在主義文學形象漫評》，《當代文壇》1982 年第 6 期。

探索者對社會、人生的解釋，有了和主流意識形態不一致的內容，甚至和人道主義、異化論也有差距，但有了這種「裂隙」，並不意味著就一定是存在主義的。「傷痕文學」、「反思文學」、「改革文學」都是由主流意識形態所主導的「國家敘事」的不同形態，而 80 年代初被指認為具有存在主義特色的這類敘事，顯然具有異端性質。與其說是具有存在主義特色，不如說是這類小說在內涵上存在著不和諧音，顯然比那些只追求形式創新的意識流文學要尖銳大膽得多。這類小說發表後引起的爭議往往是原則性的，被認為是「使文學創作在『自我』的狹小圈子裏轉悠，拉大了與時代的距離，疏遠了與現實的關係，淡漠了與人民的情感，模糊了生活的真實面貌，產生了非現實主義的傾向。」它們對社會、人生問題提出的新發現，「是存在主義的發現，是以個人存在為一切出發點的發現，當然也是『常規』──馬克思主義、毛澤東思想原則和社會主義道路以外的發現，然而這種發現是危險的。」〔註50〕

第二、能夠相對清晰地辨認出存在主義的影子的作品。主要有張辛欣的《在同一地平線上》、《我們這個年紀的夢》〔註51〕，諶容的《楊月月與薩特之研究》等。

《楊月月與薩特之研究》試圖用小說的形式探討、反駁存在主義。小說採用的是書信體，有兩條線索，一條是阿璋隨中央工作組去 S 市參與平反冤假錯案，認識了楊月月，一步步揭示出楊月月的命運故事。一條是阿璋的丈夫阿維談論研究薩特的存在主義的心得體會。兩條線索通過夫妻兩人的通信連接在一起。有關薩特研究的通信，連綴起來，就是一篇研究論文，作者對薩特所持的觀點，基本上是當時學術界流行的看法，肯定和否定並重，而最終落實到否定上。如何面對存在主義，作者的觀點顯然是自相矛盾的。小說一方面強調薩特的「自我塑造」理論，「首先是人存在、露面、出場，後來才說明自身。……世間並無人類本性，人不僅就是他所設想的人，而且還只是他投入存在以後，自己所志願變成的人。人，不外是由自己造成的東西。」「人是按自己的設想塑造自己的形象的。」作為這個理論的印證，「比如你吧，你現在『界定』為作家，這是社會承認的，也是你自己承認的。但這種界定，

〔註50〕曹廷華：《〈近的雲〉及其它──存在主義文學形象漫評》，《當代文壇》1982 年第 6 期。

〔註51〕張辛欣：《在同一地平線上》，載《收穫》1981 年第 6 期；《我們這個年紀的夢》，載《收穫》1982 年第 4 期。

不是上帝的意思，也不是命運的安排，而是你按照自己的意志投入世界、深入生活的結果。」〔註52〕楊月月正是主動放棄了多次自我選擇的機會，如婚姻、工作等，才導致被迫與當上了國家重要幹部的丈夫離了婚，最後淪落為一個賓館的服務員，幾乎成為「懷夢牌」洗衣機。另一方面，作者在結尾部分又對這種「自我選擇」的自由度表示了懷疑：「可以說，幾乎我們每一個人都不是按照自己的意願來塑造自己的形象，走向自己的結局的。從這一點說，楊月月的故事，正是對薩特存在主義的一種批判。」〔註53〕用薩特的理論解釋楊月月的生活遭際，最終得到了否定的答覆，看來，作者對薩特的理論實際上持委婉否定的態度。

相對於諶容以乾枯的說教方式來談論薩特，才華橫溢的張辛欣則將薩特的學說化用在作品中，以更加內在的角度來表現中國作家對存在主義的理解。張辛欣1979年考上中央戲劇學院導演系，熟悉西方現代戲劇，因而對薩特的戲劇、對荒誕派戲劇也不會陌生。她的《在同一地平線上》是一篇敘述回鄉知青參與社會生存競爭的中篇小說。小說以一個家庭為單位，從個體、性別的角度來探討生存競爭，提出了人生道路選擇的問題：

> 不論大小，面臨生活中每一個選擇時，沒有一本偉大的歷史教科書，或者任何一個現成的人生經驗，能準確地告訴你：在道路的選擇上，在道德原則上，在為了達到目的、不錯過時機而採取的各種行動方式上，究竟怎樣做是對？怎樣做是錯？沒有定理可套。有的，只是自己面對自己。

女主人公把婚姻的雙方，也看作是一種競爭關係：「兩個人在家庭中的位置，像大自然中一物降一物的生態平衡。」在生存競爭面前，女主人公有一種緊迫感，生怕家庭束縛了自己的個人發展，為此，她把肚子裏的胎兒流掉了，「在生活的競爭中，是從來不存在紳士口號：女性第一。」「難道把我的一點點追求也放棄？生個孩子，從此被圈住，他就會滿意了？不，等到我自己什麼也沒有了，無法和他在事業上、精神上對話，我仍然會失去他！」男主人公極端自私，只顧自己往上爬，為了自己畫冊的出版騎著自行車四處奔波，送禮、找路子，不擇手段。他最拿手的是畫虎，因為虎在這個社會最流行。他最欣

〔註52〕諶容：《楊月月與薩特之研究》，中國文聯出版公司1984年6月版，第30～31頁。

〔註53〕諶容：《楊月月與薩特之研究》，中國文聯出版公司1984年6月版，第100頁。

賞的是虎中之王孟加拉虎，而孟加拉虎是虎類中最為強悍的，正是外界生存競爭極為激烈的環境造就了孟加拉虎的王位，「為了應付對手，孟加拉虎不能不變得更加機警、更靈活、更勇敢和更殘忍」。為了更好地畫虎，他讓人把自己關進動物園老虎籠子旁邊的一個籠子裏，還親自坐火車，冒著生命危險去老虎出沒的地方實地觀察。男主人公對孟加拉虎的崇拜，就是對生存競爭的崇拜，社會上虎畫的流行，也是這種生存競爭的寫照。下面是男主人公的一段內心獨白，這樣描述生存競爭：

> 這不僅僅是藝術，也是異常緊張的競爭。是一個沒有定局限制的拳擊賽。連正兒八經的比賽規則都沒有。不僅是用拳，用腳，用肘，像暹羅拳那樣。又像柔道，帶衣領絞殺的手段。這個場地很小，彼此都不能容忍另一個的存在。你不擊他，他要擊你。每一瞬間都在防備中，緊張地窺視著對方，尋找弱點。對手是別人，也是自己。

就作品發表的那個年代而言，張欣欣在這裡表達的這種人與人之間的關係是極為超前的。這樣一幅場景，極像現代西方生活場景，可以說是薩特劇本中的一幕，而恰恰不像是發生在中國。能不能說這是一種「泊來的情緒」，是現代主義戲劇意識在中國的投射，或者說是一種具有超前意識的預感式情緒？

在這個由返城知青組成的家庭裏，男主人公、女主人公之間，由於各自忙著自己的「事業」，對生存競爭的「焦慮」感異常強烈，各不相讓，關係十分緊張，最終婚姻破裂了。許多論者認為，這部作品具有存在主義傾向，是由於其中主人公信奉的「自我設計」、「自我選擇」、「自我奮鬥」，由於描寫了「簡直與資本主義社會毫無二致」的「一幅弱肉強食、生存競爭的社會環境」〔註54〕。但是，與其說是存在主義的，不如說是被耽誤了的一代知識青年返城之後面對生存壓力所產生的焦慮感，以及擔心被新時代拋棄所產生的危機感。在小說中，這種焦慮感和危機感是被誇大了的，被強調到極端，正如「文革」中家庭關係被「革命」、「階級」所扭曲，我們看到，這篇小說中的家庭關係也被「生存競爭」所扭曲。大約是為了糾正這種理念化傾向，為此小說大量地描寫了女主人公不停地進行自我辯解，反覆描寫心靈世界的彷徨、掙扎，尤其是男女主人公面對離婚這一選擇的矛盾心理。表面上看來，這與男女主人公那種只顧自己、自我奮鬥不止的決絕和瘋狂是矛盾的，不協調的。

〔註54〕陳駿濤：《關於存在主義與我國當前的文學創作》，《小說界》1983年第1期。

實際上，這種滔滔不絕的辯解所透露出的猶疑和彷徨，也暴露了作者對這種誇大了的「社會達爾文主義」所持的複雜心態。

如果說，張辛欣 1981 年創作的《在同一地平線上》講的是不顧一切的「自我奮鬥」，而她寫於 1982 年的《我們這個年紀的夢》重點敘述的則是生存的疲倦、無奈以及夢想的破滅。原來咄咄逼人的生存競爭、不惜犧牲家庭完整的個人奮鬥，已經讓位於命運、偶然、無常，生存的厭倦感以及日常生活的瑣碎無奈，理想的不堪一擊。毋庸置疑的是，這篇小說在一些細節上，與《在同一地平線上》相比，有著相對容易辨識的存在主義印跡。比如，小說寫出了日常生活的無奈、荒誕感：

> 剛吃完一頓，沒過一會兒，又得想下一頓。一天、一天，日子好像就是由一頓接一頓的飯組成的。哪怕你只管兩個人吃的飯。
>
> …………
>
> 你幾乎覺察不到，爲一樣、一樣東西的捕獲，爲這些沒完沒了地盤算，每天、每天，你懷著持續的稍許緊張。只有到夫妻之間爲什麼事吵起來時，這些連成一條線的瑣事才一股腦兒翻上來，卷成一大團理不清的煩亂，有時候委屈得直掉眼淚。可是，待到眞要張嘴數數的時候，唉，簡直沒有一樣是可以提出來作爲鄭重其事的悲劇素材的！於是，哭完了，又不知道究竟爲什麼要哭。

這些細膩的生活感受，寫出了人生的庸常、無奈和瑣屑，活脫脫勾勒出一個「煩惱人生」來：和不喜歡的另一家同住在一個單元房的煩惱、和很難愛起來的丈夫湊合著過日子的煩惱、作爲一個出版社校對員的工作的煩惱、美麗的夢幻破滅的煩惱。小說中顯示出來的中年特徵：對生存的厭倦和疲倦，與 80 年代的浪漫氣質和理想特徵的創作氛圍是極爲不相稱的。從這個角度來說，張辛欣是超前的。80 年代末 90 年代初的新寫實小說，其實濫觴於張辛欣的《我們這個年紀的夢》。《煩惱人生》與《我們這個年紀的夢》對生活的感受有不少相似之處，但是《煩惱人生》的煩惱是 80 年代中後期普通民眾的生活煩惱，帶有瑣碎的煙火氣和生活的體溫；而《我們這個年紀的夢》裏的煩惱更多的具有形而上的氣息，試圖對現實生活作超越性的盤詰與思索。另外，90 年代詩歌的中年特徵〔註 55〕，也較早地在這裡

───────────

〔註 55〕張曙光的詩篇《歲月的遺照》中的詩句：「我們已與父親和解，／或成了父親，／墜入生活更深的陷阱。」就是這種中年特徵的反映。

顯現。這是 80 年代文學一篇重要的文本,可惜並沒有得到文學史研究者的足夠重視。

張辛欣不僅寫到了生存的厭倦,還寫到了不確定感、偶然性、命運的無常。這是由知青生活經歷而來的真實感覺,沒有方向感的迷惘和失落,命運的不可捉摸:

> 先前認定有一根必然的鏈條,被什麼東西打散了,再來看,似乎原本也只是一些偶然的碎片。剩下的,是自己的路。設身在紛亂的退潮中,茫然地被沖來沖去,把握不住別的,也把握不住自己。你首先要想的,是極力抓住自己,把自己繫在一個地方,哪怕是繫在一根水草上。

如果說這種偶然性還是對知青生活的寫照,那麼,張辛欣對返城之後普通生活的描述就有了形而上的意義:

> 似乎是各種偶然性的堆積。
>
> 像是枝頭一片綠葉,小孩用彈弓去打偶然落在枝上的鳥兒,鳥兒飛走了,樹葉落了。偶然落在水中,順著水往前飄,偶然被伸出在溪邊的一隻小樹勾住,正好一陣偶來的微風,卷起一縷輕輕的水波,就把你推到一個小小的死角里,永遠地在這兒了。

偶然性是對必然性的反叛,對生存邏輯的否定。命運是不可測的,是宿命的,既然必然性已經死去,把自己交給偶然性比託付給命運更為可靠,命運被一個看不見的神靈所主宰,偶然性卻可以給人帶來意想不到的豐富性:苦難或者幸福都是以不可預料的方式來臨。偶然性,也是存在主義等西方現代人本主義思潮的基本內涵之一。加繆說:「請注意這一點,現代社會的大問題已經提出來了:在現代社會中,智慧發現,要讓人擺脫命運就等於把他交付給偶然性。」〔註56〕把人物交付給偶然性,是 80 年代先鋒小說所著力推崇的。

小說多次寫到了洛根丁式的「噁心」的感覺,「噁心」是薩特的一篇小說的名字,加繆也不止一次談到這種噁心的感覺。張辛欣這樣描寫道:

> 她還是不聲不響地把剩菜撿出來。拿起一片肥肉準備扔掉時,不知怎的,她會一下子注意到那片肥肉的表面,注意到那些細微的

〔註56〕〔法〕加繆:《西西弗的神話》,杜小真譯,天津人民出版社 2007 年 6 月版,第 173 頁。

> 凝固脂肪的結構。圓而稍凸的線互相交錯著……滑溜溜的肉片在手
> 指中間微微顫動著，她瞧著，心裏一陣噁心，肉片又掉到白瓷的池
> 底去了。那個圓滑的傢伙！

當然，這種「噁心」的感覺，主要指的是一種厭惡的情緒，是正常的生理感覺，或者說是對瑣碎日常生活的厭倦。而這「噁心」不是那「噁心」，存在主義所謂的「噁心」，是對整個世界荒謬性的反映，帶有本體的意味。加繆這樣界定說：「這種在人本身的非人性面前所產生的不適感，這種在我們所是的東西的圖象前引起的墮落，這種在我們時代的某個作家稱作『厭惡』的感情，同樣也是荒謬。」〔註57〕這種形而上的存在主義式的荒謬感，顯然不是《我們這個年紀的夢》所宣揚的。

在《我們這個年紀的夢》裏，人與人之間的關係是緊張的，隔著一堵看不見的牆。小說主人公與丈夫的關係既熟悉又陌生，與鄰居的關係也很隔膜：「合住一個單元房的鄰居關係，比兩個相鄰國家的關係還要緊張，還難處！……人在人背後到底是個什麼樣兒，很難說的。有些人是不得不防的。」即使她與兒子之間，也很少心靈溝通，只是靠給兒子講童話來維繫母子聯繫。這種荒謬處境，是存在主義式的。下面是她在相親時的感受：

> 她在說她的話，他在說他的話。一種遙遠、隔膜的感覺，好像他專業研究的地質史不同斷層裏，寒武紀的三葉蟲和白堊紀的總鰭魚的對話……她想吐。（永遠也沒法跟人說這種感覺）她像遭了難似的，直奔出去。

加繆曾經這樣描述一個存在主義者對日常生活的感受：

> 起床，乘電車，在辦公室或者工廠工作四小時，午飯，又乘電車，四小時工作，吃飯，睡覺。星期一、二、三、四、五、六，總是一個節奏，在絕大部分時間裏很容易沿循這條道路。一旦某一天，「為什麼」的問題被提出來，一切就從這帶點驚奇味道的厭倦開始了。「開始」是至關重要的。厭倦產生於一種機械麻木生活的活動之後，但它同時啟發了意識的運動。它喚醒意識並且激發起隨後的活動，隨後的活動就是無意識地重新套上枷鎖，或者就是最後的覺醒。覺醒之後，隨著時間的推移，就會產生結果：自

〔註57〕〔法〕加繆：《西西弗的神話》，杜小真譯，天津人民出版社2007年6月版，第17頁。

殺或是恢復舊態。厭倦自身中具有某種令人作嘔的東西。〔註58〕
加繆在這段話所說的，可以看作是對這篇小說的一個比較恰當的哲學概括。
女主人公在小說結尾，覺醒了一番，夢醒後無路可走，最終還是回歸到舊有
的生活軌道：

　　於是，她去淘米、洗菜、點上煤氣，做一天三頓飯裏最鄭重其
事的晚飯。

儘管《這個年紀的夢》中有著清晰的存在主義印跡，不可否認的是，它主要
還是在思考人生問題。小說的主旨，意在表現少年夢幻和成年夢碎、理想與
現實衝突的故事。只不過是，圍繞這個故事內核的許多情節、細節溢出了常
軌，滑向了存在主義。小說一直將兒童世界和成人世界對比著寫，大段大段
的童話映襯著現實生活的無奈，映襯出童話世界和現實世界的巨大反差，從
這種強烈對比中抒發人生的感慨。尤其是婚後的女主人公一直在尋找「青梅
竹馬」，結果發現，夢中的白馬王子原來是自己最鄙視的合住的鄰居，失落感
可想而知。加繆說：「人的一切不幸源於希望，它把人從城堡的寂靜中喚醒，
又把他們拋在城頭上等待拯救。這些不合理的行為所起到的作用只能是重新
打開已仔細包紮好了的傷口。」〔註59〕夢和希望，帶給現實的只是更深的失
望和幻滅。因此，這篇小說本身，還是帶有80年代初期討論人生問題的痕跡。

　　《在同一地平線上》是進取型的，強調女性不甘於家庭束縛的奮鬥，是
屬於個性主義、啓蒙主義的。而《我們這個年紀的夢》則走向猶疑和彷徨，
為失落感、失望感、生存的疲倦、無奈感、荒誕感所籠罩，雖然是現實主義
的，但是偏離了主流敘事，也不純粹屬於新啓蒙的人性、人道主義範疇，更
不是主流意識形態所期盼的反映「時代精神」或是塑造「社會主義新人」。它
強調的偶然性、命運的無常、人與人之間的冷漠與隔膜、生存的荒誕感，明
顯受到了非理性主義話語的影響。因此，作品發表後引起了爭議。可以看到，
張辛欣的作品，已經不純了，裏面充滿著不同話語的衝突與戲劇性張力，處
在啓蒙主義話語（譬如女性的覺醒和個人奮鬥）、非理性主義話語（譬如存在
主義式的對生存的體悟）的相互纏繞下，呈現出的文本的複雜性，在我看來，
勝過80年代中後期的許多先鋒小說。

〔註58〕〔法〕加繆：《西西弗的神話》，杜小眞譯，天津人民出版社2007年6月版，
　　　　第13～14頁。
〔註59〕〔法〕加繆：《西西弗的神話》，杜小眞譯，天津人民出版社2007年6月版，
　　　　第172頁。

二、「虛無連著虛無」抑或「本體的荒誕」

1985 年被文學史家給予了更多的含義,其中標誌性的事件是劉索拉的《你別無選擇》和徐星的《無主題變奏》。在這兩篇作品中,存在主義、荒誕派、垮掉的一代等現代主義因素以一種更爲內在的方式出現了,而不僅僅是局限在手法上,或者局部細節上。作品一發表,李澤厚就敏銳地認識到,它們標誌著「眞正的中國現代派的文學作品」的誕生。他判斷的理由是:

> （《你別無選擇》）似乎瘋瘋癲癲、希奇古怪,卻表現出在生活的荒誕無稽、無目的、無意義中要追求點什麼。如果説《綠化樹》是在靈魂淨化中追求人生,那麼這裡便是在認定人生荒誕中探尋意義。也許,探尋意義本身便無意義?也許,人生意義就在這奮力生活之中而並不在別處?加繆不是這麼寫過嗎?……這大概是我第一次看到的眞正的中國現代派的文學作品。它並不深刻,但讀起來輕快,它是成功的。〔註60〕

此後,他在另一篇文章中又激情滿懷地補充道:

> 這是《你別無選擇》,也是《無主題變奏》。恰好是兩個「無」——一切是虛無,連虛無也虛無,於是像 Sisyphus 徒勞無益,卻仍然艱難生活著,整個人生便是這樣。有什麼辦法?你別無選擇!人不去自殺,就得活。活就得吃飯、睡覺、性交、工作、遊玩……嘲弄這個生活,嘲弄你自己,嘲弄一切好的、壞的、生的、死的、歡樂、悲傷、有聊、無聊……這就是一切。一切就是荒誕,荒誕就是一切。〔註61〕

李澤厚將作品中透露出人生的荒誕強調到本體的意味,在他看來,這兩篇作品表現的是類似於薩特、加繆作品中人生的荒誕感和虛無感,表現的是Sisyphus（西西弗）式的悲壯與徒勞〔註62〕。

何新認爲,徐星的《無主題變奏》表現的是「作爲主體的荒謬——一種對存在、對人生、對青春以至對自身的整體荒謬感。透徹點說,就是一種已

〔註60〕 李澤厚:《兩點祝願》,《文藝報》1985 年 7 月 27 日。

〔註61〕 李澤厚:《20 世紀中國文藝之一瞥》,《中國現代思想史論》,生活・讀書・新知三聯出版社 2008 年 6 月版,第 277 頁。

〔註62〕 加繆在《西西弗的神話》開篇講到:「眞正嚴肅的哲學問題只有一個:自殺。判斷生活是否值得經歷,這本身就是在回答哲學的根本問題。」見加繆《西西弗的神話》,杜小眞譯,天津人民出版社 2007 年 6 月版,第 1 頁。

成為本體的荒謬。」他指出，這部作品描寫了一種特殊人物——多餘人。並認為這類多餘人的形象並不是孤立的，劉索拉的作品以及張辛欣的《我們這個年紀的夢》中的主人公，也有「某種同構的特性」，多餘人形象「似乎概括的是這樣一種生活意態——冷漠、靜觀以至達觀，不置身其中，對人世的一切採取冷嘲、滑稽感和遊戲態度。」〔註63〕

但是，事實上是否像李澤厚和何新所說，這兩篇作品已經表現了「一切是虛無，虛無連著虛無」，或者是「本體的荒謬」了呢？如果細讀文本，可以看出兩位對文本的「誤讀」的隨意性有多大。

在我看來，《你別無選擇》實際上是在用小說的形式將現代派文藝的論爭形象化，它並沒有表達多少新穎的東西，小說所反覆強化的現代主義／古典主義、革新／保守、理性／非理性等之間的對立和衝突，實際上已經在現代派文藝論爭中反覆出現過了，並已經得到了解決。小說末尾注明是1984年11月19日寫就，當時清污運動過去不久，西方現代派文藝的論爭正是如火如荼，聯繫當時的語境看，這篇小說帶有很強的人為預設性，它特意在傳統與現代的衝突中設置情節和人物，可謂「主題先行」。小說主要寫了某音樂學院作曲係學生的學習和生活。小說將筆墨集中在兩個中心情節上，一個是考試，另一個是為參加「在某國舉行的國際青年作曲家比賽」而創作參賽作品。準備國際比賽這一情節佔據了近一半的篇幅，是小說最重要的情節。

小說中出場的人物很多，依據對音樂藝術的態度主要可分為三類：勇於探索、苦苦創作現代派作品的，主要有孟野、森森；支持古典音樂的，主要有石白；對藝術無所謂古典與現代的，主要有李鳴、董客、小個子、「懵懂」、「時間」等作曲系的絕大多數學生。教師也分為三派：支持現代派的金教授，堅決反對現代派、推崇古典音樂的賈教授，無所謂現代派與古典派、皓首窮經的老學究王教授。

小說這樣描寫賈教授：「賈教授是個不屈不撓，刻苦不倦的人。因為他一輩子兢兢業業地研究音樂，而幾乎無一創新，它尤為恨那些自命不凡沒完沒了地搞創新的傢夥……他在自己的金字塔中研究了大半生，毫不懷疑任何與

〔註63〕何新：《當代文學中的荒謬感與多餘者——讀〈無主題變奏〉隨想》，《讀書》1985年第11期。何新在該文中把19世紀啟蒙主義文學的「多餘人」與20世紀現代主義文學的「局外人」混為一談，是不恰當的，這是兩個不同的文學概念。從他想表達的效果上看，應該稱為「局外人」而非「多餘人」更為合適。

他不同的研究都是墮落。」除了教學和研究古典音樂，賈教授「剩下的時間就是全力以赴攻擊金教授」。當他的幾個學生「偏偏要違反幾百年的古老常規，而去研究那些早已過時並被否定甚至遭唾棄的二十世紀現代技法」，這使他「不僅擔心自己的金字塔，而且擔心全國、全世界都必墮落無疑了。」賈教授對現代派不惜以惡言相加，斥之爲「鬼哭狼嚎，歇斯底里，毫無美學可言」。在教育理念上，他推崇正統教育，當金教授的學生在一次彙報會上演出了幾首無調性的小品後，賈教授「大動肝火，」隨即就要召集全體作曲系學生，給他們講關於文藝要走什麼方向的問題，並呼籲「不僅作品分析課決不能沾二十世紀作品的邊兒，連文學作品講座也取消了卡夫卡」。

金教授不修邊幅，講課時「隨便幾個音符的動機他都能隨意彈成各種風格的作品」，他熱情支持學生學習、模仿、創作現代派作品，經常被邀請參加國外作曲家會議。無疑，金教授是革新派的代表。金教授的得意弟子，是孟野、森森。孟野「作品裏充滿了瘋狂的想法，一種永遠渴望超越自身的永不滿足的追求」。森森迷戀力度，認爲「有調性的旋律遠遠不如無調性的張力大」，推崇現代派作曲家勳伯格〔註64〕。石白屬於保守派，認爲巴哈的賦格是「聖經中的聖經」，認爲現代派與古典派的爭執「是無聊的，所謂『創新』也毫無意義。你認爲的創新不過是西方玩兒剩下的東西，玩兒剩下的再玩兒就未免太可笑，玩兒沒玩兒過的又玩兒不出來，不如去背巴哈，反正模仿巴哈不會受到方向性抨擊」。

圍繞著準備國際比賽，創新派和古典派用自己創作的作品展開了論爭。森森不倦地探索、創新，一直在爲尋找眞正屬於自己的音響而苦惱：「他挖掘了所有現代流派現代作品，但寫出來的只是那些流派的翻版。」終於，森森創作出了有「自己民族的靈魂」的現代派作品——一部五重奏：「這部作品給人帶來了遠古的質樸和神祕感，生命在自然中顯出無限的活力與力量。好像一道道質樸粗獷的旋律在重巒疊嶂中穿行、扭動、膨脹。」孟野也創作出了本土的現代派作品——一首大提琴協奏曲：「大提琴突然悲哀地反覆唱起一句古老的歌謠。這句歌謠質樸得無與倫比，哀傷得如泣如訴……銅管劈天蓋地地鋪下來，把所有高山巨石所有參天古樹一起推到讓它們滾落，而那魔鬼似

〔註64〕 勳伯格（874～1951），20世紀上半葉奧地利作曲家，以嚴謹著稱，創立了源於而又否定西歐傳統技法的十二音序列技法。是「現代派」、「形式主義」和「無調性」音樂的重要代名詞。

的大提琴彷彿是在這大地的毀滅中掙扎，掙扎出來又不停地給萬物唱那首質樸的古老曲調。」孟野、森森的作品引起了轟動，而賈教授認爲這些作品是「充滿瘋狂，充滿罪惡，充滿黑暗，充滿對時代的否定」的「法西斯音樂」。而用保守的「十七世紀以來最古典最正統的作曲技法」來創作的石白，在孟野、森森的現代氣息濃鬱的作品面前，承認自己的作品「風格已經過時」。音樂學院評選委員會因爲「法西斯音樂」一事，將孟野的作品撤出了選送名單。最後，森森在國際作曲比賽中獲獎，「當那張布告一貼上牆，作曲系全體師生無論在幹什麼，都跳起來了。」森森的獲獎，是這篇小說高潮部分，畫上了一個隆重的休止符。

從獲獎結果來看，最終裁決這些作曲系師生的作品是否成功的，是「國際認可」。與其說是森森的勝利、金教授的勝利，不如說是勳伯格之類無調性音樂擊敗了貝多芬的力度，是現代派音樂擊敗了古典音樂取得了勝利。也就是說，師法西方現代派藝術，與本土經驗相結合，從而創造出具有鮮明的民族風格的現代派作品，這是現代民族藝術突圍，從而走向世界的不二法門！由此可以看到，小說在人物設置、情節安排、整體氛圍上，與80年代初期的那場現代派論爭緊密相關。因此，表面上，這是一篇充滿叛逆、黑色幽默、誇張變形等「先鋒因素」的現代派作品，但是在故事內核上則是一篇借助音樂來宣揚現代派藝術的作品，可以說是以一種寓言化的方式再現了現代派文藝的論爭，委婉地表達了中國文藝走現代派的路子才能取得獲得國際的認可，從而走向世界。

由以上分析，可以看出，《你別無選擇》是一篇很強的「介入文學」，和當時以提倡西方現代派爲時髦的文藝思潮是一致，並不是表現了什麼「虛無連著虛無」，或者是「本體性的荒謬」。至於它是否稱得上「真正的中國現代派作品」，相信讀者自有明斷。

與《你別無選擇》相比，《無主題變奏》寫得較爲鬆弛，不做作，也不喧囂〔註65〕，而是極力逼近生存和靈魂本身。表面上看，主人公憤世嫉俗，不

〔註65〕李書磊敏銳地指出：「《你別無選擇》還給人一種喧嘩感。仿佛人總是在喊叫，樂器總是在轟鳴，家俱總是在碰撞，聲斯力竭、歇斯底裏而又雜亂無章……我覺得小說這種節奏的急促和氣氛的喧嘩都不是小說對象的自然要求，而是作者硬貼上去的。小說中的人物其實並不瘋狂，小說中的情節其實也並不荒誕，只不過是作者事先想要表現瘋狂和荒誕所以才很費力地把小說寫成瘋狂和荒誕的樣子。因而整個小說顯得有點做作。也許，這種做作是這一時期所

思進取，無所事事，是一個多餘人形象，但是，只要看一看主人公所否定的
那些社會現象，表明主人公還是具有明確的判斷力的，屬於正話反說，在價
值追求上的「道德感」更爲強烈，厭惡、憤恨的反面不就是熱愛嗎？小說中
有許多細節，體現出主人公具有反抗流俗的「高傲」。譬如，他看不慣藝術的
虛假和做作：電影裏的女地下工作者「穿著曲線畢露的旗袍，露著大半截兒
大腿在前面拼命跑，幾個壞蛋在後面玩兒命追，可就是追不上，有摩托車也
不行」；他對女演員在舞臺上大吼「要不要吻我」然後急於回後臺分紅十分鄙
視；他對那些爭名逐利、滿身銅臭的所謂文化名人嗤之以鼻；他對男教師「喜
歡給漂亮女生補課」、「可你就不能說他是個混蛋，而要辯證地看」十分氣
憤……可以說，主人公更多的是對生活中一些「庸俗、醜惡」現象的不滿，
而這些，並不是「虛無」，也不是「本體性荒謬」，而是表現了對一種道德、
理想生活的推崇和贊許。小說最初發表在《人民文學》1985 年第 7 期時，「編
者的話」認爲：這篇小說「實是對當前某種流行觀念的一種反撥」。這樣的概
括是相對中肯的。另外，我注意到，許多論者，並沒有意識到這篇小說開端
的引子的重要性，而這個引子，是小說的點睛之筆，寄寓了主人公渴望遠離
喧囂塵世、固守高潔操守的美好願望：

> 幸好，我還持著一顆失去甘美的
>
>> 種子──一顆苦味的核
>
> 幸好，我明日啓程登山
>
> 我要把它藏在
>
>> 最隱秘的山洞，待它生命的來年
>
>> 開花飄香，結一樹甜蜜
>
> 結一樹過去
>
>> 在那沒有鳥語的群山深處

綜合上面的分析可見，劉索拉、徐星小說其實對社會人生有著鮮明的價值判
斷，是拒絕「虛無」和「本體的荒謬」的。他們的小說「滿不在乎掩蓋著惶
惑和痛苦」，小說表達的，正如一位研究者所言：「與其說是反『現代性』的

有「仿現代主義」作品的共同特點……而眞正英國和美國的現代主義作家則
往往採用本色敘述。本色敘述是一種「天籟」，而誇張敘述帶有人工化的痕跡。
所以說西方現代主義是一種內心的表現，而像《你別無選擇》這樣的中國現
代主義則只是一種仿造的實驗。」見《〈你別無選擇〉矛盾閱讀》，《文學自由
談》，1989 年第 2 期。

『非理性』精神，不如說是走出『文革』陰影的一代，在『現代化』實踐過程中追求人性、自由精神，和主體創造性的『情緒歷史』。」〔註66〕

三、影響的焦慮：互文性寫作中的文化身份的確認

　　不少論者指出，《無主題變奏》受到塞林格《麥田裏的守望者》的影響，卻沒有深究它所受到的多重影響。具體說來，垮掉的一代、薩特與加繆的存在主義、荒誕派戲劇、意識流，以及無法歸類的現代派作家紀德的小說，都在文本中投下了陰影，因而呈現出互文性特徵。關於互文性，菲力普・索萊爾斯認爲，「每一篇文本都聯繫著若干篇文本，並且對這些文本起著復讀、強調、濃縮、轉移和深化的作用。」〔註67〕而這種互文性，是80年代中國現代主義文學一個重要的文本特徵。

　　這篇小說以第一人稱作爲敘述視角，「我」構成了小說的靈魂與軀體。鑒於此，我就從小說中的這個「我」入手，分析諸種異域流派對「我」這個主要角色的塑造。毫無疑問的是，這個「我」與作者徐星的經歷緊密相關〔註68〕，具有較強的自敘傳色彩。這一點有些近似於郁達夫的小說，但是，徐星寫作的年代可能要比郁達夫面臨的文化環境複雜，西方現代文學「影響的焦慮」更爲強大。郁達夫小說中的「我」的精神面貌相對單純，具有啓蒙主義、個性主義特色，但是《無主題變奏》中的「我」的面目並不明晰，「我」是分裂的，甚至有時還自相矛盾，這是現代主義、後現代主義文化思潮共同投射的結果。《無主題變奏》從人物到氛圍，讓人感覺到一種陌生感、異域感。這種陌生感、異域感，到1986年以後余華等人的先鋒小說更是明顯。將「本土」的痕跡盡力擦去，盡量靠攏西方現代派文學，似乎是這些進行現代主義寫作的作家所著力追求的效果。

　　具體說來，小說塑造了一個罵罵咧咧的主人公，「我」對看不慣的一律開

〔註66〕洪子誠：《中國當代文學史》（修訂版），北京大學出版社2007年6月第2版，第292頁。

〔註67〕〔法〕蒂費納・薩莫瓦約：《互文性研究》，邵煒譯，天津人民出版社2003年1月版，第5頁。

〔註68〕徐星在作品集《無主題變奏》中這樣撰寫自己的經歷：「1956年生於北京。中小學時除了留級以外一切都和別的孩子一樣。『文革』中舉家遷出北京，家中六人分散在全國六地，各自爲戰。該徐因缺少家教在華北、西北各省流浪，由國家代教坐了若干日子牢。時年17歲。中學畢業後去陝北志丹縣插隊，兩年後參軍，復員後在北京烤鴨店做清潔工掃地。後無業。」

罵，據筆者統計，小說中共有「他媽的」23 處，這還沒有將「如此貨色」、「老混蛋」、「假模假式」等諸如此類的詞彙統計在內。從這個角度看，「我」可以看作是《麥田裏的守望者》中的霍爾頓的靈魂附體。霍爾頓憤世嫉俗，退學、游蕩，「我」與霍爾頓在和語言行為、內在精神上，是頗多相似之處的〔註69〕。但是，霍爾頓具有浮士德的探索精神，也有唐吉訶德的「救世」情懷，在表面的憤世嫉俗之下還是深藏著濟世的理想的：霍爾頓立志做一個「麥田裏的守望者」，小說裏多次出現麥田裏成千上萬個孩子游玩，沒有一個大人──除了他自己，他站在懸崖邊，防止四處亂跑的孩子墮下懸崖；而這個《無主題變奏》中的「我」，除了憤世嫉俗，更多的是無所歸依的惶惑和迷惘。是否可以說，這是一個向西方學習而又迷失了自己的文化身份的例子？當西方現代主義成為 80 年代青年作家的「模仿」對象時，本土的「我」究竟在哪裏？「我搞不清除了我現有的一切以外，我還應該要什麼。我是什麼？」作品主人公的獨白，也許暴露了自己文化歸屬的迷惘和危機，暴露了中國作家在滿懷激情地「接受」這些異域的現代派作品時，「自我身份確認」所陷入的困境。

　　《無主題變奏》中這個四處游蕩的「我」也讓人想起凱魯亞克的《在路上》〔註70〕裏的主人公狄恩，狄恩在路上出生，小小年紀就四處流浪，經常出入監牢，放浪形骸，崇尚尼采，蔑視正常的生活方式，這與《無主題變奏》中的「我」在大街上精神恍惚地四處游蕩，以及少年時代就流浪各地有某種相似之處。但是，二者的區別是鮮明的，狄恩的放浪形骸是一種具有酒神精神、伴作瘋癲的生命的歡欣和解放，而「我」的這種放浪形骸的內裏卻潛藏著巨大的悲涼和哀戚，這種悲涼並不僅僅是個人的，更是承載著哀淒的「民族記憶」。當「我」回憶起自己被命運和亂世拋棄，8 歲就曾流浪各地，尤其是小小少年「在十二月的三更時分流浪到了張家口」，「那是一個寒風能把人撕成碎片的夜晚」，「我」無望地等待一輛也許永遠不會到來的駛向溫暖的火車。因此，這種個體生命中銳利的疼痛，是與「文革」緊密相連的。同樣的流浪，狄恩痛快淋漓，驚險刺激，不乏頹廢，「我」則痛苦不堪，如遭夢魘。

　　小說還經常提到「等待」：

〔註69〕 李仕中：《沉落的都市面影──論〈無主題變奏〉與〈麥田裏的守望者〉對都市人生的觀照》，《中國文學研究》1991 年第 1 期。

〔註70〕 《在路上》曾於 1962 年作為供批判用的內部讀物譯介到國內，由作家出版社出版，翻譯者是石榮等人。

　　　　我搞不清除了我現有的一切以外，我還應該要什麼。我是什麼？
　　更要命的是我不等待什麼。

　　　　也許每個人都在等待，莫名奇妙地在等待著，總是相信會發生
　　點兒什麼來改變現在自己的全部生活，可等待的是什麼你就是不清
　　楚。

作者企圖賦予「等待」以形而上的意義，試圖靠近《等待戈多》所表達的一
代人的精神迷惘，從文本效果上看，這個願望擱淺了。《等待戈多》中的「等
待」在法語裏是現在進行時，指的是一種生存狀態：等待的徒勞和徒勞的等
待，生活的荒誕和無意義。可見，「我」的等待是移植來的「等待」。而西方
的「等待」揭示的是在上帝缺席、理性主義解體後，芸芸眾生對「救世主」
的習慣依賴心理，揭示的是一種精神迷失之後本體意義上的無奈困境。而中
國本來沒有嚴格意義上的宗教，這種等待似乎不會趨向形而上的意義，只能
是表達如同小說裏寫的在異鄉寒冷的夜晚等待一輛駛向溫暖的火車這樣具體
的願望。

　　小說裏的「我」也有加繆《局外人》中的莫爾索的影子。徐星在一篇文
章中這樣說：「既然我拔一毛以利天下而不爲，爲什麼我要寫舍生取義、兼濟
天下什麼的騙人玩意兒？」〔註71〕加繆說：「荒謬的人實際上就是決不拔一毛
而利永恒的人，雖則他並不否認永恒的存在。」〔註72〕「我」是荒謬的人，
是中國的莫爾索，法國的莫爾索那種漠然、滿不在乎的生活態度，在「我」
身上復活了。「我怎麼都行」是莫爾索遇事表態的口頭禪。「我」試圖區別於
莫爾索，試圖拋下錨，抓住一點自己以外的什麼來停靠東遊西蕩的自己，比
如，愛情。「我」對女人還是有些興趣的，對女友老 Q 的態度是：「也許我眞
愛她，她也愛我？也許！」最終，這種或然的選擇，被證明是靠不住的。張
辛欣《在同一地平線上》裏的自我選擇、自我奮鬥的主人公，《我們這個年紀
的夢》裏在希望的破滅中疲倦地生活的主人公，在這裡成了「局外人」，成了
生活的旁觀者。

　　在《無主題變奏》三次提到了紀德的小說《僞幣製造者》。「我」極爲欣
賞《僞幣製造者》中那個與虛僞的人生徹底決裂的斐奈爾。這是「我」對自

〔註71〕徐星：《無主題變奏·附記》，作家出版社 1989 年 7 月版。
〔註72〕〔法〕加繆：《西西弗的神話》，杜小眞譯，天津人民出版社 2007 年 6 月版，
　　　　第 78 頁。

己角色的主動認同。作爲一篇虛構作品，究竟是「誰」在說話？是「我」在向讀者講述自己的經歷，還是斐奈爾在和「我」探討人生的價值和意義？我在這篇作品中傾聽到了來自異域的多重聲音，有罵罵咧咧的霍爾頓、冷漠的莫爾索、一臉茫然的等待者、與虛僞的人生徹底決裂的斐奈爾、憤世嫉俗與放浪形骸的狄恩，他們都彙聚到「我」的名下，爭相發出自己的聲音，而這些聲音並不和諧，有時還自相矛盾。我們不僅要追問的是，在眾聲喧嘩中，作爲小說主人公的「我」的聲音又在哪裏？在異域形象的主宰下，「我」的身份又是如何給予確認呢？

我認爲，《無主題變奏》提出了一個重要問題，那就是，在中國文學對西方現代派文學接受的過程中，如何在作品中處理這些異域經驗，如何在互文性寫作中確認自己的文化身份。如果仔細閱讀 80 年代中國的現代主義文學作品，尤其是 80 年代中後期的先鋒小說，就可以看出這一問題是相當普遍存在的。這一問題投射在作家心理上，就是影響的焦慮。哈羅德‧布魯姆認爲，「詩的歷史是無法和詩的影響截然分開的。因爲，一部詩的歷史就是詩人中的強者爲了廓清自己的想像空間而相互『誤讀』對方的詩的歷史。」〔註 73〕接受西方現代主義的過程就是創造性地進行「誤讀」、「移植」的過程。這一接受過程，由於作家個人文學觀念、天賦才情各異，接受的情況注定是各有不同的。「天賦較遜者把前人理想化，而具有較豐富想像力者則取前人之所有爲己用……取前人之所有爲己用會引起由於受人恩惠而產生的負債之焦慮。」〔註 74〕有意思的是，越是被界定爲「現代派」的作家，這種「負債的焦慮」越是強烈。這說明「詩的影響已經成了一種憂鬱症或焦慮原則」。〔註 75〕還是以《無主題變奏》爲例，徐星在一篇創作談中，就隱晦地表達了這種焦慮：「面對無數藝術大師，我只有瑟瑟發抖。」〔註 76〕熟悉徐星的劉心武認爲，徐星面對《無主題變奏》「有模仿美國塞林格的《麥田裏的守望者》的痕跡」的「尖刻」指責，承受了較大的精神壓力，「他的自信和非自信（我暫不用『自卑』一詞）

〔註 73〕〔美〕羅德‧布魯姆：《影響的焦慮──一種詩歌理論》，徐文博譯，江蘇教育出版社 2006 年 2 月版，第 5 頁。

〔註 74〕〔美〕羅德‧布魯姆：《影響的焦慮──一種詩歌理論》，徐文博譯，江蘇教育出版社 2006 年 2 月版，第 5 頁。

〔註 75〕〔美〕羅德‧布魯姆：《影響的焦慮──一種詩歌理論》，徐文博譯，江蘇教育出版社 2006 年 2 月版，第 8 頁。

〔註 76〕徐星：《無主題變奏‧附記》，作家出版社 1989 年 7 月版，第 233 頁。

扭曲纏繞在一起，弄得他內心好痛苦好遊移，因此他口吃了，我想這會連累得他筆也澀滯起來的。」〔註77〕這種影響的焦慮，在精神上幾乎壓垮了「接受者」。

徐星的心理癥結其實是一種文化自卑感，是焦慮無法排遣的結果，「詩的影響乃是自我意識的疾病。」〔註78〕80年代一些追求現代主義的作家，或多或少地感染了這種「疾病」。馬原擅長編織敘述的圈套，小說文本中留下了博爾赫斯的痕跡，但他在給別人開的書目裏，有意識地迴避了博爾赫斯，「我甚至不敢給任何人推薦博爾赫斯，經常繞開他老人家去談胡安·魯爾弗。原因自不待說，對方馬上就會認定：你馬原終於承認你在模仿博爾赫斯啦！」〔註79〕看來，馬原相對超脫，不像徐星那樣背負著沉重的心理壓力。布魯姆認為，受某位大師影響，並不是「不道德的」，並不意味著「他的思想就不再按照原有的天生思路而思維，他的胸中燃燒著的不再是他自己原有的天生激情」，這種影響也「並非一定會影響詩人的獨創力」，相反，「往往使詩人更加富有獨創精神」。〔註80〕但是，80年代的作家和批評家沒有這麼自信，他們喜歡用的詞是「模仿」，作家被指認為「模仿」是一個不光彩的事情，往往和「贗品」聯繫在一起〔註81〕。評論家也似乎喜歡用這樣的詞語「追根溯源」，「偽現代派」也是在這樣一個思維邏輯上命名的。也許，用「影響」一詞分析80年代中國作家對現代派文學的「接受」不太恰切，因為，「影響」含有被動的意味，中國年輕一代的作家對西方現代派是趨之若鶩、主動「接受」的。用十年的時間吸納西方上百年的文學流派，尤其是現代派文學，模仿應該是學徒必須經受的階段。我們看到，80年代的一些作家，如莫言、余華、韓少功等人，他們的早期作品是現實主義的，後來具有了現代主義色彩，無疑，他們也是通過模仿西方某個現代作家，使自己的創作發生巨大變化的〔註82〕。馬原的

〔註77〕劉心武：《無主題變奏·序》，徐星著，作家出版社1989年7月版，第233頁。
〔註78〕〔美〕羅德·布魯姆：《影響的焦慮——一種詩歌理論》，徐文博譯，江蘇教育出版社2006年2月版，第30頁。
〔註79〕馬原：《作家與書或我的書目》，《外國文學評論》1991年第1期。
〔註80〕〔美〕羅德·布魯姆：《影響的焦慮——一種詩歌理論》，徐文博譯，江蘇教育出版社2006年2月版，第6～9頁。
〔註81〕在90年代至今的文學中，這種由影響帶來的「負債的焦慮」在作家和評論家身上依然存在。譬如，沸沸揚揚的「《馬橋詞典》事件」。《馬橋詞典》被評論者認為是「挪用」了《哈札爾詞典》，由此引起一場文壇風波。
〔註82〕莫言曾坦承自己80年代早期的創作模仿了某些外國文學作家。他說自己的《售

說法或許道出了中國現代主義作家成功的「奧秘」：在持續閱讀翻譯文學中進行本土先鋒書寫。他說：「根據我的觀察顯示的結果，作家這個行當的主要經驗並非來源於直接經歷（經驗），間接經驗佔了他全部經驗的大部分，也就是說，經驗積累最富的作家往往是那些終生都在閱讀的人，而不是那些終生都在奔波的人。」〔註83〕無論是馬原根據閱讀進行的虛構寫作，還是余華完成的排斥了「被日常生活圍困的經驗」的「虛偽的作品」，〔註84〕抑或殘雪的夢魘式超現實敘述，都讓我們不禁有異域感和異己感，他們80年代的作品更多地來自「西方傳統」，和西方現代派文學緊密關聯在一起。但是，我們也不能不看到，「模仿」式寫作畢竟並不是一種常態的文學「接受」方式，模仿的目的是爲了創造。「模仿」式寫作所帶來的「文化身份」的「缺失」，是困擾80年代現代主義寫作的重要因素。這可能是爲什麼1985年前後突然興起「文化尋根」熱的深層文化動因之一吧。

第三節 命名的困惑：80年代文學中的現代主義

西方著名學者認爲，「現代主義」文化地震學中最激烈的是「災變性的大動亂」：「那些劇烈的脫節，那些文化上災變性的大動亂，亦即人類創造精神的基本震動，這些震動似乎顛覆了我們最堅實、最重要的信念和設想，把過去時代的廣大領域化爲一片廢墟（我們很有把握地說，這是宏偉的廢墟），使整個文明和文化遭到懷疑，同時也激勵人們進行瘋狂的重建工作。」〔註85〕在80年代，中國文學界存在著一個頗具規模的現代主義運動，引發了一場對「文革」文學、十七年文學來說頗具顛覆性的「文化地震」，並在「宏偉的廢墟」上進行了「瘋狂的重建工作」。

但是，在西方影響下的80年代中國的現代主義文學運動，由於它對社會主義現實主義的偏離，被當時的主流意識形態話語有意遮蔽了，而當時的文

棉大道》模仿了阿根廷作家科塔薩爾的《南方高速公路》，《南方音樂》模仿了美國作家卡森·麥卡勒斯的《傷心咖啡館之歌》。

〔註83〕馬原：《作家與書或我的書目》，《外國文學評論》1991年第1期。

〔註84〕余華：《虛偽的作品》，載余華《沒有一條路是重複的》，上海文藝出版社2004年2月版，第176頁。

〔註85〕〔英〕馬爾科姆·佈雷德伯里 詹姆斯·麥克法蘭：《現代主義的名稱和性質》，載馬爾科姆·佈雷德伯里 詹姆斯·麥克法蘭編《現代主義》上編，胡家巒等譯，上海教育出版社1992年6月版，第3頁。

學批評界忙著追逐創新潮流，歸納文學現象，忙著規避主流意識形態的壓力，給眼花繚亂的文學創新加以眼花繚亂的命名〔註 86〕，還來不及對它作整體的歸納和審視。而 90 年代以來的研究界，對這個運動也沒有很好地加以清理和發掘。

在西方現代派文學的刺激下，中國的現代主義運動重新萌動。從朦朧詩的崛起，王蒙、茹志鵑、李陀等人在現實主義框架下借鑒意識流創作的小說，高行健創作的探索話劇，殘雪、徐星、劉索拉等人的現代派小說，1985 年前後出現的尋根小說、第三代詩歌，1986 年出現的先鋒小說……對這些現象的描述，人們多用「向內轉」、「不確定性」、「多元」等加以歸納。對此，程光煒先生認爲，「令人疑惑的是『現代派』這一說法到 1983 年後就不再使用，文學史家對 1985 年以後的『探索文學』現象採用了與『現代派』屬於不同範疇的『尋根小說』、『先鋒小說』、『新寫實小說』和『第三代詩歌』等表述。這些文學史表述的形成顯然留有上述作家群體『以文撰史』的殘跡，還包含著當時文學界把文學狀況描述爲多元、『斷裂』的傾向，從而不願承認該時期文學發展有一定的『群體自律』和『完整性』。」〔註 87〕程先生的質疑可謂切中肯綮。是否我們應該在目前的文學史框架中，在傳統的現實主義之外，把被命名割碎的現代主義運動單獨加以整體考察？因爲，與現實主義文學相比，現代派文學顯然屬於不同的話語類型，儘管它與現實主義文學同屬於一個文學場域裏面，二者之間的衝突與緊張關係，二者之間的矛盾與張力，充分體現在著這場轟轟烈烈的論爭之中。將分屬於不同的知識譜系的文學類型強行扭結在一起，必定會遮蔽我們對於 80 年代文學整體走向的認識和判斷。

對中國 80 年代現代主義文學現象的命名花樣翻新的背後，隱含著 80 年代文學特有的敘事策略。對現代主義命名的規避，其中的深層原因，體現在以下幾個層面：

首先，主流意識形態的介入和干預。80 年代在思想文化領域，爲了給思想解放運動規定一個鮮明的底線，在文藝政策的「放」和「收」之間展開了

〔註86〕現在看來，不少命名都是語焉不詳，差強人意的。如朦朧詩的名稱、先鋒文學的稱謂等。透過這種命名的背後，我們看到意識形態在 80 年代的操縱作用，以及文學界命名的渴望、求新求變的焦慮心態。這些命名，有意避開了西方現代派文學的「烙印」，而取從意識形態的角度來看是「中性」的詞語。

〔註87〕程光煒：《二十世紀八十年代的「現代派」文學》，《文藝研究》2006 年第 7 期。

拉鋸戰。主管意識形態的機構、文藝政策的制定者們經常以發起文藝運動，召開討論會，組織評獎等方式，介入文藝的創作、評價之中。在第四次文代會提出「在藝術創作上提倡不同形式和風格的自由發展，在藝術理論上提倡不同觀點和學派的自由討論」〔註 88〕之後不久，即召開了劇本創作座談會，談到了「如何對待我們生活中的陰暗面」、「文藝與政治的關係」等問題。〔註 89〕1981 年，針對文藝界思想界「渙散軟弱的狀態」，「脫離社會主義軌道，脫離黨的領導，搞資產階級自由化」的傾向。〔註 90〕全國掀起了反對資產階級自由化的鬥爭，給文學創作造成了極大的影響〔註 91〕。1981 年一年「反『左』批『右』，檢查渙散軟弱狀態，批判資產階級自由化，《扯『淡』》問題，《也談突破》問題，《苦戀》問題，葉文福的詩歌問題……一個接著一個，全國文藝界都在開會開展批評與自我批評，檢查和改變軟弱渙散狀態，作家們普遍心情困惑和憂慮。」〔註 92〕1982 年下半年，主流意識形態的決策者們越來越意識到，當時轟轟烈烈展開的現代主義、人道主義和人性論的討論，與社會

〔註88〕 鄧小平：《在中國文學藝術工作者第四次代表大會上的祝辭》（一九七九年十月三十日），載《三中全會以來重要文獻選編》（內部發行），人民出版社 1982 年 8 月版，第 266 頁。

〔註89〕 胡耀邦：《在劇本創作座談會上的講話》（一九八〇年二月十二日、十三日），《紅旗》1982 年第 8 期。這次座談會後，對《假如我是真的》、《在社會的檔案裏》、《女賊》等作了批評。據劉錫誠認爲：「會議主辦單位名義上是作協、劇協、影協三個群眾性文藝團體，實際上則是由中央宣傳部直接組織和主持的。不僅由當時任黨中央秘書長、中央宣傳部部長的胡耀邦作主題報告，而且全部會務與文件起草工作，都是由中宣部副部長賀敬之主持操辦的。」見劉錫誠《在文壇邊緣上——編輯手記》，河南大學出版社 2004 年版，第 384 頁。

〔註90〕 鄧小平：《關於思想戰線上的問題的談話》（一九八一年七月十七日），載《三中全會以來重要文獻選編》（內部發行），人民出版社 1982 年 8 月版。

〔註91〕 當時這方面的代表文章，主要有胡耀邦的《在思想戰線問題座談會上的講話》，胡喬木的《當前思想戰線若干問題》，胡喬木的《關於資產階級自由化及其他》等。時任《文藝報》編輯的劉錫誠回憶說：「在文藝界領導機關開展的檢查和改變渙散軟弱狀態，在報刊上開展的反資產階級自由化的批判，使不少作家感到困惑莫解，文藝創作受到了相當影響。年初以來，從中央的文學刊物，到地方的文學刊物，沒有深刻反映現實生活和矛盾的好作品問世。……文壇的動盪，作家們的困惑，從北京到地方逐漸彌漫開來，使作家們有一種潛在的不安定感，而沒有一種平靜的心態。」劉錫誠《在文壇邊緣上——編輯手記》，河南大學出版社 2004 年版，第 596～597 頁。

〔註92〕 劉錫誠：《在文壇邊緣上——編輯手記》，河南大學出版社 2004 年版，第 613 頁。

主義意識形態之間存在著明顯的相悖之處。80 年代一個突出的現象是，制定文藝政策、掌管意識形態的官員往往身兼兩職，譬如王蒙、李準、王若水、胡喬木、賀敬之、周揚、夏衍等，他們看似是以平等的身份寫文章參與討論，他們的文章雖然沒有十七年、「文革」期間那麼大的權威，但是權力話語的本質沒有大的改變，這說明，主流意識形態的「引導」和「指示」始終是在場的〔註93〕，這在一定程度上給文藝劃出了範圍和底線。

　　1983 年 10 月，開始了清除精神污染運動〔註94〕。「精神污染的實質是散佈形形色色的資產階級和其它剝削階級腐朽沒落的思想，散佈對於社會主義、共產主義事業和對於共產黨領導的不信任情緒。」〔註95〕人道主義和異化問題、非理性主義思潮、西方現代派文學，都是重點清除的對象。文藝界「把西方『現代派』作爲我國文藝發展的方向和道路」，「熱中於表現抽象的人性和人道主義」，「渲染各種悲觀、失望孤獨、恐懼的陰暗心理」，「把『表現自我』當成唯一的和最高的目的」等現象，定性爲精神污染〔註96〕。雖然在 1983 年底對清除精神污染運動中的過火行爲進行過糾正〔註97〕，但是這場

〔註93〕1982 年 10 月，時任中宣部副部長的賀敬之，在一篇文章中，談到了文藝思想領域存在的問題：「社會主義國家總不能提倡個人主義、虛無主義、非理性主義、無政府主義」，西方現代派「裏面有些是虎狼之藥，吃不得的」，西方現代派「觀察社會的根本方法是錯誤的，得出的結論也往往是不正確的，就其思想體系來說，是與我們根本不同的。」「我們承認西方現代派文藝對揭露資本主義社會的矛盾起了一定的作用，但這種承認與把他們的觀點運用在我們國家的現實生活中，運用來解釋我們的社會現象是兩回事。」「我們還是要提倡文藝的革命性、民族性、群眾性，不然，還算什麼社會主義文藝！」賀敬之《當前文藝思想的幾個問題》（一九八二年十月二十八日），《文藝報》，1983 年第 10 期。

〔註94〕「『清污』並不限於文化部門，它波及到各個領域，包括日常生活。貝多芬的磁帶能不能聽？愛情小說能不能看？好像這些又重新成爲問題。有三件事可以說明當時的氣氛。一件是，有個女記者到中共北京市委採訪，門房不允她進去，理由是她留著披肩髮。女記者和門房爭論，最後找到一個妥協辦法，讓女記者用橡皮筋把頭髮紮起來，這樣才允許進去。另一件事是，北京市公安局下令禁止男女共同在公共游泳池內游泳。第三件事發生在外地。某部隊檢查戰士看的書，發現有一本書裏有一個露肩袒胸婦女的圖片，當即認爲是『污染』而加以沒收。後來發現，那原來是馬克思的夫人燕妮的像！見《人道主義在中國的命運和「清污」運動》，http://club.xilu.com/xrjd/msgview-958474-3717.html

〔註95〕鄧小平：《黨在組織戰線和思想戰線的迫切任務》，載《鄧小平文選》。

〔註96〕1983 年第 11 期《文藝報》社論和 12 期座談會報導。

〔註97〕「清除精神污染」已經影響到經濟領域：「在南方的經濟特區，一些外商中止了合作談判，他們覺得中國的政局太不穩定，風險太大了。廣州人也感到壓

運動的影響一直波及到 1984 年春天，對文藝界產生的影響直到 1984 年底 1985 年初召開中國作協第四次會員代表大會才逐步消除。清污運動期間，出現了重新否定現代派的聲音，1983 年下半年到 1984 年，出現了大量的否定性的文章﹝註 98﹞，原先充滿交鋒的論爭，基本上演變成一邊倒的批駁。這些文章從不同的角度，詮釋主流意識形態對現代派的看法，配合清污運動。

　　從以上可以看出，雖然 80 年代初期對文學的控制已經減弱，但是主流意識形態的介入依然十分突出，文學與政治的關係依然是緊張的，雖然對西方現代派的翻譯和研究逐漸走上了正軌，但是如何看待中國文學的現代派傾向還是一個敏感的話題。現代派的中國化是主流意識形態試圖加以阻止的，因此，這不能不說是套在中國現代主義文學上的「緊箍咒」。

　　其次，文學領域對具有現代派傾向的作品的排斥。80 年代主流意識形態對文學創作仍然具有較強的掌控能力。自 1979 年第四次文代會開始，對文學未來的發展就有了官方的規劃和設計：「我們的文藝，應當在描寫和培育社會主義新人方面付出更大的努力」，「社會主義新人」的內涵，是「四個現代化的建設者」，「有革命理想和科學態度、有高尚情操和創造能力、有寬闊眼界

力，因爲廣州被説成是『污染源』。從外地開到廣州的火車上貼上了標語：『警惕來自廣州的精神污染』。」「11 月 17 日，《中國青年報》根據胡耀邦的意見發表了一篇文章：《污染要清除，生活要美化》，強調女青年燙髮、搽雪花膏、穿時裝以及和男青年一起跳『健康的集體舞』不能被視爲『精神污染』而加以禁止。這是放鬆的第一個跡象。以後陸續有指示説，經濟部門不搞『清污』，農村不搞『清污』。」見《人道主義在中國的命運和「清污」運動》，http://club.xilu.com/xrjd/msgview-958474-3717.html。

﹝註98﹞ 1983 年 10 月清污運動開始至 1983 年底，絕大多數是對現代派的批駁文章，這類文章主要有：魏理《現實主義與現代主義不能合流》，《文學評論》，1983 年第 6 期；吳野《重視文藝創作思想上的反污染鬥爭──評西方現代派文學思想對我國文藝創作的影響》，《社會科學研究》，1983 年第 6 期；陳慧《現代派決非「新時代的先鋒」》，1983 年第 11 期；胡塏《正確對待現代主義美學原則》，《人民日報》，1983 年 11 月 13 日；魯原《現代主義 此路不通》，《廣西日報》，1983 年 11 月 23 日；傅紫荻《正確對待西方現代派文藝，防止和抵制精神污染》，《文藝生活》，1983 年第 12 期；賈明生《堅持民族化方向 不能走「現代派」道路》，《山西文學》，1983 年第 12 期；韓望愈《不能盲目推崇「現代派」》，《山西日報》，1983 年 12 月 2 日；董學文《寶貴的啓示──學習列寧對待現代派文藝的態度》，《人民日報》，1983 年 12 月 5 日；陳紹偉《一條走不通的路──評「現代派」的文學主張》，《南方日報》，1983 年 12 月 16 日；文玉《爲什麼我國的文藝不能走所謂現代派的道路？》，《紅旗》，1983 年第 24 期。

和求實精神」。〔註 99〕以後，又屢次強調「不繼續提文藝從屬於政治」，並不意味著「文藝可以脫離政治」，「培養社會主義新人就是政治」〔註 100〕。可見，主流意識形態所要求的文藝，是社會主義現實主義文藝，是要求作家在改革開放的典型環境中塑造社會主義新人。在社會主義文學的總體規劃中，是沒有現代派的地盤的。可是現代派以猝不及防的速度闖入了原先屬於現實主義的領域，現代派在中國毫無疑問已經落地生根，開花結果。這是主流文藝所不能容忍的，於是，就有了對「馬克思主義的現代主義」、「中國文學需要現代派」的批駁，這在清污運動中達到了高潮。

　　傷痕文學、反思文學、改革文學，都是和 80 年代的宏大敘事步調一致的。而「朦朧詩」、「意識流小說」、「探索戲劇」、「尋根小說」、「現代派小說」、「先鋒小說」、「第三代詩歌」，則脫離了主流意識形態有關文學發展的總體規劃。譬如：張辛欣《我們這個年紀的夢》中的女主人公，認識到日常生活的荒謬，她的感受是存在主義式的；《無主題變奏》中的主人公是個罵罵咧咧、憤世嫉俗的「多餘人」，和主流意識形態倡導的「社會主義新人」可謂有著天淵之別；韓少功的小說《爸爸爸》中那個永遠長不大的「丙崽」，更是被作為文化隱喻來呈現的；余華小說中被抽象成僅有數字符號的人物，像是漂浮在由一系列偶然性堆砌的現實之上的面目模糊的夢遊人……先鋒小說熱中表現「不確定性」和「偶然性」以及根深蒂固的「懷疑意識」，挖掘「潛意識和性意識」，對生活作「虛構」與「仿夢」處理，將時間淡化、空間模糊、人物非英雄化甚至侏儒化、符號化。無疑，這些都和現實主義所構築的理性世界大不相同，存在著巨大的裂痕，它們，通向的是一個非理性的世界。這種文學樣式，顯然不屬於建立在反映論基礎上的社會主義現實主義，和一般意義上的現實主義也相去甚遠。

　　必須看到的一點是，在當時的文學創作中，現代主義只是佔據創作的很少一部分，即使在先鋒小說十分紅火的 80 年代中後期，翻開當時的文學期刊，現代派小說所佔比例仍然很小。現代主義作家的寫作是一種對抗性的寫作，是在壓力下帶有叛逆性質的寫作，壓力不僅來自意識形態本身，還來自主流

〔註99〕鄧小平：《在中國文學藝術工作者第四次代表大會上的祝辭》（一九七九年十月三十日），見《三中全會以來重要文獻選編》（內部發行），人民出版社 1982 年 8 月版，第 265 頁。

〔註100〕鄧小平：《目前的形式和任務》（一九八○年一月十六日），見《三中全會以來重要文獻選編》（內部發行），人民出版社 1982 年 8 月版，第 324 頁。

文學的擠壓，面臨著突破文學成規的風險，是一種孤獨的甚至是冒險的旅程。比如，朦朧詩開始是作為地下詩歌而存在，作為朦朧詩的地下刊物《今天》的創辦、印製、流播，在朦朧詩人後來的追憶中，是一個頗似「地下組織」的詩歌英雄行為〔註101〕，由地下到地上，崛起的過程十分曲折。先鋒小說家殘雪，即便在先鋒文學紅紅火火的1988年，他的一番自我表白仍是強調了自己不被理解的苦悶〔註102〕。

因此，中國的現代主義是在一個強大的壓力場之中來寫作的。在面對這種與現實主義的對抗性寫作中產生的現代主義時，批評家的命名往往是模糊的，傾向於消解、磨平現代主義這個比較敏感的詞彙，使之趨於中性。但是，如果我們拋開這些命名來審視這以文學潮流，可以看到一條清晰的現代主義文學發展蹤跡。

其三，對擺脫現代主義影響的自主性訴求。

1985年被認為是中國文學多元化的標誌之年，理由就是現實主義定為一尊的局面被打破，尋根小說、先鋒小說的出現，使原先被主流意識形態控制的「宏大敘事」有了不和諧音，在許多研究者眼裏，這標誌著文學自覺時代的到來。尋根文學被看作是試圖擺脫西方現代主義的籠罩性影響，立足本土走向世界的一次成功的突圍。但是，中國文學的這種本土意識早在80年代初即已萌芽，中國作家為避免淪為西方現代派的注腳進行了不懈努力。正如我在第一節所論述的，1981年，高行健的《現代小說技巧初探》介紹了從西方現代派小說中提純出來的諸多技巧，以催生中國的「現代小說」。1982年，馮驥才認為，我們所需要的「是指地道的中國的現代派，而不是全盤西化、毫無創見的現代派。淺顯解釋，這個現代派是廣義的。即具有革新精神的中國

〔註101〕《今天》派詩人的回憶，給他們的詩歌行為蒙上了一層啓蒙英雄的悲壯色彩。但是，必須指出的是，回憶文章所透露出的「捨我其誰」的英雄式角色定位，不免帶有回憶者站在今天的立場上的情緒烙印，令人心下生疑。《沉淪的聖殿——中國20世紀70年代地下詩歌遺照》，廖亦武主編，新疆青少年出版社1999年4月版，第327～355頁。

〔註102〕殘雪《我的創作》中說：自己的作品「可惜一般人難解其中妙處」，「在那個地方，作者在進行著自認為最真實的人生表演。這個表演，作者分明看見在某種可能性下，它與每個人是生死攸關的，但又分明看見國民眼中那無神的反應。即使有兩三個人跳出來喝彩吧，作者又對這喝彩者百般挑剔，認為他們所說的，竟全是與本人的表演無關的事。」見《作品與爭鳴》，1988年第6期。

現代文學。」〔註103〕這可能是最早對中國式現代派的最早的設想，體現了本土作家試圖擺脫西方影響，構建中國現代派的企圖。李陀認為要在借鑒西方現代派的基礎上，創造出中國的「現代小說」，「現代小說」要比「現代派」更能體現對未來中國小說的設計〔註104〕。「具有革新精神的中國現代文學」、「現代小說」這些提法，跨越了中國文學的「現代主義」、「現實主義」之爭，這一方面是為了規避中國文學要走西方現代派的路子這類為主流意識形態所不容的提法，另一方面更反映了中國作家內心的焦慮情緒，社會主義現實主義和現代派的落差是如此之大，「傳統」和「現代」的距離是如此之遠，學習現代派是必須完成的功課，這是80年代成長期文學無法迴避的。如何在接受現代派的同時，保留我們自己的獨創性？當代表著一種先進形態的西方現代派將要風靡第三世界文壇時，如何保持自己的獨立性？這種影響的焦慮，被以上幾位作家敏銳地感受到了。我們看到，隨著西方現代派作品被大量譯成中文在中國的流行，隨著朦朧詩的泛濫、意識流手法的過度使用，這種焦慮感在不斷放大，焦慮感催生了文學創新的熱潮，尋根文學就是對這種既要走向世界文學又要擺脫世界文學的焦慮感的直接回應，之後的先鋒小說、第三代詩歌，也是對這種焦慮感的回應與展開。1986年的現代詩群體大展，更是將這種躁動的情緒推向極端。尋根文學本來是韓少功等作家提出的，局限於韓少功、阿城、鄭萬隆等少數幾個作家的文學行為。可是，事後評論家的追認，將尋根文學的範圍無限制地擴大，這反映了中國文學界急於擴大尋根文學的成果的願望，其實也是一種文學自卑感的集中流露。體現了80年代文學急於擺脫西方現代派文學的強勢話語，實現文學自主性的焦慮心態。

　　因此，我認為，有的學者認為，是否存在著一個以現代派為分野的另一種不同的當代文學，因為「兩個『當代史』之間的政治目標、歷史內涵、文化體制和個人存在方式，也即當代文學『生成』的總體環境，都已有了根本性的差別。」〔註105〕回答是肯定的。我認為，對應於80年代思想解放運動中的主流意識形態、啟蒙主義、非理性主義三種話語，分別有三種樣式的文學：

〔註103〕馮驥才：《中國文學需要現代派——給李陀的信》，《上海文學》1982年第8期。

〔註104〕李陀：《「現代小說」不等於「現代派」——給劉心武的信》，《上海文學》1982年第8期。

〔註105〕程光煒：《二十世紀八十年代的「現代派」文學》，《文藝研究》2006年第7期。

社會主義現實主義、批判現實主義、現代主義。它們之間的摩擦、交鋒、妥協、交流、此消彼長，共同組成了 80 年代複雜的文學圖景。80 年代以來，隨著現代主義重返學術話語場，在現代文學研究界興起了一個辨識、發現和歸納現代文學史上現代主義蹤跡的學術研究熱點。我認為，我們的當代文學研究界，是否應該也從整體觀照的角度，超越令人眼花繚亂的命名，對 80 年代文學中的現代主義作一個系統的梳理，以釐清現代主義與 80 年代文學之間的複雜糾葛？

餘　論

　　眾所周知，自五四時期誕生的中國現代文學是在外國文學的影響下產生的。諸種文學體裁，小說、詩歌、散文、戲劇，也是在參照西方模式的基礎上發展起來的。算起來，新文學也就是 100 來年，相對於悠久的中國古典文學來說，只不過是小小的一個瞬間。迄至 1949 年，中國現代文學已經產生了魯迅、周作人、老舍、沈從文、張愛玲、穆旦等堪稱世界一流的文學大師，並且將傳統與現代結合得十分圓熟。西方文學在這些作家的作品裏，已接近羚羊掛角，無跡可求，我們反倒是很容易辨識他們作品中所散發出的濃鬱的中國情調與中國韻味。雖然戰爭、飢餓、殺戮、災難這些 20 世紀流行的巨大的詞彙幾乎把這些寫作者的身體壓垮，卻並未對他們堅守的文學精神有過實質性的傷害。他們之中的絕大多數充分汲取過西學的營養，但是西方的文學思潮，只是作爲他們創作的參照系而存在。

　　建國後至 1976 年間的文學，政治意識形態對文學的壓倒性介入，在中國幾千年的歷史上都可以說是絕無僅有的，從廟堂到民間，文學幾近消失，淪爲歌頌或者討伐的工具。尤其是「『文革』文學」，無論如今在研究者的筆下呈現出這段文學史是如何的複雜和詭異，無可否認的是，在將來的中國文學史上，只會一筆帶過，只不過是一段乾枯的僵屍而已。言而無文，行之不遠，確乎是至理名言。80 年代是文學的一次重要的「文藝復興」，從政治八股的「『文革』文學」、「十七年文學」中走出來，其難度之大，堪與五四新文學從古典走向現代相比。但是奇怪的是，與五四文學不同，80 年代文學帶有強烈的「外國文學焦慮症」，「模仿」成爲一時的風尚，特別是被指認爲「現代主義」、「先鋒」、「探索」的作家那裡，從文學語言、文學形象和敘述格調，都有明顯的

外國文學的影子。這在漫長的中國文學史上也是罕見的。如前所述，在新文學的誕生期，無論是魯迅，還是周作人、胡適，雖然在閱讀外國文學的基礎上寫作，從沒有誰寫得像外國文學。看來，「文革」後對外國文學的接受，特別是對西方現代派文學的接受，是很值得研究和反思的。中國文學和翻譯文學之間，遠不是像某些人所說的「拿來」那麼簡單。西方現代派文學在 80 年代的接受，我認爲，這大概是自五四時期以來最爲複雜的對外國文學的接受，不僅和文學相關聯，和整個政治體制、社會思潮、文學體制，等等，都存在著深刻的衝突和摩擦、乃至和解。這種對西方現代派文學的複雜接受，並未隨著先鋒在 90 年代的轉向而終止，它所暴露出的問題和矛盾，直至今天仍還沒有得到解決。雖然對待西方現代派文學的態度已經有了根本的轉變，但是，我們今天一些作家，對文明的批判、對現代性的反思、對後現代主義的理解，還是建立在 80 年代的基礎上的。因此，本書的目的，不僅在於梳理 80 年代初期對西方現代派文學的接受，揭示在這個接受過程中所存在的問題，更在於爲新世紀中國文學的發展，提供一份有益的借鑒，有助於從深處反思我們的本土文學呈現出來的問題。正如一位學者所追問的：沒有晚清，何來五四？我在此想說的是：沒有 80 年代，何來新世紀文學？

接下來，我想進一步追問的是，中國文學的「外國文學特徵」，說明了什麼？是中國文學失去想像力了嗎？是中國作家的原創能力不足？還是中國特有的高度一體化的政治意識形態戒律制約了文學的發展？

要回答這個問題，顯然不是一部十幾萬字的論著所能解答得了的。中國文學的「外國文學特徵」，顯示出外國文學已經成爲塑造本土文學的最基本的動力。對於「文革」後文學來說，相對於外國，尤其是輝煌燦爛的西方文學來說，中國短暫的現代文學三十年所能傳統提供的可資借鑒的文學資源實在是太少了。而借鑒外國文學，成爲當時的第一選擇。但是，這種對外國文學的接受，卻由於當時各種條件的限制，存在著鮮明的局限性。這種局限性，妨礙了中國作家對於外國文學的吸收、轉化，進而創造出具有鮮明中國風格的文學作品。形成中國文學的「外國文學特徵」的原因，大體有以下幾個方面：

一、從創作主體來說，作家在學養上的先天不足，則會嚴重制約創作水平的發揮。當然，並不是說，作家的學養愈好，創作才能愈高，有的作家，如沈從文，並沒有系統受過高等教育，一樣成爲大師。但是，一般說來，學

養和寫作才能兼備，往往會出大師級的人物。魯迅、周作人、郭沫若、茅盾、老舍、巴金、曹禺、穆旦等許多耳熟能詳的名字，可謂學貫中西，他們的寫作，並不僅僅靠才氣，還有伴隨學識而來的眼光和見地。他們的外語程度較好，甚至能用外語寫作，可以說具有國際視野。建國後依靠行政力量大力扶持的工農兵作家，縮寫的作品的水準自然是不高。而 70 年代末 80 年代初的作家，多為知青一代，在革命年代，不少人學業荒廢，學養先天不足，雖然經過後天彌補，但是就整體素質而言，與五四作家相差何止一點！囿於外語水平的限制，絕大多數作家沒有能力閱讀原文，只能閱讀翻譯文學，這樣對於翻譯文學的接受，不可能做到原汁原味，所學多為皮相。王蒙曾在 80 年代呼籲中國作家的學者化，其實是很有見地的。

　　二、文學生態環境的制約。眾所周知，建國後的文學生態環境是高度政治化的，80 年代以前是講究文學的階級歸屬，近二十年雖然淡化了階級歸屬，但是依然強調文學的中國特色的社會主義特徵。「文革」後的文學在突破禁區的歡呼聲中一路高歌猛進，譬如朦朧詩從地下走向公開，進而進入主流詩壇；現代主義寫作從被視為「異端」到受到追捧，等等。但是，無論怎樣突破，底線是始終存在的，寫作的禁區如同軍事禁區一樣橫在作家面前。在這個文學生態環境中，從文藝政策、文藝體制、文藝組織，到文藝生產、發表、傳播、批評研究等諸多環節，均應該受到律令的制約。在這個具有嚴格清規戒律的文學場域中產生的中國文學作品，整體上不可避免地存在著某種缺憾。具體到對西方現代派文學的接受上，如前所述，西方現代派文學從本質上說，是從屬於非理性主義思潮的，在對世界的認知方面，以反思、批判為主，是對啟蒙理性、工具理性顛覆性的反動。這與中國主流意識形態所崇尚的帶有濃厚的威權色彩的理性主義存在著激烈的衝突。因此，中國文學對現代主義的接受，是兩種不同性質的話語妥協的結果。正如我在前面所重點論述的，正是在這種具有中國特色的文學生態環境中，中國文學對西方現代主義的接受，側重於對文學形式的接受，而對其具體的精神內核，則作了毫不客氣的「揚棄」。這是一種技巧層面的「仿製」與「試驗」。我們往往從這種「中國式的現代主義」中，辨識出「意識流」、「黑色幽默」、「魔幻現實主義」、「存在主義」等西方現代主義特徵，當然這是一種極為表面化的特徵，標籤化的特色極為明顯，和現代主義的真正內涵，可謂有雲泥之別。

　　三、80 年代思想文化環境的制約。如前所述，在 80 年代思想場域中，起

建構作用的主要包含著三種權力話語資源：馬克思主義的國家主流話語形態、西方 18、19 世紀啓蒙主義話語形態、20 世紀西方非理性主義話語。這三者之間的摩擦、妥協和交鋒，很大程度上構成了 80 年代的文化思想地形圖。在 80 年代理性主義復歸、人道主義復甦的「五四」式環境裏，西方非理性主義思潮是個異類。如果承認傳統存在著變動不居的文化內涵的話，經過「五四」的洗禮，西方的啓蒙主義在某種程度上已經構成了我們的傳統，而意志主義、直覺主義、精神分析學、存在主義等 20 世紀現代西方哲學則很難構成我們的傳統，而這些，則是西方現代派文學的哲學基礎。正如我在前面所詳細論述的，非理性主義進入 80 年代思想場域，被挪用、誤讀，以迎合中國社會重建理性的時代訴求。因此，中國作家所接受的西方非理性主義思潮，只是功利性的誤讀。比如，作家諶容接觸了薩特的存在主義，寫出的小說《楊月月薩特之研究》，只是順應社會流行觀念，淺層次地把薩特的學說理解爲一種人生哲學，根本談不上對人性的偉大洞察和對人類靈魂的深刻表現，而這，則是薩特的小說所著力表現的內容。因此，可以看出，西方現代派文學在 80 年代呈現出接受的潮流性特徵，是一種流行病的症候，而非從中國哲學土壤上長出的甘美果實。正是這種思想文化環境的制約，我們很容易辨識出 80 年代中國文學裏面的「外國文學」因素。

　　四、稀薄的傳統。如果說，通過對古典的斷裂，誕生了五四文學，那麼，顯然，「文革」後，中國作家與傳統的斷裂更爲明顯。就年輕一代而言，多爲上山下鄉知識青年，從教育經歷上看，早已完成了和傳統文化的清算，甚至已經完成了和五四以降、以啓蒙爲底色的新文化的清算。老作家汪曾祺的《受戒》、《大淖記事》，在 80 年代初發表時有橫空出世的感覺，面對這樣的作品，我們彷彿看到，時間凝滯了，好像歷次把中國攪得天翻地覆的革命運動不存在一樣，悠久的中國傳統復活了，當然那裡面也有現代氣息，但那現代氣息卻是高度中國化的。而知青一代的作家，卻沒有這種整合傳統文化的能力，缺乏將傳統轉化爲現代的能力。因此，在傳統面前，他們失去了言說的能力。傳統在他們的作品中，只是爲了作爲與現代相對照而存在。傳統的存在，只是爲了強化現代。中國作家患上了強烈的「現代性」焦慮，在骨子裏是想將傳統剔除出去的。很明顯的例子是，尋根文學被認爲是知青文學爲了擺脫對西方文學的過分倚重所發起的本土文學寫作運動，從傳統文化主要是地域文化中尋找精神支撐，但是其結果並未激活傳統，反而強化了「現代」的存在。

在這裡，讀者容易讀出與拉美文學的關聯來。韓少功的小說《爸爸爸》，雖然目的是在從楚文化中尋找民族的文化根基和精神內核，但是，象徵主義、魔幻色彩、荒誕、變形、超現實主義等西方現代派表現方式均不同程度地透射進文本，使得這部作品像一部文化寓言、文化隱喻，在貌似傳統的外殼中，包裹著西方文學的內核。於是，我們看到，在 80 年代以外國文學為參照的寫作實踐中，傳統的弱化或者說傳統文化的缺失，使中國文學的本土特色弱化，從而凸顯了外國文學，或者說翻譯文學的特徵。

　　也許，與五四新文學相比，我們更能看清「傳統」在文學發展中究竟有著怎樣的威力。同樣是參照外國文學進行寫作，五四和 80 年代就有鮮明的不同。可以說，五四文學讓我們想起了「創造」，雖然稚嫩，毫無疑問是帶有極大的「原創性」，是個性鮮明的本土文學。究其原因，五四時期舊文學並未出現如某些新文學倡導者所言的真正的危機，新文學是從《詩經》以降、具有2000 千多年歷史的舊文學的基礎上蛻變出來的。雖然這種蛻變不是一個過於自然的過程，傳統仍然給予了新文學強有力的支撐。而 80 年代則不同，80 年代讓我們想起了「模仿」，原創性不足。80 年代本土的現實主義文學或者是對蘇聯文學的模仿，或者是對巴爾扎克式的現實主義的模仿；帶有探索性的現代主義寫作則是對西方現代派的「模仿」。在 80 年代，「十七年文學」、「文革」文學是一個遭到質疑的傳統，五四文學有限的傳統也不能得到全面的繼承，可以說從一開始，80 年代文學就處於一種無根的狀態中。如果說，新文學是在傳統基礎上的蛻變，80 年代文學則是在與傳統斷裂的地帶產生的。對外國文學的倚重，大約是自中國新文學誕生以來最為突出的。80 年代的作家，幾乎每個人都有自己心儀的諸多外國文學作家，在此情形下，自然地，外國文學就構成了我們的傳統。我們的文學，不可能不有著濃厚的「外國文學特徵」。

　　五、走向西方文學的「幻覺」。中國文學走向世界的衝動，在 80 年代尤為突出。極端的封閉導致了極端的崇外，當國門打開，西方文明在各個領域對中國社會的衝擊，堪稱是一場激烈的文化地震。在改革開放的宏大國家敘事的背景下，文學走出僵化的「文革文學」模式，向西方文學靠攏的願望十分強烈。在五四時期，胡適等人就持一種「文學進化論」的觀點，認為歐美文學代表著文學的最高水準，作為落後的中國文學理應和古代文學斷裂，全面學習西洋文學。新時期自然又是一個以西學為主的氛圍。一方面，大量重印西方啟蒙主義時期的古典名著，以期恢復中國文學的現實主義傳統；另一

方面，爲了跟上西方文學的步伐，衝破阻力譯介了不少西方現代派文學作品，同時催生了中國本土的現代主義式的探索寫作。西方古典名著所蘊含的啓蒙理性，對於本土現實主義寫作的恢復和深化，特別是對於清除「文革」造成的蒙昧，起了重要的作用。而西方現代派文學的譯介，對於中國文學來說，更是在文學觀念上引起了一場文學地震。對於一貫推崇理性、倡導反映現實人生的主流文學來說，現代派是如此的一個「異端」：非理性、神秘主義、非邏輯、偶然性、意識流、自動寫作、魔幻現實、荒誕、異化……而在 80 年代的年輕一代的作家看來，這就是當時最新的世界文學潮流，而傳統的現實主義已經過時。探索實驗的風氣成爲一時的文學時尚，求新變革的願望，幾乎是當時的主旋律。黃子平有句名言，大意是說小說家們「被創新的狗追得連撒尿的工夫也沒有」。之所以這樣，就是被這樣一個共識所驅使：創新性的先鋒寫作，才是代表了世界文學發展的方向。而從左翼文學以來一直所倡導的社會主義文學是文學的最高發展形態，在 80 年代遭到了根本性的質疑。茅盾在《夜讀偶記》裏曾經質疑過的「文學進化論」、「歐洲中心主義」，在此時已經毫無疑問地被確立起來了。對外國文學的崇拜心理，從來沒有這麼迫切。諾貝爾文學獎，被當成衡量文學的一道標杆。走向西方文學，尤其是走向西方現代派文學，成爲中國作家寫作的一個潛在的背景。在這樣的一種焦慮心態下，對照西方文學的寫作，在很大程度上是一種模仿式寫作。其所呈現出的外國文學特徵，就不足爲奇了。

當然，中國文學的這種「外國文學特徵」，主要是指帶有先鋒意識的探索、試驗特色的文學而言，80 年代的文學，從整體上看，還是以傳統的社會主義現實主義創作爲主潮。而這種「外國文學特徵」，到了 80 年代中後期的先鋒文學那裡達到了高潮。這時的先鋒文學比 80 年代初更爲內在，不僅局限於對現代主義、後現代主義寫作技藝的具體追摹，如反諷、時空懸置、零度敘述、敘述圈套、元小說技巧等，更體現在對現代主義、後現代主義藝術本質的深層摹寫上，譬如非邏輯、對偶然性的強調、深層隱喻的運用、神秘主義，等等。毫無疑問，現代主義已經向更深處發展，取得了不可小覷的成就，並產生了一批經典文本。但是，其暴露出的問題更爲突出。如果說，70 末 80 年代初，中國文學的現代主義還只是對意識流、存在主義、黑色幽默等具體潮流的仿作，而此時則變爲對西方具體作家的借鑒、摹寫。譬如，殘雪之於卡夫卡，扎西達娃、莫言之於馬爾克斯，余華之於法國新小說，馬原、孫甘露之

於博爾赫斯，等等。自然，中國作家出眾的才華使得他們在比照西方作家寫作時，進行了富有中國特色的創造，但是，不可否認的是，此時他們創作出的文本，「外國文學特徵」更爲容易指認。譬如，加西亞‧馬爾克斯《百年孤獨》的經典開頭：「許多年以後，面對行刑隊，奧雷良諾‧布恩地亞上校將會回想起，他父親帶他去見識冰塊的那個遙遠的下午。」模仿這個開頭，以及那種向後敘述的方式和語氣的小說，在當時極爲流行，直至新世紀也仍有不少作家採用這種敘述方式。近年問世的莫言的《生死疲勞》、范穩的「藏地三部曲」《水乳大地》、《悲憫大地》、《大地雅歌》，《百年孤獨》的味道仍還是很濃鬱。齊白石曾曰：似我者死，逆我者生。我認爲，90 年代初先鋒的轉向，與這種「過分的外國文學化」有著根本的關聯，也許，作家們已經意識到這種寫作的危險性，擔心會淪爲對方的「拷貝」。以往我們往往把這種轉向歸因於時代氛圍、政治意識形態、作家心態、市場經濟的崛起等原因，未免過於簡單了，看來，來自文學內部的原因更值得重視。關於 80 年代中後期對西方現代派的接受這一話題的更深層次的探討，我會在另一部論著中詳細加以論述，在這裡就不展開了。

　　形成中國文學的「外國文學特徵」的原因比較複雜，並不是簡單羅列幾個因素就能解釋清楚的。當然，從另一個角度來說，當代文學的「外國文學特徵」也許是中國文學所難以避免的發展階段。作爲第三世界國家，在走向現代化的過程中，必然要使自己向第一世界靠攏，不僅在物質上，更要在精神上，經歷一場向西方學習的過程。「中國製造」是吸納西方先進技術的結果，雖然和西方有差距，但確實是在向前進步著。文學自然也不例外。文學固然不是工業品的「中國製造」，但是長達 30 年的閉關鎖國和意識形態高壓，使得中國作家幾乎喪失了創作能力，一旦進行改革開放，模仿外國文學進行寫作也大約是比較自然的吧。

　　80 年代已經過去了 30 餘年，而我們今天的諸多文學觀念，大多還是來自於 80 年代。尤其是西方現代派對於文學觀念的闡釋，在今天仍給我們以深刻的啓迪，在某種程度上，構成了許多作家的創作觀念的根基與底色。譬如，在對現實的理解上，不僅存在著對現實的反映，還存在著對現實的「變形」、「隱喻」，還有非現實的「荒誕」、「魔幻」等。譬如對時間的理解，不僅存在著線性的時間，還有圓形的時間，過去、現在與未來相互交織的時間，等等。陳焜先生在 80 年代初由西方現代派談到文學的複雜性。他敏銳地意識到，簡

單已經不是評價文學的標準了，「無論對外國文學還是對中國文學」，「複雜性」「都是一個帶根本性的問題」；「一般地講，這種複雜化不是歪曲而是更加接近了生活的眞實。」「到底怎麼理解現實？我們對現實的那些解釋是否眞的把握了現實的複雜性？我們的審美意識是否複雜到能夠再現世界的複雜性？」具體到如何表現人物，他認爲，「人已經非英雄化了，散文化了，他不是一個純粹的英雄，也不是一個純粹的歹徒，而是一個充滿了矛盾的人。」〔註1〕陳焜是從西方現代派入手來談對文學的看法的，他對文學作品如何把握世界，如何寫人物的理解，顯然是很超前的。即使放在今天，也是富有啓示意義的。90 年代文學、新世紀文學，仍然還是離不開這些文學觀念，可以說是一直在印證著這些觀念的正確性。從這個意義上講，我們其實還在 80 年代，我們還是籠罩在外國文學之中，尤其是置身於西方現代派文學爲我們提供的思想資源之中。80 年代對西方現代派文學的接受，所獲得的文學觀念、文學技巧、文學精神，仍然對我們今天的文學創作提供源源不斷的動力。

回望 80 年代，我們還是有著深深的悵惘。80 年代作家對文本狂熱的探索熱情，尤其是全社會對文學的聖徒式的熱愛，在今天已經難覓蹤跡。在這個經濟大躍進的時代，文學從社會矚目的中心走向邊緣，似乎是不可逆轉的。不過，可以欣慰的是，走向邊緣的文學，仍然在努力給我們以心靈的滋養。進入新世紀以來，物欲以前所未有的速度膨脹，中國民眾對物質、財富的夢想，超過了任何一個時代，物質至上主義對個體心靈的影響，對主體意識的解構，也前所未有。在 GDP 世界第二也已實現的財富幻想狂熱裏，「超英趕美」的願望似乎就要變成現實了。可是心靈的孤獨、荒涼和無奈，是繁盛的財富難以化解的。文學是敏銳的，新世紀以來它對對人性的深刻洞察，對個體心靈的持續凝視，並沒有爲我們的批評家所充分重視。這種凝視，既指向當下，也指向歷史；既針對內心，也面向遼闊的大地。2010 年以來，長篇小說以每年出版 1 千多部的速度，在擁抱或者背棄我們的時代。譬如，寧肯的《天藏》（2010）、閻連科的《四書》（2011）、賈平凹的《古爐》（2011），其對內心的凝視，對歷史的拷問，對文學品質的追求，在提醒我們：探索性的寫作似乎正在產生偉大的漢語作品，或者處於產生偉大作品的前夜。

（2011 年 3 月 31 日改就）

〔註 1〕 陳焜：《漫評西方現代派文學》，《春風譯叢》1981 年第 4 期。

參考文獻

中文部分

參考期刊：

1.《世界文學》雜誌（1977～1990）
2.《外國文藝》雜誌（1976～1990）
3.《俄羅斯文藝》（1980～1990）
4.《中國文學》雜誌（1951～2001）
5.《外國文學研究》（1978～1990）
6.《外國文學評論》（1978～1990）
7.《現代外國資產階級哲學研究資料》叢刊（內部資料）
8.《哲學譯叢》（內部發行）
9.《哲學研究》
10.《摘譯》（外國文藝）（內部發行）
11.《文藝報》
12.《文學評論》
13.《作品與爭鳴》
14.《當代文藝思潮》
15.《中國青年》
16.《人民文學》
17.《十月》
18.《上海文學》

19.《西藏文學》

20.《全國報刊索引（哲社版）》（1976～1985）上海圖書館編輯

參考書目：

1.《跨語際實踐──文學，民族文化與被譯介的現代性（中國，1900～1937）》，劉禾著，宋偉傑等譯，生活・讀書・新知三聯書店，2002 年 6 月版。

2.《語際書寫──現代思想史寫作批判綱要》，劉禾著，上海三聯書店，1999 年 10 月版。

3.《語言與翻譯的政治》，許寶強、袁偉選編，中央編譯出版社，2001 年版。

4.《印跡：多語種文化與翻譯理論論集》，（日）酒井直樹 著，（日）花輪由紀子主編，錢競等譯，江蘇教育出版社，2002 年版。

5.《翻譯與後現代性》，陳永國主編，中國人民大學出版社，2005 年 9 月版。

6.《跨文化對話》，樂黛雲、李比雄主編，上海文化出版社，2004 年版。

7.《文化與帝國主義》，愛德華・W・薩義德著，李琨譯，生活・讀書・新知三聯書店，2003 年版。

8.《知識考古學》，米歇爾・福柯著，謝強、馬月譯，生活・讀書・新知三聯書店，2003 年版。

9.《規訓與懲罰》，米歇爾・福柯著，劉北成 楊遠嬰譯，生活・讀書・新知三聯書店，2003 年版。

10.《晚期資本主義的文化邏輯》，詹明信著，張旭東編，陳清僑 等譯，生活・讀書・新知三聯書店，1997 年版。

11.《藝術的法則──文學場的生成和結構》，（法）皮埃爾・布迪厄著，劉暉譯，中央編譯出版社，2001 年 3 月版。

12.《近代的超克》，（日）竹內好 著，孫歌 編，李冬木 趙京華 孫歌 譯，生活・讀書・新知三聯書店，2005 年 3 月版。

13.《互文性研究》，蒂費納・薩莫瓦約 著，邵煒譯，天津人民出版社，2003 年 1 月版。

14.《書寫與差異》，（法）雅克・德里達 著，張寧 譯，生活・讀書・新知三聯書店，2001 年版。

15.《文化研究：理論與實踐》，金元浦主編，河南大學出版社，2004 年版。

16.《文化研究與文學參與》，佛克馬、蟻布思著，俞國強譯，北京大學出版社，1996 年版。

17.《文化研究讀本》，羅鋼、劉象愚編，中國社會科學出版社，2000 年版。

18.《存在主義哲學》，徐崇溫主編，中國社會科學出版社 1986 年 8 月版。

19.《存在主義是一種人道主義》，（法）讓－保羅・薩特著，周煦良 湯永寬 譯，上海譯文出版社，1988 年 4 月版。

20.《詞語》，（法）薩特著，潘培慶譯，三聯書店，1988 年 5 月版。

21.《存在與虛無》，（法）薩特著，陳宜良等譯，杜小眞校，生活・讀書・新知三聯書店，1987 年 3 月版。

22.《尼采：在世紀的轉折點上》，周國平著，上海人民出版社，1984 年版。

23.《悲劇的誕生》，尼采著，周國平譯，三聯書店，1986 年 12 月版。

24.《非理性世界》，夏軍著，上海三聯書店，1993 年 12 月版。

25.《影響的焦慮——一種詩歌理論》，（美）哈羅德・布魯姆著，徐文博譯，江蘇教育出版社，2006 年 2 月版。

26.《現代主義》，（英）馬爾科姆・佈雷德伯里 詹姆斯・麥克法蘭編，胡家巒等譯，上海教育出版社，1992 年 6 月版。

27.《現代性的五副面孔——現代主義、先鋒派、頹廢、媚俗藝術、後現代主義》，（美）馬泰・卡林內斯庫著，顧愛彬 李瑞華 譯，商務印書館，2002 年版。

28.《後現代主義與文化理論》，（美）傑姆遜著，唐小兵譯，北京大學出版社，1997 年 1 月版。

29.《可選擇的現代性》，安德魯・芬伯格著，陸俊 嚴耕 等譯，中國社會科學出版社，2003 年 6 月版。

30.《文化研究訪談錄》，謝少波 王逢振編，中國社會科學出版社，2003 年 6 月版。

31.《後現代主義辭典》，王治河主編，中央編譯出版社，2004 年 1 月版。

32.《海德格爾選集》，孫周興選編，上海三聯書店 1996 年 12 月版。

33.《西西弗的神話》，（法）加繆著，杜小眞譯，天津人民出版社，2007 年 6 月版。

34.《國際理論空間》（第一輯），郭宏安等編，清華大學出版社，2003 年。

35.《新批評》，（美）約翰・克羅・蘭色姆著，王臘寶 張哲譯，江蘇教育出版社，2006 年 12 月版。

36.《文學理論》，（美）勒內・韋勒克 奧斯汀・沃倫 著，劉象愚 邢培明 陳聖生 李哲明譯，江蘇教育出版社，2005 年 8 月版。

37.《意識形態與烏托邦》，卡爾曼海姆著，黎鳴、李書崇譯，商務印書館，2000 年版。

38.《小說的興起》，伊恩・瓦特著，高原、董紅鈞譯，生活・讀書・三聯書店，1992 年。

39.《當代西方文學理論》，特里·伊格爾頓著，王逢振譯，中國社會科學出版社，1988 年。

40.《文學社會學——羅·埃斯卡皮文論選》，（法）羅貝爾·埃斯卡皮著，於沛選編，浙江人民出版社，1987 年 8 月版。

41.《西方後現代主義文學研究》，曾豔兵著，中國社會科學出版社，2006 年 8 月版。

42.《生的執著——存在主義與中國現代文學》，解志熙著，人民文學出版社，1999 年版。

43.《資本主義文化矛盾》，丹尼爾·貝爾著，趙一凡等譯，生活·讀書·三聯書店，1989 年 5 月。

44.《歐美現代派文學概論》，袁可嘉著，上海文藝出版社，1993 年版。

45.《多元共生的時代——20 世紀西方文學比較研究》，王寧著，北京大學出版社，1993 年 9 月版。

46.《西方現代派文學參考資料》（內部發行），黑龍江省社會科學院文學研究所編輯，1983 年 10 月版。

47.《西方現代派文學論爭集》（內部發行），何望賢編選，人民文學出版社，1984 年 2 月版。

48.《新時期文藝學論爭資料》，復旦大學中文系資料室編，1990 年版。

49.《外國現代派作品選》，袁可嘉、董衡巽、鄭克魯選編，上海文藝出版社，1980 年 10 月版。

50.《外國現代派小說概觀》（內部發行），陳燾宇 何永康編，江蘇人民出版社，1985 年 3 月版。

51.《西方現代派文學研究》，陳焜著，北京大學出版社，1981 年 8 月版。

52.《在關於亞歷山大洛夫〈西歐哲學史〉一書討論會上的發言》，（蘇）日丹諾夫著，人民出版社，1957 年版。

53.《日丹諾夫論文學與藝術》，人民文學出版社，1959 年 6 月版。

54.《蘇聯文學藝術問題》，曹葆華等譯，人民文學出版社，1953 年 9 月版。

55.《理性的毀滅：非理性主義的道路——從謝林到希特勒》，〔匈〕盧卡奇著，王玖興等譯，山東人民出版社，1988 年 4 月版

56.《20 世紀西方哲學東漸史導論》，黃見德著，首都師範大學出版社，2002 年 6 月版。

57.《中國現代思想史論》，李澤厚著，生活·讀書·新知三聯出版社，2008 年 6 月版。

58.《三中全會以來重要文獻選編》（內部發行），中共中央文獻研究室編，人民出版社，1982 年 8 月版。

59. 《重返八十年代》，洪子誠等著，程光煒編，北京大學出版社，2009 年 9 月版。

60. 《文學講稿：「八十年代」作爲方法》，程光煒著，北京大學出版社，2009 年 9 月版。

61. 《文學史的多重面孔——八十年代文學事件再討論》，楊慶祥等著，程光煒編，2009 年 9 月版。

62. 《八十年代訪談錄》，查建英主編，生活・讀書・新知三聯書店，2006 年 5 月版。

63. 《八十年代文化意識》，甘陽主編，上海人民出版社，2006 年 7 月版。

64. 《七十年代》，北島、李陀主編，生活・讀書・新知三聯書店，2009 年 7 月版。

65. 《灰皮書，黃皮書》，沈展雲著，花城出版社，2007 年 10 月版。

66. 《生機——新時期著名人文期刊素描》，靳大成主編，中國文聯出版社 2003 年 1 月版。

67. 《夜讀偶記》，茅盾著，百花文藝出版社，1958 年 8 月版。

68. 《托・史・艾略特論文選》（内部發行），周煦良等譯，上海文藝出版社，1962 年 1 月版。

69. 《江青講話選編》，人民出版社，1968 年 8 月版。

70. 《沉淪的聖殿——中國 20 世紀 70 年代地下詩歌遺照》，廖亦武主編，新疆青少年出版社，1999 年 4 月版。

71. 《上山下鄉》，（美）托馬斯・伯恩斯坦著，李楓譯，警官教育出版社，1996 年 5 月版。

72. 《1949～1986 全國内部發行圖書總目》，中國版本圖書館編，中華書局，1988 年 6 月版。

73. 《1949～1979 翻譯出版外國文學著作目錄和提要》，中國版本圖書館編，江蘇人民出版社，1986 年 7 月版。

74. 《1980～1986 翻譯出版外國文學著作目錄和提要》，中國版本圖書館編，重慶出版社，1989 年 2 月版。

75. 《中國出版史料》（現代部分），第三卷，宋原放主編，山東教育出版社，2001 年版。

76. 《中華人民共和國出版史料》（三），中國書籍出版社，1996 年 7 月版。

77. 《中華人民共和國出版史料》（四），中國書籍出版社，1998 年 3 月版。

78. 《作家談譯文》，上海文藝出版社，1997 年 12 月第 1 版。

79. 《中國當代文學翻譯研究（1966～1976）》，馬士奎著，中央民族大學出版社，2007 年 7 月版。

80. 《中國 20 世紀外國文學翻譯史》（上、下），查明建、謝天振著，湖北教育出版社，2007 年版。

81. 《翻譯與新時期話語實踐》，趙稀方著，中國社會科學出版社，2003 年 8 月出版。

82. 《外國文學翻譯在中國》，羅選民主編，安徽文藝出版社，2003 年 12 月版。

83. 《三四十年代蘇俄漢譯文學論》，李今著，人民文學出版社，2006 年 6 月版。

84. 《蘇聯文學史》第一卷，葉水夫主編，中國社會科學出版社，1994 年。

85. 《中國當代作家面面觀──漢語寫作與世界文學》，林建法 喬陽主編，春風文藝出版社，2006 年 1 月版。

86. 《文學想像與文學國家──中國當代文學研究（1949～1966）》，程光煒著，河南大學出版社，2005 年版。

87. 《中國當代文學發展史》，孟繁華 程光煒著，人民文學出版社，2004 年版。

88. 《問題與方法》，洪子誠著，生活‧讀書‧三聯書店，2002 年版。

89. 《中國當代文學史》（修訂版），洪子誠著，北京大學出版社，2007 年 6 月第 2 版。

90. 《小說文體研究》，中國社會科學出版社文學編輯室編，1988 年 8 月版。

91. 《在文壇邊緣上──編輯手記》，劉錫誠著，河南大學出版社，2004 年版。

92. 《雞鳴風雨》，陳思和著，學林出版社，1994 年 12 月出版。

93. 《尋找的時代──新潮批評選粹》，李潔非 楊劼 選編，北京師範大學出版社，1992 年 7 月版。

94. 《中國現代思想史論》，李澤厚著，東方出版社，1987 年版。

95. 《新小說在 1985 年》，吳亮 程德培選編，上海社會科學院出版社，1986 年版。

96. 《探索小說集》，吳亮 程德培選編，上海文藝出版社，1986 年 9 版。

97. 《文藝論爭集》，沈太慧 陳全榮 楊志傑 編，黃河文藝出版社，1985 年版。

98. 《現代小說技巧初探》，高行健著，花城出版社，1981 年 9 月版。

英文部分

1. Ihab Hassan, *The Postmodern Turn: Essays in Postmodern Theory and Culture*, Ohio State University Press, 1987.

2. Barnstone, Willis, *The Poetics of Translation: History, Theory, Practice*, New Haven: Yale University Press, 1993.

3. Edward W. Said, *The World, the Text, and the Critic*, Cambridge: Harvard University Press, 1983.

4. Edward W. Said, *Culture and Imperialism*, New York: Alfred A. Knopf. 1983.

5. Lefevere, A. *Translation, Rewriting and the Manipulation of literary fame*, London & New York: Routledge, 1992.

6. Venti, L. *The Translation Studies Reader*, London: Routledge, 2000.

7. Sherry Simon, *Gender in Translation: Cultural Identity and the Politics of Transmission*, Routledge, 1996.

8. Tejaswini Niranjana, Siting, *Translation: History, Post-structuralism, and the Colonial Context*, University of California Press, 1992.

後　記

　　西方現代派文學的譯介與接受並不是一個新話題。在五四新文學時期，西方現代派文學就已傳到中國，魯迅作品中就有濃鬱的象徵主義、弗洛伊德精神分析的因素，而李金髮的詩，則直接追摹波德萊爾等現代主義詩人。到了三四十年代，出現了新感覺派小說、九葉詩派，來自異域的現代主義，已經在本土生根結果，出現了穆旦這樣的中國式的現代主義詩歌大師。

　　20世紀50～70年代，由於政治意識形態的分野，中國大陸和臺灣的文學形態差異巨大。臺灣維持了文學的多元化格局，接續了五四以來的現代文學傳統，現代主義的探索實驗頗有成效。大陸則在推行一元化的革命文學，強調五四文學的革命傳統，更排斥現代主義。正是這種對現代主義激烈的排斥，在80年代意識形態對文學的控制放鬆之後，導致了對現代主義激烈的接受。因此，新時期文學的發生，與對西方現代派文學的譯介與接受緊密相關。

　　在中國大陸的當代文學研究中，西方現代派文學之所以會成為一個重要的文學史問題，有以下原因：首先是由於它和社會主義現實主義之間的激烈衝突。50～70年代被定為一尊的社會主義現實主義，既是左翼文學的延續，也接納了蘇聯的文藝政策，仿傚蘇聯對現代主義進行了清算。其次，「文革」結束後，文學的復興是從清算僵化、教條的社會主義現實主義開始的，受到壓抑的西方現代派文學，被狂熱地譯介和接受，而這種譯介與接受，開始並不是一帆風順的，受到了極大的抵制，可謂一波三折。有關西方現代派文學的論爭，論爭規模之大，範圍之廣，參與的人數之多，實為現當代文藝論爭中所罕見。因此，對這場論爭的清理與重新審視，確實是十分重要的。第三，西方現代派的哲學基礎、創作理念、創作手法，極大地啓發了中國作家，促

使他們迅速地仿傚西方現代派文學作品，從而引發了一次大規模的「現代主義創作」運動，興起了探索實驗的風潮，從而使中國文學創作出現了多元化。從 70 年代末到整個 80 年代，朦朧詩、實驗話劇、意識流小說、先鋒小說等蔚爲壯觀，而這些，都離不開西方現代派文學的影響。本書將論述的焦點集中在 80 年代對西方現代派文學的接受上，從宏觀的文學思潮的角度入手，分析西方現代派如何重構了 80 年代中國文學，80 年代中國文學又是如何在西方現代派文學的影響下走向多元的。這是一次混血的生長。

這本書是在我的博士論文的基礎上，稍作修改而成。該書的簡體字版由中國社會科學出版社於 2011 年出版，甫一面世，即引起學界的關注，不到一年就已售罄，並於 2014 年 12 月獲得了北京市第十三屆哲學社會科學優秀成果獎。

從 2013 年起，我告別了自己從事了 14 年的文學出版行業，到北京的一所大學做文學教授。從文學現場轉到文學的研究，這一變化，使我得以與當代文學保持了適當的距離，能夠從稍遠處審視文學。而本書的文字，現在看來，由於離文學太迫近的緣故，有些結論不免有些武斷。其實，正如一個人本身是豐富的，難以盡述一樣，好的研究文字，應該是把文學的豐富性揭示出來，把文學的混沌之處呈現出來，而過於明晰的研究企圖總是令人生疑的。從這一點來說，本書還不夠成熟，有些青澀，有些乾枯，不夠豐腴，但所幸還有一點學術銳氣在裏面。

特別感謝我的碩士和博士導師程光煒教授，他在百忙之中，特地爲本書寫了精彩的序言，並推薦此書在臺灣出版。而程老師對學術的孜孜追求和豐碩的建樹，永遠是我學習的榜樣，儘管在學業上我只能望其項背。感謝我的妻子和女兒，她們的理解與支持，是我取得這點小小成績的保證。感謝爲我的研究提供幫助的老師和朋友們，感謝編輯的辛勤勞作，你們的熱情鼓勵，是我寫作的動力之源。

王德領

2015 年歲末於北京西四寓所